Kim Frank 27

Roman

Rowohlt Taschenbuch Verlag

Originalausgabe
Veröffentlicht im Rowohlt Taschenbuch Verlag,
Reinbek bei Hamburg, Mai 2011
Copyright © 2011 by Rowohlt Verlag GmbH,
Reinbek bei Hamburg
Lektorat Christiane Steen
Umschlaggestaltung any.way, Barbara Hanke/Cordula Schmidt
(Illustration: Jonas Lauströer)
Satz Plantin PostScript (InDesign)
bei Pinkuin Satz und Datentechnik, Berlin
Druck und Bindung CPI – Clausen & Bosse, Leck
Printed in Germany
ISBN 978 3 499 21577 3

für Walter Welke geboren Thielsch

Der Sommer ist heiß, doch ich bekomme kaum etwas davon mit. Ich stehe auf, wenn's dunkel wird, und gehe ins Bett, wenn die Sonne aufgeht. Ich weiß nicht, was ich mit mir anfangen soll. Ich futter Cornflakes, glotz Fernsehen, onanier fünfmal am Tag. Was man halt so macht, wenn man nichts macht. Alle haben Pläne: Studium, Praktikum, ein Jahr im Ausland, zur Armee, irgendwie Geld verdienen. Ich nicht. Im Grunde bin ich nie über das Kindheitsstadium meiner Zukunftsplanung hinausgekommen. Feuerwehrmann, Tierarzt, Polizist, ja vielleicht sogar Anwalt oder an die Börse. Aber wenn ich ehrlich bin, habe ich ganz einfach keine Lust auf gar nichts. Nicht mal auf den Sommer. Also versuch ich ihm so gut wie möglich aus dem Weg zu gehen. Ich bin allein im Haus. Ich hab keine Geschwister, meinen Vater kenn ich nicht, und meine Mutter ist auf irgendeinem Ärztekongress. Wie immer eigentlich.

Ich sitze in der Küche und starre auf die leere Frühstücksschale vor mir auf dem Tisch, als auf einmal mein Herz stehenbleibt. Für einen Moment herrscht absolute Stille. Ich habe das Gefühl, als würde ich fallen. Ich werde sterben. Hier und jetzt. Doch dann setzt mein Herz mit einem Trommelwirbel wieder ein, und der Rest der Band fängt an zu spielen. Mein Herz rast. Die Anlage ist voll aufgedreht. Mein Puls zerfetzt mir fast den Kopf. In mir veranstaltet jemand ein Heavy-Metal-Konzert, und ich bin der einzige Zuschauer. Es ist heiß im Club. Kalter Schweiß tropft mir von der Stirn. Ich würde am liebsten rausrennen. Weg von diesem Lärm. Frische Luft schnappen.

Ein unrhythmisches Fill-In, dann ein kurzer Break und wieder volle Lautstärke. Mein Herz hat zum zweiten Mal ausgesetzt. Vielleicht ist das schon die zweite Strophe, dann würde nur noch ein Refrain und der Mittelteil kommen, bevor der Song endlich ausgefadet wird. Doch die Jungs auf der Bühne geben alles, als würden sie vor Tausenden von Leuten spielen. Ich bekomme Panik. Man wird mich mit dem Kopf auf dem Tisch in einer Pfütze aus Milch finden. Die Cornflakespackung als einziger, stummer Zeuge meines viel zu frühen Ablebens.

Aber ich will noch nicht sterben. Ich darf noch nicht sterben. Ich hatte ja nicht einmal Sex. Wie war das nochmal – der Typ der die Cornflakes erfunden hat, irgend so ein Arzt, hatte in seinem gesamten Leben keinen Sex. Also werde ich gleich in bester Gesellschaft von Herrn Doktor Kellogg als ewige Jungfrau in die Geschichte eingehen. Aber der Typ hat wenigstens was erreicht, im Gegensatz zu mir. Ich meine, die Henkersmahlzeit irgendeines achtzehnjährigen Jungen wird immerhin seine verdammte Erfindung gewesen sein. Wenn ich das hier überlebe, schwöre ich, ich werde meinen Lebenstraum verwirklichen. Ich hab zwar keine Ahnung, was das sein soll, aber ich werde es rausfinden. Und ich schwöre, ich werde endlich das Mädchen meiner feuchten Träume ansprechen. Ich werde mit ihr ausgehen! Marie.

Sofort sehe ich sie vor mir, wie sie beim Fußballspiel im Sportunterricht dem Ball hinterherrennt. Ich habe mal wieder absichtlich meine Sachen vergessen, um das Spektakel von der Ersatzbank aus betrachten zu können. Ihre glatten, schlanken Beine, ihr Arsch in der engen Sporthose, ihre tanzenden Titten, ihr verschwitzter

Nacken unter den blonden Haaren. In diesen Momenten würde ich alles für eine Zeitlupenwiederholung wie im Fernsehen geben. Obwohl wir seit Jahren in eine Klasse gegangen sind, ist dieses Mädchen der Gattung Kumpeltyp mir erst ein halbes Jahr vor Schulabschluss aufgefallen. Wahrscheinlich ist sie von ihrer späten und rasanten Entwicklung genauso überrascht worden wie ich. Es scheint nur ein paar Wochen während der Winterferien gedauert zu haben. Plötzlich sitzt da das schönste Mädchen der Schule, wo vorher ein androgynes Etwas in der Nase popelte. Sie hat die Haare zu einem strengen Zopf zurückgebunden und die Wimpern ihrer blauen Augen getuscht. Unter der neuen weißen Bluse zeichnet sich ein ebenfalls weißer Spitzen-BH ab, der ihre beeindruckenden, für die kurze Reifezeit überdurchschnittlich großen Brüste beherbergt. Ihre Lache hat sich verändert, ihre Art zu gehen, und sie hat angefangen zu rauchen. Alles an ihr schreit nach Sex.

Ich wische mir den Schweiß von der Stirn und überprüfe mit zwei Fingern meinen Puls am Handgelenk. Er hat sich beruhigt. Die Band ist von der Bühne gegangen. Ich werde mit Sicherheit nicht Zugabe rufen.

Ein paar Minuten lang sitze ich einfach nur da und stelle mir meiner Meinung nach sehr nachvollziehbare Fragen: Was war das, bin ich krank, war das eine einmalige Sache, wird es wieder passieren, wird mein Herz beim nächsten Mal für immer den Geist aufgeben? Ich wäre fast gestorben, davon bin ich überzeugt. Und das vollkommen ohne Grund. Ich bin weder fettleibig noch drogensüchtig, ich kämpfe nicht an irgendeiner Front oder betreibe Extremsportarten. Ich gehe nur bei Grün über die Ampel und esse mein Gemüse immer auf, wenn es welches gibt, was selten der Fall ist, wenn ich ehrlich bin. Ich hatte noch nie ungeschützten Verkehr und lebe auch nicht in einer Gegend, in der Hungersnot herrscht oder die regelmäßig von Naturkatastrophen heimgesucht wird. Internet und Telefon werden überwacht, an allen öffentlichen Plätzen sind Kameras angebracht, und unser Garten ist mit Bewegungsmeldern übersät. Ich gehöre eindeutig keiner Gefahrengruppe irgendeiner Art an. Man sollte meinen, mein Leben wird durch nichts bedroht, und ich werde ohne weiteres das europäische Durchschnittsalter von siebzig Jahren erreichen. Doch mein Herz, dieser faustgroße Klumpen Muskelgewebe in meiner Brust, scheint da anderer Meinung zu sein. Irgendetwas stimmt nicht mit mir, so viel ist sicher.

Und jetzt, was soll ich tun? Ich tue das Einzige, was mir in diesem Moment logisch erscheint. Das, was von einem gut erzogenen Menschen der westlichen Welt in so einer Situation erwartet wird: Ich wähle die Notrufnummer.

«Notrufzentrale», meldet sich eine monotone, männliche Stimme.

«Hallo. Ich brauche einen Krankenwagen, irgendwas stimmt mit meinem Herz nicht.»

«Waren Sie bewusstlos?»

«Nein.»

«Wie alt sind Sie?»

«18.»

«Dann muss ich Sie bitten, Ihren Hausarzt aufzusuchen.»

«Aber heute, gerade eben … mein Herz … es ist einfach stehengeblieben!»

«Bitte kontaktieren Sie Ihren Hausarzt. Sie sind bei Bewusstsein und können sprechen, da kann ich leider keinen Krankenwagen schicken.»

«Aber wenn ich bewusstlos wäre und nicht mehr sprechen könnte, dann könnte ich doch gar nicht anrufen.»

«Tut mir leid, mein Junge.»

Das Gespräch ist beendet.

Was ist das denn bitte für eine Logik. Ich soll also wieder anrufen, wenn ich auf dem Weg zur Himmelspforte bin, dann schicken sie vielleicht nochmal einen vorbei, der mich begleitet? Ich meine, mein Herz hat ausgesetzt! Es ist einfach stehengeblieben. Als wären die Batterien leer. Wahrscheinlich hätte meine Leiche schon gestunken, wenn meine Mum sie bei ihrer Rückkehr gefunden hätte. Die Leichenstarre hätte meinen Körper in sitzender Position eingefroren, sodass die Bestatter mir die Beine brechen müssten, um mich in den Sarg zu bekommen. Meine Mum würde auf der Beerdigung bitterlich weinen, aber sonst … würde überhaupt noch jemand außer dem Priester und den Sargträgern kommen? Wäre jemand aus meinem alten Jahrgang da? Vielleicht sogar das Mädchen meiner Träume? So ein Schwachsinn. Sie weiß mit Sicherheit nicht einmal von meiner Existenz und selbst wenn, selbst für den unwahrscheinlichen Fall, dass sie für diesen hageren Jungen mit der blassen Haut irgendwelche heimlichen Gefühle hegt, ist sie bestimmt schon auf dem Weg nach Australien, um da ihr soziales Jahr zwischen Kängurus und Kojoten zu leisten, oder in Afrika, um aidsinfizierten Kindern Weltkundeunterricht zu geben. So oder so hat sie bestimmt Besseres zu tun, als mir mein letztes Geleit zu geben. Genau wie mein Vater. Nehmen wir mal an, dass meine Mutter ihm Bescheid geben würde, warum sollte er sich nach meinem Tod plötzlich für mich interessieren, wenn ich ihm doch zu Lebzeiten mehr als egal war. Es würde eine klägliche Trauerfeier werden. So wie die von meinem Onkel.

Ich kann mich nicht wirklich daran erinnern, ich war noch viel zu klein, aber das ist, was meine Mum sagt. Sie sagt, all seine scheinheiligen, schwulen Freunde sind da gewesen, aber sie hätten nur um sich selbst geweint. Sie hatten Angst, so enden zu können wie er.

Mein Onkel. Wann habe ich das letzte Mal an ihn gedacht? Ich war noch nie an seinem Grab, und seit seinem Tod war ich auch nie wieder in seinem Zimmer unterm Dach.

Ich greife erneut zum Telefon. Dann wähle ich die Nummer meiner Mutter. Zu meiner Verwunderung geht sie sogar ans Handy. Ich versuche, entspannt zu klingen. Sie soll sich keine Sorgen machen.

«Hey, Mum.»

«Na, mein Liebling, genießt du deine freie Zeit?»

«Ja, weißt du, ich fühl mich irgendwie … allein.»

Sie macht eine bemerkenswerte Pause.

«Mum, irgendwas ist mit mir.»

«Mika, was soll so eine unpräzise Aussage. Physisch oder psychisch?»

«Ich glaub, also, dass irgendwas mit meinem Herz nicht in Ordnung ist.»

«Mit deinem … Mika, jetzt mach ich mir Sorgen. Was ist denn passiert?»

«Also, es ist … es ist einfach stehengeblieben, und dann hat es angefangen zu rasen.»

«Mein Liebling, hast du Drogen genommen?»

«Nein, Mum. Es kam einfach so. Ich saß ganz ruhig da, war gerade aufgestanden.»

«Und jetzt, wie geht es dir jetzt?»

«Ich hab Angst.»

«Also gut. Ich ruf gleich im Krankenhaus an. Marieann dürfte Dienst haben. Nimm dir ein Taxi und fahr direkt rüber und ruf mich an, sobald die Ergebnisse da sind, ja?»

«Das mach ich.»

«Gut, mein Kind, du weißt, ich bin auf diesem Kongress und muss jetzt.»

«Ja, alles klar.»

«Pass auf dich auf, ich hab dich lieb.»

Das sagt sie jedes Mal. Genau dieselben Worte, genau derselbe Ton. Wie eine Bandansage spult sie die Verabschiedung ab.

«Ich dich auch», stimme ich in den Kanon ein.

Das Taxi kommt nach den versprochenen fünf Minuten. Im Radio läuft irgendein Danceschund. Ein synthetischer Marsch im Viervierteltakt, über den irgendeine fürchterliche Frauenstimme immer wieder dieselbe Zeile ruft: «Live your dream!» Der Rest des Textes ist sehr überschaubar. Sie will mir weismachen, dass ich alles kann, wenn ich nur will. Wahrscheinlich singt in Wirklichkeit irgendeine fette schwarze Studiosängerin, doch auf der Bühne zeigt eine gecastete Tänzerin, wie sie ihre Lippen bewegen kann, was sie hin und wieder auch bei einer gemeinsamen Nacht mit ihrem Plattenboss beweisen muss, damit er sie nicht einfach austauscht. Marketingmeeting nennt er das dann. Ich muss an ihre mysteriöse Muschi in heißen Hotpants denken – live your dream! –, aber ihr monotones Mantra macht mich nervös.

«Entschuldigen Sie, würde es Ihnen etwas ausmachen, die Musik abzustellen?» Ich bin immerhin auf dem Weg ins Krankenhaus. Mir ist nicht nach tanzen zumute. Doch der Typ reagiert genervt.

«Ihr jungen Leute wisst auch nicht, was ihr wollt. Wegen euch läuft dieser Dreck doch im Radio. Aber bitte, wenn es dem Herrn nicht passt …»

Mit einer großen Geste stellt er das Gerät ab, und damit bricht auch jegliche Kommunikation ab, was mir sowieso lieber ist. Ja, es ist heiß, und in der Politik sind alle Verbrecher. Wen interessiert, was man nicht ändern kann. Live your dream!

Was ist mein Traum? Ich kann also alles, wenn ich nur will, aber ich kann nichts, und zurzeit will ich auch gar nichts. Ich denke, so ein Lied müsste man mal machen. Das genaue Gegenteil dieser Hausfrauen-Philosophie. Ich kann nichts, denn ich will nichts. Ich weiß nichts, denn ich bin nichts. Im Grunde ist das doch auch, was uns die Gesellschaft vermittelt: Wir sollen unseren Platz finden und einen Beitrag leisten, Steuern zahlen, Kinder kriegen, Haus kaufen, sinnlose Versicherungen abschließen. Und dann aber bitte die Fresse halten. Live your dream!

Wir halten an einer roten Ampel. Fußgänger überqueren die Straße, während die Autos brav warten. Der Straßenverkehr zum Beispiel funktioniert doch nur, weil alle sich einordnen. Sie befolgen die Regeln. Jeder vertraut darauf, dass keiner sie bricht. Denn wenn einer aus der Reihe tanzt, könnte es Verletzte, vielleicht sogar Tote geben. Sofort wächst in mir Ablehnung. Das klare Gefühl, dass ich nicht dazugehören will. Gar nicht dazugehören kann. Und wie war das, wenn ich etwas will, dann … Also, ich will nicht.

Endlich kommen wir an. Ich kenne das Krankenhaus. Hin und wieder bin ich nach der Schule hergekommen, um mit meiner Mutter in der Kantine zu Mittag zu essen. Aber meine Mum wurde fast immer durch irgendeinen Notfall oder Komplikationen im OP aufgehalten.

Also saß ich alleine auf einem der vergilbten Plastikstühle an einem der Plastiktische, vor mir ein Plastiktablett mit einem Plastikteller und irgendetwas zu essen, das so geschmacksneutral wie Plastik war.

Die Klinik besteht aus zwei Gebäuden, einem älteren und einem neueren, wobei das neuere dem Asbestbau aus den späten fünfziger Jahren in Sachen Hässlichkeit in nichts nachsteht. Dennoch machen seine 15 Stockwerke mit den flachen Decken und der Glasfassade es zu einem beeindruckenden Anblick, der einem fast das Gefühl von Großstadt vermittelt.

Vor dem Haupteingang des Hochhauses stehen ein paar Untote in Badeschlappen und Frottébademänteln und bringen den Aschenbecher zum Überlaufen. Manche sitzen im Rollstuhl oder haben einen Schlauch aus dem Arm hängen, der zu einem Plastikbeutel führt. Niemand sagt etwas, was auch unmöglich wäre, so regelmäßig und tief, wie sie an ihren Zigaretten ziehen. Als würde ihr Leben von der brennenden Glut abhängen, oder als wäre der Rauch, der durch ihre Lungen strömt, der einzige Beweis dafür, dass sie noch am Leben sind. Ich halte die Luft an, während ich versuche, meinen Weg durch den Nikotinnebel zu finden. Wenn es irgendwo Viren gibt, dann werden sie bestimmt hier ausgehustet.

Ich gehe durch die Drehtür und hole wieder Luft. Sofort füllen sich meine Lungen mit dieser unnatürlichen, keimfreien Atmosphäre. Der Fahrstuhl bringt mich auf Etage 7. Dann folge ich den Schildern zu Station 7 c. Die schwere Feuerschutztür schwingt automatisch auf, nachdem ich den Schalter an der Wand betätigt habe. Zu meiner Rechten in einem kleinen Raum hinter Glas sitzt eine Schwester. Sie ist gerade am Telefon und formt mit ihren Lippen ein lautloses ‹einen Moment bitte›. Ihre

Hautfarbe ist auffällig dunkel gegen ihr weißes Poloshirt. Ihr leichter Akzent verrät, dass sie vermutlich aus der Türkei kommt. Meine Mum hat mir mal erzählt, dass die Klinik vermehrt immigrierte Schwestern einstellt, weil das die Kommunikation mit den vielen Patienten, die der Landessprache nicht mächtig sind, ungemein vereinfacht.

«Was kann ich für Sie tun?», fragt sie freundlich, nachdem sie aufgelegt hat.

«Ich habe einen Termin, meine Mum hat den gerade eben gemacht – Doktor …»

«Ah, Sie müssen Mika sein.»

«Ja, genau.»

«Gut dann nehmen Sie doch bitte kurz um die Ecke Platz.»

Ich bedanke mich und gehe in die Richtung, die sie mir gezeigt hat.

An der Wand des Ganges stehen einige der mir wohlbekannten Plastikstühle. Auf einem sitzt eine ältere Frau und starrt auf die mintgrüne Wand ihr gegenüber. Ich setze mich naturgemäß auf den Stuhl, der am weitesten von ihr entfernt ist. Das ist bewiesenermaßen so, hab ich mal im Fernsehen gesehen. Man sucht immer den Ort der größten Einsamkeit.

Dann fällt mir ein Mann auf, der die ganze Zeit am Ende des Ganges auf und ab läuft. Er telefoniert und unterhält mit seiner kräftigen Stimme die ganze Station.

«Gut, dann müssen wir den Release um zwei Wochen verschieben. Ja, vom 28. auf den 12. Ist das neue Artwork schon eingetroffen? Gut, dann seh ich es mir an, wenn ich zurück im Office bin. Nein, das mach ich selber. Ja, ich ruf ihn jetzt gleich an.»

Er legt auf und wählt eine Nummer, dann geht es weiter. Noch lauter als zuvor, aber auch bedeutend freundlicher.

«Gregory, mein Lieber, habe ich dich geweckt?»

Es ist nach 17 Uhr.

«Fein. Gregory, hör mal. Es gibt erfreuliche Neuigkeiten: Wir haben einen Platz in der Show. Ja, genau. Ja, die sind mehr als begeistert und wollten dich unbedingt. Hab ich dir doch gesagt. Und es wird noch besser, wir haben einen Termin direkt zum Release. Nein, den haben wir doch auf den 12. gelegt. Das wusstest du noch nicht? Ach was, du bist immer noch vom 28. ausgegangen? Nein, nein, mein Lieber, das ist schon lange nicht mehr. Ja, und hast du das neue Artwork schon gesehen? Also ich finde es großartig. Okay, dann leite ich es dir gleich weiter, aber ich finde, das ist es. Gut, hab einen wundervollen Tag.»

Die Tür von Untersuchungsraum 2 öffnet sich, und die Frau Doktor kommt auf den Gang.

«Herr Goldmann, kommen Sie dann bitte?»

Der Mann steckt das Mobiltelefon in die Hosentasche seines feinen Tweedanzuges. Trotz der draußen herrschenden dreißig Grad im Schatten ist er in voller Montur: Hemd, Weste, Krawatte, Jackett und Hose. Die auf Hochglanz polierten hellbraunen Lederschuhe klackern auf dem Linoleumboden, während er sich leicht schwerfällig auf die offene Tür zu bewegt. Er hat einige Kilo zu viel, die ihm in der Hitze und dem eng gewebten Stoff offensichtlich zu schaffen machen.

«Und Sie wissen doch, dass Sie hier nicht telefonieren dürfen, Herr Goldmann.»

Er schickt ihr einen entschuldigenden Blick über seine selbstbewusste Hornbrille, die auf einer noch selbstbewussteren Nase ruht.

«Entschuldigen Sie bitte, Frau Doktor, aber das war

meine liebe Frau Mutter. Ihr geht es nicht gut aufgrund der Hitze. Ich hoffe, Ihnen dafür umso besser. Ich wünsche einen guten Tag.»

Letzteres sagt er tatsächlich zu uns. Also, zu mir und der alten Dame, oder besser gesagt, in den Gang. Aber er scheint eindeutig uns zu meinen.

Was für ein eigenartiger Auftritt.

Kurze Zeit später kommt die Frau Doktor wieder auf den Gang.

«Mika, kommst du dann bitte mit?»

Ich stehe auf und folge ihr in den Untersuchungsraum gegenüber.

Das Zimmer ist spartanisch eingerichtet. Ein Computer auf einem schmalen Schreibtisch an der Wand. Ein großer Kasten mit Knöpfen und Display. Eine dieser typischen unbequemen, mit Kunstleder bespannten und immer zu kalten Liegen.

«Zieh dich doch bitte bis auf die Unterhose aus und leg dich hier hin. Deine Sachen kannst du da hinlegen.» Sie deutet auf einen Stuhl in der Ecke des Raumes.

Sofort habe ich dieses unangenehme Gefühl, das ich immer beim Arzt bekomme. Was wird sie mir sagen. Etwas Schlimmes? Immerhin sieht sie Sachen, von denen ich nicht einmal den Namen kenne. Doch die Frau Doktor wird mich gar nicht untersuchen.

«Deine Mutter hat mich angerufen und mir gesagt, etwas würde mit deinem Herzen nicht stimmen. Wir werden jetzt einige Untersuchungen durchführen», erklärt sie, als plötzlich die Tür aufgeht und eine ältere, überaus athletische Schwester den Raum betritt. Sie sieht mich halbnackt auf dem eiskalten Untersuchungstisch liegen, nickt der Frau Doktor wissend zu und beginnt sofort mit ihrer Arbeit. Kein ‹Hallo, ich bin Schwester soundso›, keine Fragen, was denn genau passiert sei, kein Gar-nichts. Reine Routine. Während Miss Hardbody of the World mir die Blutdruckmanschette umschnallt und an-fängt, mir Elektroden auf die Brust zu kleben, verabschie-det sich die Frau Doktor.

«Schwester Christel wird die Untersuchungen durch-führen, und wir sehen uns dann in einer Stunde, wenn die Ergebnisse da sind.»

Sie lässt mich mit dem testosterongeschwängerten Weibsbild allein, das fortfährt, mir die eiskalten, mit noch kälterem Gel beschmierten Elektroden aufzukle-ben. Sieben auf die Brust, eine an jedes Handgelenk und die zehnte auf meinen Fuß oberhalb des Knöchels. Dann klemmt sie eine Plastikklammer an meinen linken Zeige-finger und stellt den Kasten neben mir an. Er piept einige Male, dann erscheinen verschiedene Zahlen und Graphi-ken auf seinem eingebauten Display. In Sekundenschnelle hat dieses Mannweib mich mit meinem neuen Freund, dem Supercomputer, verdrahtet. Zwölf Kabel verbin-den mich mit dem digitalen Ungetüm, das nun ermisst, wie lange ich noch zu leben habe. Am liebsten würde ich mich vorstellen: ‹Guten Tag, ich bin Mika, wenn es ir-gendwie in deiner Macht steht, spuck doch bitte positive Daten aus, das wäre echt klasse.›

Auf einmal pumpt sich die Manschette um meinen Arm auf, bis sie meinen untrainierten Oberarm fast zer-quetscht. Ich kann mich nicht wehren und stöhne ein lei-ses «Aua».

Schwester Christel, dieses Abbild eines Mannes, sieht mich überrascht an, doch bleibt sachlich.

«Alle fünf Minuten pumpt sich die Manschette auf, um den Blutdruck zu messen.»

«Und wofür sind diese vielen Klebedinger?»

«Die Elektroden zeichnen deine Herzfrequenz auf.»

«Aha», sage ich, aber habe das Gefühl, nicht wirklich schlauer zu sein.

Aus einer Schublade holt sie ein in Plastik eingeschweißtes Päckchen und öffnet es.

«Und wofür ist diese Klammer an meinem Zeigefinger?», frage ich.

«Der Fingerclip durchleuchtet die Fingerkuppe und stellt die Sauerstoffsättigung fest.» Frau Anabolika wirkt leicht genervt, doch sie fährt fort, mir die Hieroglyphen auf dem Monitor zu erklären. «Die Graphik stellt die Herzfrequenz dar. Die Zahl unten links ist die Sättigung und die rechts der Blutdruck.»

Gespannt beobachte ich den Bildschirm. Natürlich macht keine der Zahlen für mich wirklich Sinn, aber ich bin beeindruckt, was mein neuer Freund über meine Körperfunktionen zu wissen scheint.

Plötzlich hält mir Miss Muskelweib drei Röllchen voll Blut vors Gesicht. «Die bringe ich jetzt ins Labor. Die Auswertung wird eine Stunde dauern.» Damit verlässt sie den Raum.

Die Blutdruckmanschette hat meinen Arm mittlerweile wieder freigegeben, und als ich an ihm heruntersehe, steckt da ein Zugang in meiner Vene. Ein eigenartiges Plastikding mit zwei grünen Ventilen. Und dann verstehe ich erst: Die drei Röllchen Lebenssaft hat sie mir vollkommen unbemerkt abgezapft, während ich im interaktiven Fernsehen die Sendung 'Wann werden Sie sterben?' geguckt habe.

«Und hier ist unserer heutiger Gast Mika!»

Das Publikum applaudiert, während ich halbnackt auf meiner Liege, angeschlossen an den Supercomputer auf die Bühne gerollt werde.

«Willkommen bei der Quizshow der ganz anderen Art», fährt der Moderator routiniert fort. «Hier können Sie kein Geld gewinnen, sondern Lebensjahre, und in der nächsten Stunde wird auch nur eine einzige Frage gestellt werden, nämlich –»

Der Moderator schwingt seinen Arm wie ein übereifriger Dirigent, und das gesamte Publikum ruft im Chor:

«Wann werden Sie sterben?!»

Eine Stunde. Alle fünf Minuten pumpt sich der Schwimmflügel um meinen Oberarm auf und versucht mir die Knochen zu zerquetschen. Ich komme mir vor wie Jesus am Kreuz. Alle viere von mir gestreckt, festgenagelt an dieser Liege. Das Fünf-Minuten-Intervall des Blutdruckmessers verrät mir, dass ich seit über eineinhalb Stunden daliege, als Schwester Christel alias Miss Christel Steel wieder den Raum betritt. Sie ist hektisch, und ihr penetranter Schweißgeruch verrät, dass sie entweder gerade eine prekäre Situation hinter sich hat oder kurz im Fitnessraum einige Gewichte stemmen war. Sie kontrolliert alle Anschlüsse, drückt ein paar Mal auf meinen neuen besten Freund und sieht mich dann zum ersten Mal an.

«Mein Junge, mach dich nicht verrückt», sagt sie. «So was passiert.»

Sie kabelt mich ab und reicht mir ein paar Papierhandtücher, damit ich mir das Gel von der Brust wischen kann, dann geht sie wieder. ‹So was passiert. Mach dich nicht verrückt.› Irgendwie klingt das beruhigend, als hätte mein Computerfreund etwas Gutes gesagt.

Eine weitere Ewigkeit später kommt endlich die Frau Doktor zurück. Es müssen mindestens zwei Stunden vergangen sein.

«Dann wollen wir mal sehen, Mika», sagt sie und setzt

sich an den Schreibtisch. Ich fühle mich wie bei einer Gerichtsverhandlung. Werde ich auf Kaution freigelassen, oder droht mir der Tod durch den elektrischen Stuhl. Sie studiert einige Listen und die Graphiken auf dem Computerbildschirm. Meine eigene Wahrnehmung scheint hier nicht zu zählen. Niemand hat mich gefragt, was passiert ist, wie ich mich gefühlt habe. Zahlen sind es, die zählen.

«Also, Mika», sagt sie schließlich. «Deine Blutwerte sind gut, und es konnte auch keine Anomalie deiner Herzfunktion festgestellt werden.» Sie notiert etwas. «Dennoch sollten wir es nicht auf die leichte Schulter nehmen.»

‹Nicht auf die leichte Schulter nehmen›. Also doch. Ich werde sterben.

«Ich möchte gerne ein Langzeit-EKG durchführen. Du bekommst eine sogenannte Loop Station. Sie passt in die Hosentasche und ist mit zwei Elektroden auf deiner Brust verbunden. Dieses Gerät zeichnet ununterbrochen deinen Herzrhythmus auf und speichert Anomalien. Sollte dein Herz stehenbleiben, sendet es automatisch einen Notruf. In der Zentrale kann dann dein Standort ermittelt werden. Nach zwei Wochen werten wir die Ergebnisse aus, dann wissen wir mehr.»

Es ist schon dunkel, als ich aus dem Krankenhaus komme. Ich greife in meine Hosentasche und hole die Loop Station heraus. Ein kleiner schlichter Kasten, ohne Knöpfe oder Display. Ein dünnes Kabel führt zu den Elektroden auf meiner Brust, die durch das T-Shirt nicht zu sehen sind. Irgendwie erinnert mich das Teil an einen Walkman, nur dass ich die Kopfhörer auf der Brust trage, und statt Musik wiederzugeben, zeichnet dieses kleine Wunderwerk den Rhythmus meines Herzens auf. Es macht mich irgendwie stolz, dass dieser Kasten sich für den Beat meines Lebens interessiert und sogar Alarm schlagen würde, wenn er aufhört.

Ein angenehmes Gefühl von Sicherheit umgibt mich, als ich zu Hause ankomme. Jedenfalls in den nächsten zwei Wochen werde ich schon mal nicht sterben, weil mein Herz stehenbleibt, ich bewusstlos am Boden liege und davon träume, in diesem Zustand einen Krankenwagen rufen zu können.

Ich hatte mir vorher noch nie Gedanken über den Tod gemacht. Warum auch. Wir hatten nie ein Haustier, meine Großeltern, zu denen wir kaum Kontakt haben, leben noch, und als mein Onkel starb, war ich viel zu klein.

Mein Onkel.

Wie von selbst gehe ich die Treppen hoch, die zu seinem ehemaligen Zimmer unterm Dach führen. Hier hat er seine letzten Jahre verbracht, und hier ist er auch gestorben. Seit damals bin ich nicht mehr in diesem Zimmer gewesen und kann mich beim besten Willen nicht daran erinnern, wie es aussieht.

Die Tür ist unverschlossen. Ich taste an der Wand nach dem Lichtschalter. Ein großer goldener Kronleuchter erhellt das Zimmer. Der Raum ist riesig, scheint sich über die gesamte Grundfläche des Hauses zu erstrecken. Am anderen Ende des Zimmers unter dem einzigen Fenster steht ein Bett. Ein klassisches Krankenhausgestell, das mit einer durchsichtigen Folie abgedeckt ist. An allen Wänden stehen dicht an dicht hohe, massive Schränke aus dunklem Holz. Es müssen mehr als zwanzig sein. Ich gehe zu dem Schrank, der mir am nächsten ist. Im Schloss steckt ein geschwungener Schlüssel. Ich drehe ihn herum und ziehe daran.

Schallplatten. Der Schrank ist voll mit Schallplatten. In mehreren Fächern stehen sie dicht aneinandergereiht, wie die Seiten eines Buches. Mit den Fingern fahre ich an der obersten Reihe entlang. Sie scheinen alphabetisch geordnet zu sein. Ich lese Namen wie Aretha Franklin, dann Blind Faith und Curtis Mayfield. Begleitet von dem gequälten Geräusch der Holzdielen gehe ich quer durch den Raum.

Warum bin ich so lange nicht hier oben gewesen?

Ich öffne die Türen von einem anderen Schrank, dann vom nächsten. Alle sind voll mit Schallplatten. Es müssen über zehntausend, vielleicht zwanzigtausend sein.

Mein Onkel, der Bruder meiner Mum, war nach seiner positiven Diagnose zu uns gezogen. Da meine Mum gleich nach meiner Geburt wieder angefangen hatte zu arbeiten, kümmerte er sich um mich, bis seine Krankheit ausbrach.

Mein Onkel war ein Freigeist. Was genau sein Beruf war, ist schwer zu sagen. Mal schrieb er für eine Zeitung, dann wieder fotografierte er oder malte. Er erlebte das Ende der sechziger Jahre in vollen Zügen und bekannte sich offen zu seiner Homosexualität. Als Anfang der Achtziger einige seiner Freunde an einer mysteriösen Immunschwächekrankheit starben, wurde er vorsichtig und änderte seinen Lebensstil. Zu spät, wie sich herausstellen sollte.

Ich ziehe eine der Hüllen heraus und sehe mir das Cover an. Es ist in Gelb- und Schwarztönen gehalten. Das seitlich beleuchtete Porträt eines jungen Mannes mit dunklen Locken, der mit düsterem Blick in die Kamera sieht, nimmt den meisten Platz ein. Aus seiner rechten Gesichtshälfte, die komplett im Schatten liegt, wächst das Bild von drei Männern, die nach oben in die Kamera sehen. Sie wirken wie ein Gedanke von ihm. Auf dem oberen Teil des Bildes prangt über die gesamte Breite des Covers ein gelber Schriftzug: The Doors.

Die Schallplatte ist insgesamt dreimal geschützt: erst eine durchsichtige Plastikfolie, dann die bedruckte Papphülle und darin noch einmal eine weiße Papierhülle, aus der ich das schwarze Gold ziehe.

Wirklich bewusst kenne ich meinen Onkel nur von Fotografien. Ein korpulenter, großer Mann, mit zerzausten, grauen Haaren. Er liebte gutes Essen, Wein und Sex. Doch über alles schien er Musik geliebt zu haben. Am Ende war nicht mehr viel von ihm übrig. Er magerte ab, wog gerade noch sechzig Kilo. Seine Haare gingen ihm aus und dann auch seine Freunde. Irgendwann war er zu schwach, um selbständig zu atmen. Aber bis zum letzten Herzschlag umgab ihn sein Leben in Form dieser Schallplatten.

In den Ecken neben dem Bett stehen zwei große Lautsprecher. Sie sind mit einem kleinen Mischpult verbunden. Links und rechts davon stehen zwei Plattenspieler. Die Bedienung ist einfach. Ich schalte alles ein und lege die Scheibe auf den gleichgroßen Teller. Dann drücke ich auf den Start/Stopp-Knopf, und wie von selbst bewegt sich der kleine Arm über den äußeren Rand der Platte und landet wie ein Flugzeug auf der tiefschwarz geteerten Landebahn.

Einige Sekunden höre ich nur ein leises Rauschen und Knistern, wie von einem Feuer. Dann setzt das Schlagzeug mit einem swingenden Bossa-Nova-Beat ein. Zwei Takte später kommt auf der rechten Seite ein Bassriff dazu, das wiederum zwei Takte später auf der linken Seite von einer Gitarre gedoppelt wird. Und dann setzt sie ein. Die Stimme. Sie ist tief und intensiv, düster und wütend. Es geht alles so schnell, dass ich zuerst gar nicht auf den Text höre. Erst als nach einer kurzen Bridge der Refrain explodiert und der Song für kurze Zeit Fahrt aufnimmt, höre ich die Zeile, die er immer wieder wiederholt: ‹Break on through to the other side›. Der Song geht vorbei wie im Rausch. Er steigert sich immer weiter. Ein Orgelsolo, dann fängt der Sänger an zu schreien. Wieder wechselt die Dynamik, bis das Ganze in einem treibenden Beat vollkommen auszurasten scheint, und plötzlich ist es ruhig. Der Song ist vorbei.

Ich nehme die Nadel von der Platte. Habe das Gefühl, mich beruhigen zu müssen. Was war das gerade gewesen? So eine Musik habe ich in meinem Leben noch nicht gehört. Ich sehe mich um. Betrachte die vielen Schränke. Am liebsten würde ich all diese Musik noch heute hören. Aber werde ich überhaupt lange genug leben, um alle Lieder wenigstens ein einziges Mal abzuspielen? Immerhin wäre ich vor ein paar Stunden fast gestorben.

Der plötzliche Gedanke daran versetzt mich in Panik. Die Musik hatte es mich vollkommen vergessen lassen, doch jetzt fährt ein unangenehmer Adrenalinschub wie ein Stromschlag durch meinen Körper. Ich taste am Handgelenk nach meinem Puls. Mein Herz rast. Ich muss mich hinlegen.

Ich ziehe die durchsichtige Plane vom Bett und lege mich auf den Rücken. Ich versuche gleichmäßig zu atmen. Meine Phantasie fängt an verrückt zu spielen: ‹Jugendlicher im Sterbebett seines Onkels aufgefunden.› Vielleicht werden sie mich neben ihm begraben. Ich frage mich, ob mein Walkman schon Alarm schlägt. Ob ich gleich Sirenen höre und die Haustür aufgebrochen wird.

Doch dieses Mal ist es anders. Mein Herz pumpt das Blut in meine Ohren wie nach einem Hundert-Meter-Lauf, aber es ist gleichmäßig. Nach und nach beruhigt sich mein Puls wieder. Ich traue mich nicht einzuschlafen, also hole ich ein Notizbuch aus meinem Zimmer, für das ich bisher keinen Nutzen hatte, und fange an zu schreiben. Ich schreibe ein Gedicht. Ein paar Zeilen. Ich kann gerade noch beschließen, morgen früh das Grab meines Onkels zu besuchen, um ihm das Gedicht zu überreichen. Dann falle ich in einen tiefen, traumlosen Schlaf.

Am nächsten Tag wache ich früher als sonst auf. Ich gehe in die Küche und mache mir gerade ein paar Cornflakes, als das Telefon klingelt.

«Du wolltest mich doch anrufen.»

Es ist meine Mum.

«Ja, entschuldige, ich war so müde, als ich aus dem Krankenhaus kam.»

«Und wie geht es dir?»

Ich überprüfe kurz meine Körperfunktionen, kann aber nichts Ungewöhnliches feststellen.

«Gut, glaube ich.»

Dann taste ich nach den Elektroden auf meiner Brust. «Ich hab so ein Ding bekommen.»

«Eine Loop Station. Ich weiß. Ich hab schon mit Marieann gesprochen. Gut, mein Sohn, ich muss dann auch wieder. Mach dir einen ruhigen Tag, ja?»

«Mum …»

«Was ist denn, mein Junge?»

«Ich war in dem Zimmer unterm Dach.»

Sie sagt nichts.

«Und da hab ich die Plattensammlung gefunden.»

Meine Mutter atmet geräuschvoll aus. «Ja. Ich hab's nicht übers Herz gebracht, sie zu verkaufen.»

«Meinst du, er hat was dagegen, wenn ich sie mir anhöre?», frage ich.

«Natürlich nicht, Mika. Es hätte ihn mit Sicherheit gefreut. Jetzt muss ich aber wirklich.»

«Mum …»

«Mika, ich bin hier auf diesem Kongress und –»

«Ich würde ihn ganz gerne besuchen.»

«Wen?»

«Na, meinen Onkel. Auf dem Friedhof.»

Sie sagt nichts.

«Wo ist denn sein Grab?»

«Es liegt eine Rechnung vom Friedhof auf der Kommode. Da steht alles drauf», sagt sie schließlich. «Grüß ihn von mir. Ich hab dich lieb.»

«Ich dich auch.»

Ich esse meine Frühstücksflocken, ziehe mir etwas an, nehme mein Notizbuch und die Rechnung und mache mich auf den Weg zum Friedhof.

Der Friedhof ist riesig. Es gibt Straßenschilder und sogar eine Buslinie mit mehreren Haltestellen. Wie soll ich in diesem makabren Vergnügungspark der Trauer jemals das Grab meines Onkels finden? Doch dafür ist gesorgt. Um den Trauernden die Orientierung zu erleichtern, hängen in Schaukästen Listen und Karten aus. Und statt den Weg zur Achterbahn oder zur Westernstadt erfährt man hier, wo Massengräber, Urnengräber, Gruften und die Gärtnerei zu finden sind.

Auf dem Weg betrachte ich die verschiedenen Grabsteine. ‹Hier ruht: …›, steht da zum Beispiel. Oder: ‹Hier ruht in Frieden: …› Aber Ruhe oder Frieden herrschen hier überhaupt nicht. Nicht weit entfernt ist ein Flughafen, und in der direkten Nachbarschaft steht ein Fußballstadion. Zwischen aggressiven Chorgesängen und dem Donnern von Triebwerken geht man hier also der Grabpflege, der Erinnerung und dem Abschied nach.

Nach kurzer Zeit habe ich Sektion 4 in Abschnitt C gefunden und stehe vor den sterblichen Überresten meines Onkels. Ein schlichter Grabstein und ein gepflegtes, aber blumenloses Grab. Ich nehme mein Notizbuch und schlage es auf. Plötzlich bin ich mir nicht mehr sicher, was ich damit vorhabe. Soll ich ihm das Gedicht vielleicht vorlesen? Ganz schön albern, denke ich. Ich glaube nicht an solche Sachen. Also reiße ich die Seite mit dem Gedicht raus, knie mich hin und grabe mit der Hand ein kleines Loch in die weiche Erde. Dann lege ich das Stück Papier hinein, bedecke es wieder mit Erde und drücke sie fest.

«Hey …»

Ich drehe mich um. Hinter mir auf einem Grabstein sitzt ein junger Typ, vielleicht drei Jahre älter als ich.

«Hey … Entschuldigung», sagt er nochmal im lauten Flüsterton. «Hast du vielleicht Feuer?»

Seine Jeans sind voll mit weißem Staub, auch sonst sieht er nicht sehr gepflegt aus.

«Äh nein, leider nicht», sage ich.

«Ach Scheiße, Mann.» Er steht auf und kommt auf mich zu.

«Entschuldige, dass ich dich so anlaber», meint er. «Aber, na ja, ich hab gesehen, was du gemacht hast.»

Irgendwie fühle ich mich ertappt.

«Und weißt du, ich frag mich halt, was auf dem Zettel stand.»

Er bemerkt mein Zögern und redet weiter. «Also, du musst mir das natürlich nicht sagen, ich mein, warum solltest du. Aber ich dachte … Warte mal kurz.»

Er läuft auf einen Typen mit einer Schubkarre zu. Wahrscheinlich ein Friedhofsgärtner. Aus irgendeinem Grund stehe ich immer noch da, als er mit einem angezündeten Joint zurückkommt.

«Also, weißt du … ich hab auch mal was vergraben, also 'nen Brief. War so 'ne Art Rache, also ich mein, ich hab da einfach mal alles rausgelassen, was ich dem Scheißkerl nicht sagen konnte. Also, als er noch gelebt hat, weißt du.» Er nimmt einen kräftigen Zug. «Hat ganz schön gutgetan, also das Ganze mit dem Schreiben und Verbuddeln und so.»

«Ein Gedicht.»

Er muss lachen und küsst sich seine Fingerspitzen.

«Genau. Es war ein Gedicht! Wirklich vorzüglich.»

«Nein», sage ich. «Ich hab ein Gedicht vergraben.»

«Ach was, echt? Du schreibst Gedichte, oder was? Ich sag dir, hättest es lieber aufbewahren sollen. Irgendwann wär das bestimmt viel Geld wert gewesen.» Er hält mir den Joint hin. «Willst du?»

Er trägt ein schwarzes Nirvana-T-Shirt. Seine langen braunen Haare hat er zu einem Zopf gebunden.

«Nein, danke», sage ich.

Er nimmt einen weiteren tiefen Zug und blinzelt in die durch die Bäume brechende Sonne.

«Und was machst du hier?»

Keine Ahnung, warum ich das frage. Eigentlich will ich so schnell wie möglich weiter.

«Ich?», sagt er und zeigt zu dem Grab, auf dem er eben saß. Es ist anscheinend sehr frisch, und auf dem Stein steht bis jetzt nur der Vorname. «Ich bin Steinmetz.»

Wahrscheinlich wegen meines fragenden Gesichtsausdrucks erklärt er weiter: «Ich mache Grabsteine.»

Immer noch verwundert, frage ich nochmal: «Und was machst du dann hier?»

«Na ja, also ich muss auch den Stein aufstellen, weißt du. Und meistens mach ich die Inschrift erst danach.»

Er erklärt mir, dass das Grab immer erst ein paar Tage sacken muss, bevor er das Fundament für den Stein gießen kann. Und manchmal hat er so viel zu tun, dass er die Inschrift erst vor Ort machen kann. Vor allem um die Jahreswende. Alte Leute sterben wohl gerne nach dem gemeinsamen Weihnachtsfest mit der ganzen Familie.

«Aber auch jetzt ist ordentlich was los.» Er wischt sich den Schweiß von der Stirn. «Ich bin hier seit über zwei Wochen am Schaffen. Bei der Hitze fallen die Alten um wie die Fliegen. Letztens ist was Krasses passiert.» Die Erinnerung daran bringt ihn zum Lachen. «Also, pass auf, da war 'ne Beerdigung von 'nem alten Mann. Ziemlich trostlos. Keine Gäste, nur seine Frau war da. Die war vollkommen fertig. Auch schon älteres Semester. Jedenfalls konnte man sich nicht sicher sein, ob es nun Tränen oder Schweiß waren, die da durch ihre Falten flossen. Sie hatte natürlich komplett schwarze Sachen an, und es war so heiß, ich konnte es im T-Shirt kaum aushalten. Auf jeden Fall geht sie nach der Rede vom

Pfarrer an das Grab, wirft einen Blumenstrauß rein, verliert das Gleichgewicht, knallt auf den Sarg und ist auf der Stelle tot.»

Er sieht mich kurz vollkommen ausdruckslos an und bricht dann in heftiges Gelächter aus. Auch ich kann nicht an mich halten. Die Schadenfreude ist stärker als mein Gewissen, und zum ersten Mal seit Wochen lache ich richtig laut los. Es ist so befreiend, dass ich länger lache als angebracht. Nachdem ich mich beruhigt habe, streckt er mir seine Hand entgegen.

«Ach so, ich bin Lennart.»

«Ich bin Mika», sage ich und schüttele seine Hand. Sie ist steinhart, von Hornhaut überzogen, doch er hat die Finger einer Frau. Schlank und feingliedrig.

«Freut mich, dich kennenzulernen, Mika.»

Fast jeden Tag gehe ich jetzt auf den Friedhof. In den Schaukästen hängt immer eine Liste mit den aktuellen Beerdigungen, die es mir leichtmacht, meinen neuen Freund Lennart zu finden. Ich sehe ihm bei der Arbeit zu, und wir reden. Über alles. Wirklich alles. Wir finden immer ein neues Thema. Es wird nie langweilig.

Nachts liege ich in dem Zimmer unterm Dach, auf dem Sterbebett meines Onkels, mit den Elektroden auf der Brust und höre Musik. Ich habe mich schon einmal quer durch den Raum gehört und das Prinzip verstanden: Jeder Schrank beherbergt eine bestimmte Musikrichtung. Jazz, Soul, Klassik. Für Rock-Pop gibt es mehrere Schränke, die noch einmal in England und Amerika unterteilt sind. Es gibt einen Schrank mit französischer Musik und einen mit Filmmusik. Alles ist alphabetisch geordnet, und von jedem Künstler gibt es mehrere Platten.

Eines Nachts fällt mir plötzlich auf, dass überall auf den Schränken Kartons stehen. Größere, kleinere, manche mit Aufschrift, andere nicht. Ich ziehe mir einen Stuhl heran und wuchte einen der Kartons herunter. Er ist voll mit Notizbüchern, Fotos, Zetteln. Es scheint keine erkennbare Ordnung zu herrschen. Ich finde Briefe, Zeitungsartikel, Gedichte. Alles anscheinend von meinem Onkel geschrieben, was ich an der immer selben ausladenden Handschrift erkenne. Auf einmal habe ich das Gefühl, in seiner Privatsphäre herumzuschnüffeln, und schließe den Karton wieder.

Warum hat er das alles aufgehoben?

Blöde Frage. Er war ein Sammler. Besessen davon, alles anhäufen zu müssen. Die Plattensammlung ist der beste Beweis dafür.

Ich gehe an den Schränken entlang und versuche die

Aufschriften zu entziffern. Da stehen Jahreszahlen, Namen und Bezeichnungen wie 'Fotos' oder 'Negative'. Auf einmal entdecke ich einen Karton, auf dem mit kräftigen Pinselstrichen zwei rote Ziffern stehen. Eine 2 und eine 7. Ich bekomme einen Schreck.

27. Diese Zahl verfolgt mich, seit ich zählen kann. Wir wohnen in dem Haus Nummer 27, meine Mutter hat am 27. Geburtstag und hat mich mit 27 Jahren bekommen. Nachdem ich in der Schule Addieren, Multiplizieren und Quersummen bilden gelernt hatte, wurde es noch schlimmer. Seitdem schaffe ich es, aus fast jeder Zahl oder Zahlenkombination eine 27 zu bilden. Doch nicht nur diese Zahl, auch alle Zahlen, die man aus ihr bilden kann, wie neun $(2+7)$, vierzehn (2×7), fünf $(7-2)$, vierundfünfzig (2×27), neunundvierzig (7 hoch zwei) und dreiundfünfzig $(2 \times 2 + 7 \times 7)$ sind für mich ein klarer Hinweis auf die Zahl 27. Und damit immer noch nicht genug: Auch die Summe oder das Produkt, der Quotient oder die Differenz, die Quersumme, das Quadrat oder die Wurzel dieser Ergebnisse sind für mich nichts anderes als 27. Manchmal verbringe ich mehrere Minuten damit, eine Zahl so zu drehen und zu wenden, bis sie einem Ergebnis entspricht, das ich wiederum über Umwege auf 27 zurückführen kann. Und nun ist hier ein Karton, auf dem ganz eindeutig und ohne jeden Zweifel eine 27 steht. Es braucht keine mathematische Meisterleistung, damit mir das Angst macht.

Ich fühle mich wie ein Archäologe, der einen verloren geglaubten Schatz hebt, als ich den Karton auf dem Boden abstelle und ihn öffne. Wieder ein heilloses Durcheinander. Einige Fotos, viele Notizzettel, Kopien von offiziell wirkende Dokumente, Briefe. Dann entdecke ich eine mit Schreibmaschine getippte Seite, auf deren Kopfzeile eine 27 steht. Ich ziehe sie heraus und fange an, sie zu lesen.

27

1. Dave Alexander, 3. 6. 1947 – 10. 2. 1975,
   (The Stooges), Alkohol/Lungenentzündung
2. Jesse Belvin, 15. 12. 1932 – 6. 2. 1960,
   (Sänger und Songwriter), Autounfall
3. Chris Bell, 12. 1. 1951 – 27. 12. 1978,
   (Big Star), Autounfall
4. Dennes Dale Boon, 1. 4. 1958 – 23. 12. 1985,
   (The Minutemen), Autounfall
5. Arlester Christian, 13. 6. 1943 – 13. 3. 1971,
   (Dyke & The Blazers), Mord
6. Kurt Cobain, 20. 2. 1967 – 5. 4. 1994,
   (Nirvana), (Selbst-)Mord
7. Pete DeFreitas, 2. 8. 1961 – 14. 6. 1989,
   (Echo & the Bunnymen), Motorrad-Unfall
8. Roger Lee Durham, 14. 2. 1946 – 27. 7. 1973,
   (Bloodstone), Reitunfall
9. Malcolm Hale, 17. 5. 1941 – 31. 10. 1968,
   (Spanky and Our Gang), Lungenentzündung
10. Pete Ham, 27. 4. 1947 – 24. 4. 1975,
    (Badfinger), Selbstmord
11. Jimi Hendrix, 27. 11. 1942 – 18. 9. 1970,
    Überdosis Drogen
12. Robert Johnson, 8. 5. 1911 – 16. 8. 1938,
    Mord
13. Brian Jones, 28. 2. 1942 – 3. 7. 1969,
    (The Rolling Stones), Tod durch Ertrinken
14. Janis Joplin, 19. 1. 1943 – 4. 10. 1970,
    Überdosis Drogen

(Big Brother and the Holding Company/The
Kozmic Blues Band/Full Tilt's Boogie Band)

15. Helmut Köllen, 2. 3. 1950 – 3. 5. 1977,
    (Triumvirat), Kohlenstoffmonoxid-Vergiftung

16. Ron McKernan, 8. 9. 1945 – 8. 3. 1973,
    (Grateful Dead), Alkohol

17. Rudy Lewis, 23. 8. 1936 – 20. 5. 1964,
    (The Drifters), Überdosis Drogen

18. Jim Morrison, 8. 12. 1943 – 3. 7. 1971,
    (The Doors), Herzinfarkt

19. Kristen Pfaff, 26. 5. 1967 – 16. 6. 1994,
    (Hole), Überdosis Drogen

20. Gary Thain, 15. 5. 1948 – 8. 12. 1975,
    (Uriah Heep), Überdosis Drogen

21. Alan Wilson, 4. 7. 1943 – 3. 9. 1970,
    (Canned Heat), Überdosis Barbiturate

22. Mia Zapata 25. 8. 1965 – 7. 7. 1993,
    (The Gits), Mord

23. Les Harvey, 13. 9. 1945 – 3. 5. 1972,
    (Stone the Crows), Stromschlag

Einige der Namen auf der Liste kenne ich. Ich habe sie
auf den Plattencovern gelesen. Es sind Musiker oder Sänger. Ich überfliege die Geburts- und Todesdaten, und auf
einmal wird mir klar, dass dies eine Liste von Musikern
ist, die mit 27 gestorben sind.

Ich werde immer nervöser. Ich muss herausfinden, was
es damit auf sich hat. Wie ein Kommissar, der die Spuren eines Mordfalls zu einem großen Ganzen zusammenfügt, untersuche ich die Beweismittel. Ich sehe mir einige
der Fotos an. Auf den Rückseiten stehen Namen. Namen
von der Liste. Ich entdecke Kopien von Totenscheinen,

ausgestellt für Namen von der Liste. Außerdem liegt ein Magazin in dem Karton. Einige der Fotos sind auf dem Cover zu einer Collage zusammengefasst. Eine rote 27 und der Titel ‹Tod mit 27› stehen darunter. Ich schlage die angegebene Seite auf. Es ist ein Artikel von meinem Onkel.

TOD MIT 27

Janis Joplin, Jimi Hendrix, Jim Morrison,
Brian Jones, Kurt Cobain …
Warum starben sie mit 27?

Die Liste der mit 27 verstorbenen Musiker ist lang. Eine Studie hat ergeben, dass in jedem Alter bekannte Musiker gestorben sind, aber mit 27 mit Abstand die meisten. Was hat es mit dieser Zahl auf sich?

Die Bibel spricht von 7 fetten, 7 dürren Jahren. Mit achtundzwanzig würde die fünfte Periode dieser Zeitrechnung beginnen. Haben alle diese Musiker ihr Leben mit 7 fetten Jahren begonnen und war die zweite Dürreperiode einfach nicht mehr auszuhalten? Dagegen würde augenscheinlich sprechen, dass diese Musiker auf dem Höhepunkt ihres Erfolges gestorben sind, jedenfalls soweit wir das beurteilen können, ohne ihren weiter Werdegang erlebt haben zu dürfen. Ist man glücklich, weil man erfolgreich ist?

Laut Edgar Hower, einem renommierten Psychiater, in dessen Klinik jährlich unzählige Stars pilgern, leiden die meisten Personen des öffentlichen Lebens an der sogenannten Borderline-Störung. «Die Betroffenen leiden unter einem höheren Verbrauch von Glückshormonen, weshalb sie sich ihren Platz in der Öffentlichkeit suchen, um sich so ihre Endorphinschübe in Form von Anerkennung und Applaus zu besorgen. Bleibt der Erfolg aus oder wird er normal, greifen sie nicht selten zu Drogen, um die Belohnung im Gehirn künstlich herzustellen. Zusätzliche Symptome sind Depressionen und die Angst vorm Alleinsein. Diese Angstzustände sind teilweise so stark, dass sich jeder zehnte Borderliner das Leben nimmt.» Hinzu komme, dass Borderline-Störungen zwischen dem 20. und 30. Lebensjahr am stärksten ausgeprägt sind, was gleichzeitig die kreativsten Jahre seien und wiederum das Phänomen des Klub 27 erklären könnte.

Der Klub 27. Ein geflügelter Begriff oder ein Fluch? Kurt Cobains Schwester zum Beispiel behauptet, dass ihr Bruder zu Lebzeiten oft damit kokettiert hätte, dem «Klub» beitreten zu wollen, was er am 5. April 1994 mit Hilfe einer Schrotflinte, mit der er sich in den Kopf schoss, auch tat. Um seinen und um die meisten anderen und immer unnatürlichen Tode ranken sich zahlreiche Verschwörungstheorien.

Wurden sie ermordet, und wenn ja, für wen waren sie eine Bedrohung, wenn sie doch nur Musiker waren und laut Dr. Hower nichts anderes als Liebe wollten? Wurden sie in den Tod getrieben? Wenn ja, durch wen? Durch ihre Fans, die Presse? Oder haben diese Ikonen laut der Prämisse ‹Live fast and die young› schlichtweg ihr gesamtes Leben im Zeitraffer gelebt?

Ich lege das Magazin beiseite und fühle meinen Puls. Er ist auf Hochtouren.

Und in diesem Moment entsteht sie in mir. Die Angst, mit 27 zu sterben. Sie wächst schnell. Wird zu einer Gewissheit, einer Überzeugung. Wie ein Virus breitet sie sich in meinem Körper aus. Ein Geschwür, das meine Seele befällt. Ein Tumor, der mein Gehirn überwuchert. Auch meine rationalen Gedanken kommen nicht dagegen an. Was für ein Schwachsinn, sage ich mir. Diese Menschen waren Stars, Ikonen, Musiker, die ganze Generationen geprägt haben. Ich spiele nicht einmal ein Instrument, ganz abgesehen davon, dass ich alles andere als berühmt bin. Bis auf meinen Tick mit der Zahl 27 gibt es überhaupt keinen Bezug zu dieser Angst. Doch so ist das wohl mit Ängsten. Die Menschen haben Angst vor Spinnen, Fahrstühlen, Flugzeugen, Terroristen. Dabei gibt es in unseren Breitengraden keine tödlichen Spinnen, ein Fahrstuhl ist gesichert und wird regelmäßig gewartet, das Flugzeug ist das sicherste Transportmittel der Welt, und die Wahrscheinlichkeit, einem Terroranschlag zum Opfer zu fallen, ist verschwindend gering. Diese Ängste sind nicht rational, aber für den, der sie hat, nicht mehr wegzudiskutieren. Und meine Angst wächst weiter, nimmt den ganzen Raum ein, überschattet mein Leben, alles, was war und was noch kommen wird. Ich werde mit 27 sterben, und dagegen kann ich keine Beruhigungstablette nehmen. Ich kann die Angst nicht einfach wegsaugen oder mit einer Zeitung totschlagen. Es gibt keinen Alarmknopf, der den Wartungsdienst ruft. Keine Stewardessen, die mich zu den Ausgängen weisen, und ich kann auch keine Armee aussenden, die Krieg dagegen führt. Ich kann nichts tun. Ich werde damit leben müssen. Die Uhr hat angefangen zu ticken. Nicht mal zehn Jahre bleiben mir noch. Nicht mal zehn Jahre.

Am nächsten Tag, nach einer unruhigen Nacht, bilde ich erst einmal aus einer Mischung des heutigen Datums und der aktuellen Uhrzeit die Zahl 27 und beglückwünsche mich dann zum ersten Tag meines restlichen Lebens. Heute beginnt es also. Das ist der Anfang vom Ende. Eigenartigerweise fühle ich mich bereit für die neue Zeitrechnung.

Mit meiner Angst im Rucksack mache ich mich auf den Weg zum Friedhof. Mittlerweile kenne ich mich mit den Abteilungen und Reihen dieses organisierten Jenseits gut aus, und nachdem ich einige der frischen Gräber abgegangen bin, finde ich Lennart in seiner typischen Haltung: Er sitzt auf einem halbfertigen Grabstein, raucht einen Joint, zu seinen Füßen eine halbvolle Flasche Bier. Wie jedes Mal bietet er mir beides an. Und wie jedes Mal lehne ich beides ab. Aber dann überlege ich es mir noch einmal … knapp zehn Jahre. Da wird es höchste Zeit, neue Erfahrungen zu machen. Das Leben zu genießen. Also sage ich nein zum Joint, aber ja zum Bier. Dem ersten folgt ein zweites. Dem zweiten ein drittes und so weiter. Ich war noch nie betrunken, doch nachdem die Sonne untergegangen ist, bin ich schon mal um diese Erfahrung reicher.

Lennart hat wieder das Nirvana-T-Shirt an, wie bei unserem ersten Treffen, und ich bin mir plötzlich nicht sicher, ob ich ihn überhaupt schon mal in einem anderen Shirt gesehen habe.

«Du scheinst Nirvana zu mögen», sage ich.

Lennart tut schockiert. «Mögen?! Tickst du noch ganz richtig? Kurt Cobain hat alles für mich in die Welt geschrien, was ich mich nie trauen würde zu sagen, vestehst du. Nirvana sind die Größten.»

«Waren», unterbreche ich seine Euphorie.

«Ja, Scheiße, diese alte Fotze.» Er springt vom Grabstein, nimmt seinen Hammer und den Meißel in die Hand und beginnt, seine Arbeit am Stein fortzusetzen.

«Was? Wer?»

«Na, Courtney Love, seine Frau.»

«Was hat die denn damit zu tun, er hat sich doch selbst umgebracht.»

«Das glaubst du.»

«Wieso, und was glaubst du?»

«Die Alte hat ihn in den Tod getrieben.»

«Wie das denn?»

«Also, die hat es irgendwie geschafft, ihn von sich abhängig zu machen, verstehst du, und ihn auch immer wieder zurück an die Nadel gebracht. So war das.»

«Aber er ist doch nicht an Drogen gestorben, sondern hat sich erschossen …»

Lennart unterbricht seine Arbeit, legt sein Werkzeug beiseite und setzt sich neben mich. Leise, als wäre es ein Geheimnis, fährt er fort. «Jetzt hör mir mal gut zu: Also, Kurt war mit Kristen Pfaff zusammen, der Bassistin von Courtneys Band Hole, verstehst du. Und aus lauter Eifersucht hat Miss Love ihn dazu getrieben, sich zu erschießen, kapiert. Die hatte 'ne übermenschliche Macht über ihn. Und diesen Abschiedsbrief, den hat er gar nicht selbst geschrieben. Dafür gibt es Beweise.»

«Was für Beweise?»

«Na, so handschriftliche Untersuchungen, die beweisen, dass Courtney den Brief selber geschrieben hat.»

«Aber dass er sich selbst umgebracht hat, wurde doch auch bewiesen.»

«Klar. Da wurden so Schmauchspuren auf seinen Händen gefunden, also gemacht hat er es auf jeden Fall selber. Aber ich sag dir, die Fotze hat ihn regiert.»

«Krass.»

«Das kannst du wohl laut sagen.» Lennart leert sein Bier und macht sich ein neues auf. «Scheiße, Mann, er war der letzte wahre Held.»

«Wie meinst du das?»

«Na, es gibt doch keine Leute mehr, um die die ganze Welt weinen wird.»

«Du meinst, die ganze westliche Welt.»

«Ja, von mir aus, was weiß ich. Ich meine uns, Mika. Uns. Wen gibt es denn noch, um den wir weinen würden? Die sind doch schon alle tot.»

Ich bin betrunken, und dieser Gedanke macht mich traurig. Gibt es wirklich keine Helden mehr? Wenn ja, warum nicht? Wird es nie wieder welche geben?

«Ich sag dir, Mika, es gibt kaum noch Helden, die sterben aus, für die ist kein Platz mehr. Wir sollen uns selbst finden, selbst erfüllen und den ganzen Scheiß. Da brauchen wir niemanden mehr, der das für uns tut.» Lennart ist ruhig und sachlich, doch plötzlich kippt seine Stimmung. «Pass mal auf, Mika, wir spielen jetzt ein Spiel. Jeder sagt einen Helden, der auf unnatürliche Art gestorben ist, verstehst du. Also Name und Todesursache, und wem als Letztes keiner mehr einfällt, der hat verloren.»

«Okay, aber dann will ich noch ein Bier.»

«Kein Problem, aber dafür fängst du an.»

Ich nehme mir eins von den Bieren, die Lennart oben auf den Grabstein gestellt hat, mache es auf und überlege kurz.

«Okay, John F. Kennedy. Erschossen.»

«Na dann, sein Bruder Robert F. Kennedy, auch erschossen.»

«Genau. Und natürlich Marilyn Monroe, Überdosis Schlafmittel.»

«Wobei sie mit beiden Kennedys ein Verhältnis gehabt haben soll.»

«Ja genau, die Verschwörungstheorie lautet, dass sie aus Eifersucht auf Befehl von John vom CIA ermordet wurde.»

«Dabei waren Robert und sein Schwager die Letzten, die sie sahen.»

«Na ja ... du bist dran.»

«Ich bleibe bei Politischem. Martin Luther King. Erschossen.»

«Dann bleibe ich bei Schauspielern. James Dean, raste mit seinem neuen Porsche in ein entgegenkommendes Auto.»

«Malcom X. Von drei Attentätern der Nation of Islam erschossen.»

«Sharon Tate. Von Mitgliedern der Manson Family erstochen.»

«O ja. Und sie war im achten Monat schwanger.»

«Krass, oder?»

«Allerdings. Also. Grace Kelly. Verlor nach einem Schlaganfall die Kontrolle über ihren Wagen, der einen Abhang herunterstürzte. Ihre Tochter, diese Stephanie, saß auch im Wagen und hat überlebt. Es gibt ja Leute, die behaupten, dass sie das Auto gesteuert hat.»

«Und bringt ihre Mutter um, o Mann. Wie hieß sie später noch?»

«Fürstin Gracia Patricia.»

«Ja genau. Okay, noch eine: Prinzessin Diana.»

«O ja.»

«Starb auch bei einem Autounfall mit ihrem neuen Liebhaber Dodi Fayet. Sie waren auf der Flucht vor Paparazzi. Ihr Chauffeur war wohl betrunken.»

«Genau, in Paris, oder?»

«Ja, ja. Im Tunnel.»

«Weißt du, wie Bob Marley gestorben ist?»

«Wurde der nicht auch erschossen?»

«Nein, nein. Er wurde mal angeschossen, aber daran ist er nicht gestorben. Der hat sich bei einem Fußballspiel den Fuß verletzt und hat ihn nicht behandeln lassen. Irgendwie entsprach das nicht seinem Rasta-Glauben. Daraufhin bekam er irgendeinen Krebs, der dann irgendwie die Organe befiel.»

«Und daran ist er krepiert?»

«Ja. Wegen der Chemotherapie verlor er alle seine Dreadlocks. Deshalb brach er die Behandlung ab und starb.»

«Und alles wegen einer Fußballverletzung?»

«Ja. Heftig, oder?»

«Allerdings.»

«Du bist dran.»

«Okay. Warte … Also Musiker gibt es viele. John Lennon. Von einem Typen, der ihn für den Antichrist hielt, vor seinem Wohnhaus in New York erschossen.»

«Das Dakota Building. Und der Verrückte hieß Chapman.»

«Ach, ja.»

«Also, Jeff Buckley. Wollte betrunken durch den Mississippi schwimmen.»

«Was? Der Sohn von Tim Buckley?»

«Ja genau. 'Sweet surrender' und so.»

«Der ist doch auch an 'ner Überdosis gestorben.»

«Genau. Er dachte, es wäre Koks, dabei war es verschnittenes Heroin. Wer ist dran?»

«Na, du … ich hatte Tim Buckley.»

«Na gut, lass ich gelten. Also … The Bird. Charlie Parker. Überdosis Drogen.»

«Ich werd mal kurz modern okay? Also Tupac Shakur. Erschossen.»

«Der Rapper. Da weiß ich auch einen: Notorious BIG, auch erschossen.»

«Der Sänger von INXS.»

«Michel Hutchens.»

«Genau. Bei dem weiß man nicht, wie er gestorben ist. Irgendwas mit Sexspielchen.»

«Auch gut. Zählt Elvis?»

«Vielleicht unter totgesoffen.»

«Ich dachte, es wären Medikamente gewesen.»

«Vielleicht lebt er ja auch noch!»

«Okay … Lass mich überlegen. Jesus.»

«Dir fällt wohl nichts mehr ein!»

«Wieso, der ist ja wohl mehr als berühmt.»

«Und wurde gekreuzigt.»

«Genau. Das zählt.»

«Na gut. Hitler.»

«O Mann.»

«Wieso. Todesursache ungeklärt.»

«Okay, Gleichstand. Schluss mit dem Spiel.»

Erst auf dem Nachhauseweg merke ich, wie betrunken ich bin. Meine Füße scheinen kaum den Boden zu berühren, und ich sehe doppelt, oder dreifach, oder zehnfach. So genau kann ich das nicht erkennen. Auch das Geradeauslaufen fällt mir schwer, doch insgesamt fühle ich mich leicht. Beflügelt. Ich schwebe regelrecht nach Hause. Und dann fängt es an zu regnen. Blitz und Donner machen das plötzliche Sommergewitter komplett. Ich laufe durch die leeren Straßen, und der Regen prasselt auf mich herunter. Nach nicht einmal einer Minute bin ich vollkommen durchnässt. Die Elektroden auf meiner

Brust zeichnen sich unter dem nassen T-Shirt ab. Nach wie vor schenkt mir mein kleiner elektronischer Begleiter mit Standleitung zu den Schutzengeln Sicherheit. Und dann ist es wieder da. Dieses Bewusstsein. Das klare Gefühl, dass ich früh sterben werde, aber noch nicht jetzt. Das Leben hat noch etwas mit mir vor.

Das Gewitter scheint direkt über mir zu sein. Gleichzeitig erhellen und erschüttern Blitz und Donner die Straße.

«Du bist zu früh!», schreie ich in den Himmel. «Such dir jemand anderen. Meine Zeit ist noch nicht gekommen!» Ich strecke die Hände in die Luft. Der Donner übertönt meine Worte. «Ich werde groß werden. Die Welt wird um mich weinen!»

Der Himmel brüllt wütend zurück, aber ich lache ihn aus.

«Du kannst mir gar nichts!», rufe ich.

Noch nicht. Noch nicht.

Lennarts Geschichte über Kurt Cobain hat mich neugierig gemacht. Wer waren diese Ikonen? Und viel wichtiger, warum sind sie gestorben? Wie sind sie zu Mitgliedern im Klub 27 geworden? Nachdem ich meine nassen Sachen ausgezogen und mich abgetrocknet habe, öffne ich die Kiste mit der 27 und sehe mir erneut die Liste an. Robert Johnson, ein amerikanischer Blues-Musiker und Sänger, gestorben am 16. August 1938, scheint das erste Mitglied des inoffiziellen Klubs gewesen zu sein. Ich gehe zum Amerika-Schrank und suche unter R.

Tatsächlich finde ich eine Box, in der drei Schallplatten und ein dickes Booklet liegen. Auf dem Cover ist die Schwarz-Weiß-Fotografie eines lächelnden schwarzen Mannes im Anzug abgebildet. Er trägt einen Hut und hält seine Gitarre auf den übergeschlagenen Beinen. 'Robert Johnson The Complete Recordings' ist rechts oben zu lesen. Auf den drei Platten sind 41 Songs und 12 alternate Tracks. Ich lege die erste Platte auf und suche in der 27-Kiste nach Dokumenten oder Notizen über Robert Johnson.

Der erste Song ist 'Kind hearted woman', ein klassischer Blues mit einer sehr rau geschruppten Rhythmusgitarre, die aber immer wieder durch wunderbar zärtlich gespielte Melodien erweitert wird. Er singt eher undeutlich, und der Klang seiner Stimme erinnert an eine Trompete oder Mundharmonika. In der Hälfte des Songs wechselt er plötzlich in die Kopfstimme und singt mit dem Timbre einer Frau. Es ist unfassbar intensiv, und die schlechte Qualität der alten Aufnahme gibt mir das Gefühl, er würde aus dem Jenseits zu mir singen.

In der Kiste scheint es Biographien über jeden auf der Liste zu geben, und schließlich finde ich auch ein Dokument, in dem steht, dass Robert Leroy Johnson vergiftet wurde. Ein eifersüchtiger Ehemann soll ihm nach dem Konzert eine mit Strichnin versetzte Flasche Whiskey gegeben haben, die er unwissend leerte und drei Tage später starb. Dagegen steht die Meinung eines Wissenschaftlers, der behauptet, man würde Strichnin immer herausschmecken und dass man schon eine ganze Menge davon einnehmen müsste, um daran zu sterben, was dann allerdings in den nächsten Stunden und nicht erst nach Tagen passieren würde. Weiter unten steht noch eine andere Version, nach der ihn der Teufel geholt haben soll: Als Johnson ein kleiner Junge war, träumte er davon, ein großer Blues-Gitarrist zu werden. Ihm wurde gesagt, er solle mit seiner Gitarre um Mitternacht zu einer ganz bestimmten Kreuzung gehen. Dort traf er einen großen schwarzen Mann, der ihm seine Gitarre stimmte und einige Lieder darauf spielte. Fortan war Johnson mit seiner Gabe gesegnet, aber er hatte sich mit dem Teufel eingelassen und ihm seine Seele versprochen. In mehreren seiner Songs thematisiert Johnson den Teufel, und einer trägt den Titel 'Crossroads'.

Irgendwie bleibe ich an dieser Anekdote hängen. Vielleicht hatten ja alle diese Musiker dem Teufel für ihr Talent die eigene Seele versprochen, und dieser holte sie sich immer, wenn sie 27 waren. Wussten Johnson und seine Kollegen, mit wem sie es zu tun hatten? Aber selbst wenn, dann war ihr Wunsch, ihr Traum, einer von den Großen zu werden, mit Sicherheit größer als die Angst um die eigene Seele. Ich würde den Deal jedenfalls eingehen. Keine Ahnung, was der Teufel mir für ein Talent geben kann, aber da wird uns schon was einfallen. Ich meine, ich werde so oder so mit siebenundzwanzig sterben, und dann sterbe ich lieber als einer der Großen und ohne Seele, als unbedeutend und mit unzufriedener Seele. In dieser Nacht nehme ich mir eine Biographie nach der anderen vor, bis mir die Augen zufallen.

Als ich mich am nächsten Tag auf den Weg zum Friedhof mache, regnet es immer noch. Lennart hat über das Grab, an dem er gerade arbeitet, eine Plane zwischen ein paar Bäumen gespannt. Das Geräusch des Regens in den Bäumen und auf der Plane leert meine Gedanken, und als Lennart mir den Joint anbietet, sage ich ja.

Wie immer rollt er in seiner offenen Hand Gras und Tabak trichterförmig in ein Blättchen und zündet es mit der nach Benzin riechenden Flamme seines Zippos an. Dann reicht er mir die Wundertüte. Ich betrachte die sanfte Glut, als ich dran ziehe, und atme den mir mittlerweile bekannten, herben Duft tief ein. Ich spüre, wie sich meine Lungen mit dem Rauch füllen. Beim Ausatmen muss ich leicht husten, aber es ist nicht unangenehm. Ich drehe den Joint zwischen meinen Fingern hin und her. Müsste jetzt etwas passieren?

Ich nehme noch einen Zug. Das Gefühl, wie der sanfte Rauch durch den Filter auf meine Zunge strömt und meinen Mund füllt, ist angenehm und wirkt nicht fremd. Ich ziehe ihn in meine Lungen und lasse ihn langsam herausströmen. Sofort gefällt mir dieser Moment. Das Loslassen, das Rauslassen des Rauchs hat eine unglaublich befreiende Wirkung. Sollte jetzt etwas passieren?

Beim nächsten Ausatmen kommt es mir vor, als würde meine Seele aus mir herausströmen. Als wäre der Dampf, der aus meinen Lungen steigt, mein innerstes Selbst, als hätte ich mich selbst ausgeatmet. Ist es das, was passiert?

Ich gebe Lennart den Joint zurück und sehe ihn gespannt an. Während der letzten Minute habe ich mich nur auf das konzentriert, was ich tat. Nun erwarte ich irgendeine Reaktion seinerseits. Doch er nimmt es genauso selbstverständlich hin, dass ich jetzt geraucht habe, wie er es sonst hinnimmt, wenn ich ablehne. Er lässt mich sein wie ich bin. Mein Freund. Lennart.

Ich beobachte ihn beim Rauchen. Vielleicht ist das wirklich der Grund, warum Zigarettenkonsum in unserer Gesellschaft so weit verbreitet ist. Man hat durch die Sichtbarkeit des Atems das Gefühl, sich zu erleichtern, etwas loszuwerden. Aber es gibt ja auch Menschen, die den Rauch heftiger einatmeten als aus. Vielleicht wollen die sich etwas reinziehen, sich etwas antun, mit dem Tod spielen.

Doch bis auf meine sehr deutlichen Gedanken passiert nichts» mit mir. Ich dachte immer, high oder stoned zu sein, wäre eine klare Gefühlsregung, doch in mir passiert nichts Außergewöhnliches. Vielleicht hab ich noch nicht genug genommen. Ich tippe Lennart an und verlange den Joint zurück.

«Ja, ja, immer mit der Ruhe. Nur weil man sich beeilt, dauert das Leben auch nicht länger», sagt er, nimmt noch einen tiefen Zug und reicht mir den Rest der Tüte.

Während ich inhaliere, denke ich über das nach, was er gesagt hat. Diesmal fühlt es sich heiß zwischen meinen Fingern an. Auch der Rauch wirkt heißer, was das Gefühl beim Ausatmen nur noch intensiver macht.

«Aber vielleicht bekommt man mehr unter. Also, vielleicht erlebt man ja in seiner Zeit mehr, wenn man sich beeilt», sage ich.

«Glaub ich nicht. Wenn ich zum Beispiel von der Bushaltestelle zum Friedhof laufe, dann sehe ich oft Besucher oder den Gärtner, die den gleichen Weg gehen. Ich schlendre so vor mich hin, und die sind total aufgeregt. Beeilen sich. Der Gärtner zu spät, die Besucher unter Zeitdruck und so. Aber am Ende kommen wir alle zu einer ähnlichen Zeit am Haupttor an. Ich halt immer als Letzter, aber bestimmt nur eine Minute später als der Erste. Also, was soll das ganze Gehetze? Vielleicht stehe ich ja auch eine Minute später vorm Himmelstor, weil ich mich nicht so beeilt hab wie die anderen.»

Den Gedanken finde ich spannend.

«Das ist lustig. Du so: Ich war halt schon immer von der gemütlicheren Sorte, da muss ich auch später sterben.»

«Genau», meint Lennart, «der Tod steht so vor mir und ich so: Nee, tut mir leid, ich hab da grad noch was zu erledigen.»

«Ja genau … Äh, also, das passt mir gerade gar nicht. Könnten Sie vielleicht später nochmal wiederkommen?»

«Ja, nee, is grad ganz schlecht. Ich muss dann auch weiter.»

«Vielleicht sieht man sich ja ein andermal.»

«Das ist gut!»

Wir fangen an zu lachen.

«Hmm … eigenartig: Ein Herr Schnitter steht gar nicht in meinem Terminkalender.»

«Da muss meine Sekretärin irgendwas verwechselt haben …»

«Ja, leider hab ich für den Tod gerade keinen Termin frei.»

«Sie könnten ja morgen nochmal wiederkommen.»

«Ja, sehr gut!»

«Oder: Ich hab da einen Kollegen. Vielleicht hat der einen Termin frei.»

«Genau! Vielleicht kann mein Kollege Ihnen ja weiterhelfen. Ich geb Ihnen mal seine Nummer!»

Unterbrochen von heftigen Lachanfällen, geben wir immer noch einen zum Besten.

«Lassen Sie mir gern Ihre Nummer da. Ich ruf dann an, wenn was frei wird.»

«Jaa! 666 … das ist aber 'ne komische Nummer!»

«Wo kommen Sie denn her?»

Ich kriege kaum Luft vor Lachen. Fast hysterisch kreischen wir weiter.

«O nee, sterben? Hab ich grad nicht so Bock drauf!»

«Das macht doch keinen Spaß, lass uns lieber was trinken gehen.»

«Nee, ich bin zu müde, um noch was zu unternehmen. Vielleicht ein andermal.»

«Ja, jetzt entspann dich mal. Chill mal 'ne Runde!»

«Genau! Du arbeitest zu viel. Lass mal fünfe gerade sein.»

«Ja, mach dich mal locker!»

«Fahr mal in Urlaub.»

«Sehr gut! Du bist ja leichenblass, ein bisschen Sonne würde dir guttun.»

«Du bist ja nur noch Haut und Knochen!»

«Du siehst ja aus wie der wandelnde Tod!»

Am Ende liegen wir völlig außer Atem und tränenüberströmt vor Lachen auf dem Boden. Immer wieder fangen wir an zu kichern. Weil der andere genau weiß, worüber gerade gelacht wird, kann er sich auch nicht beherrschen, und so bricht es wieder aus uns heraus. Schließlich schleppe ich mich immer noch vor mich hinkichernd nach Hause.

Am nächsten Morgen ist die Welt eine andere. Alles klingt dumpf, und es ist, als würde ich durch einen dünnen Nebel sehen. Ich spüre meinen Körper nicht richtig, fühle mich leicht, aber kaputt.

Auf dem Esstisch in der Küche liegt eine Visitenkarte. darauf steht:

ME
music and entertainment

Darunter eine Adresse. Auf der Rückseite erkenne ich die Handschrift meiner Mutter.

Mika. Termin heute 14:00 Uhr.
Ruf mich an. Mum

Was hat das denn zu bedeuten? Ich wähle ihre Handy-nummer.

«Mika, ich bin gerade zwischen zwei Operationen. Hast du die Visitenkarte gefunden?»

«Ja, deshalb ruf ich an.»

«Ich dachte, weil du doch die Plattensammlung so toll findest. Und ich hab da letztens einem Patienten eine neue Herzklappe eingesetzt. Auf jeden Fall macht der ir-gendwas mit Musik. Ich dachte, vielleicht kannst du ein Praktikum machen oder so. Ist doch besser, als zu Hause rumhängen, oder?»

«Aber ich häng doch gar nicht rum.»

«Wie auch immer. Er ist sehr nett und meinte, er wird schon was für dich finden. Also, ich muss dann wieder. Grüß Herrn Goldmann von mir, ja? Ich hab dich lieb.»

«Ich dich auch.»

Na klasse, ein Vorstellungsgespräch bei einem herz-kranken Typen, der irgendwas mit Musik macht. Klingt ja nach meinem Traumjob. Ich sehe mir die Adresse noch einmal genauer an. Es ist am Kanal. Mit dem Bus nicht mal zehn Minuten, aber zu Fuß mindestens eine halbe Stunde. Ich sehe auf die Uhr, es ist kurz nach eins. Das könnte ich noch schaffen. Sollte ich? Ich denke schon. Immerhin habe ich noch einen Schwur zu erfüllen: Ich muss herausfinden, was mein Lebenstraum ist. Live your dream! Und am einfachsten findet man doch raus, was man will, indem man weiß, was man nicht will. Also ziehe ich mir ein frisches T-Shirt und meine Lieblingsjeans an, schlüpfe in meine ausgefransten Chucks und mache mich auf den Weg.

Als ich am Kanal ankomme, bin ich ziemlich fertig. Es war doch weiter, als ich dachte. Ich krame die Visiten-karte aus meiner Tasche, um die Hausnummer nachzusehen. 225. Scheiße. Die Quersumme von 225 ist 9, was wiederum die Quersumme von 27 ist. Ich bin verflucht.

Das Gebäude ist eines der vielen neuen Bürokomplexe, die das Ziel haben, den normalen Bürgern den Blick aufs Wasser zu versperren und uns unseren Platz in der zweiten Reihe zu verdeutlichen. Ich betrete die Eingangshalle, in dessen Mitte ein kreisrunder Empfangstresen steht. Dahinter sitzen zwei junge, leicht bekleidete Damen, die auffällig stark geschminkt sind und höchstwahrscheinlich nicht mit wasserstoffblonden Haaren auf die Welt gekommen sind.

«Was kann ich für dich tun?», sagt die eine zu mir.

Ich schiebe ihr die Visitenkarte rüber.

«Einen Moment.» Sie greift zum Hörer. «Ich habe hier – eine Sekunde ...» Dann fragt sie mich: «Wie ist dein Name?»

«Mika.»

«Ich habe Mika hier unten. Er hat einen Termin bei euch.»

Dann legt sie auf, gibt mir die Karte zurück, bittet mich, meinen Namen und die Uhrzeit in einer Liste einzutragen, und deutet auf die Fahrstühle.

«Siebter Stock, die Fahrstühle sind da drüben.»

Ich drehe mich um und sehe in Richtung dieser unmenschlich engen Transportkammern. Mein Herz macht einen Satz.

Ich habe keine Angst vor Fahrstühlen, jedenfalls nicht, dass ich wüsste, aber gerade jetzt vermischen sich Szenen aus schlechten Filmen vor meinem inneren Auge: Eine Gruppe von Menschen, die in einem Fahrstuhl stecken bleibt ... als sie den Kasten mit der Aufschrift Notruf öffnen, kommen dort, wo eigentlich ein Telefonhörer hängen sollte, nur zwei blanke Drähte aus der Wand.

Sie schreien nach Hilfe, schlagen gegen die Wände, versuchen die Luke in der Decke zu öffnen, doch alles ohne Erfolg. Nach mehreren Tagen ohne Nahrung losen sie schließlich aus, wer als Erstes gegessen werden soll. Es dauert Wochen, bis jemand die Fahrstuhltüren öffnet, um die Gefangenen zu retten. Doch dort sitzt nur noch eine Person mitten zwischen Knochen, Eingeweiden, Blut und Kot ...

Neben den Fahrstühlen ist standardgemäß die Tür zum Treppenhaus. Bevor ich auf die Ruftaste an der Wand drücke, blicke ich zurück zum Tresen. Die beiden Mädchen sehen sich irgendetwas auf einem der Monitore an, das sie zum Lachen bringt. Das ist meine Chance. So schnell wie möglich verschwinde ich im Treppenhaus und ziehe die Tür hinter mir zu. Was hat sie gesagt? Siebter Stock?! Vielleicht hätte ich meine Sportsachen nicht ganz so oft vergessen sollen.

Als ich oben ankomme, bin ich vollkommen fertig und durchgeschwitzt. Mein Mund ist trocken, und mein Herz rast. Doch ich habe keine Zeit runterzukommen. Es ist schon kurz nach zwei. Ich hab bestimmt zehn Minuten für den Aufstieg gebraucht. Also gehe ich aus dem Treppenhaus vorbei an den Fahrstühlen zu der Tür, auf der in großen Lettern ME steht. Ich betätige den Klingelknopf, der Türöffner surrt, und schon bin ich drin.

Wieder ein Empfangstresen. Hinter ihm wieder eine junge Dame und dahinter eine weiße halbrunde Wand, an der das von hinten beleuchtete Firmenlogo prangt.

«Hi, was kann ich für dich tun?»

«Ich bin Mika.»

«Ah ja. Du hast einen Termin mit Josh, richtig?»

Ich nicke. Keine Ahnung, wer Josh ist, aber sie wird es schon wissen.

«Eine Sekunde.» Auch sie greift zum Telefon. «Mika ist da. Alles klar.»

Sie legt auf und kommt hinter dem Tresen hervor. Sie trägt ein schwarz-weiß gestreiftes, enges Minikleid aus Baumwolle.

«Komm mit, ich soll dich gleich reinbringen.»

Während wir an mehreren Schreibtischen vorbei-gehen, von denen nur die wenigsten besetzt sind, genieße ich ihre Rückenansicht.

«Ganz schön heiß, nicht wahr?» Sie fährt sich mit der Hand durch ihre langen glatten Haare. «Zurzeit sind alle unterwegs, weil gerade der Release von Gregory Marcs ansteht.» Was? Gregory Marcs? Sie bleibt vor der Tür eines gläsernen Büros stehen. «Kennst du ihn?»

«Wen?»

«Na, Gregory.»

«Ja klar.» Wer kennt Gregory Marcs nicht, denke ich mir.

Sie klopft an die Tür eines Büros. «Josh hat ihn ent-deckt.» Sie öffnet die Tür, und ich streife mit der Schul-ter ihre Brüste, als ich hineingehe.

Josh steht am Fenster und telefoniert. Ich sehe nur seinen Rücken. «Alles klar. Ich habe jetzt ein Meeting, und danach kümmere ich mich darum.» Seine Stimme kommt mir bekannt vor, und als er sich umdreht, wird mir alles klar. Es ist der Typ aus dem Krankenhaus, der die ganze Zeit auf dem Gang telefoniert hat. Er legt auf und kommt auf mich zu. Er trägt wieder einen komplet-ten Anzug, doch diesmal scheint es ein etwas leichterer Stoff zu sein. «Mika», sagt er überschwänglich. «Es ist mir eine Ehre, dich endlich kennenzulernen.» Er gibt mir die Hand und legt mir die andere freundschaftlich auf die Schulter. «Was möchtest du trinken, mein Lieber?»

«Wasser.» Mein ganzer Körper schreit nach Flüssigkeit.

«Claudia, bring uns doch bitte so viel Wasser, wie du
tragen kannst. Wie du siehst, macht unserem Gast die
Hitze genauso zu schaffen wie mir.»

Claudia, die in der Tür stehen geblieben ist, zeigt uns
ihre weißen Zähne: «Wird gemacht, Chef.» Dann stöckelt
sie davon.

«Nun, Mika, du musst entschuldigen, zurzeit geht es
hier etwas drunter und drüber, weil wir gerade eine wichtige Veröffentlichung haben, aber ich war der Meinung,
dass wir uns besser früher als später treffen.»

Schon ist Claudia wieder da. Sie stellt zwei Gläser auf
den Tisch und schenkt uns Wasser ein. «Wenn Sie noch
etwas brauchen, Chef ...»

«Vielen Dank, Claudia.»

Ich nehme das Glas in die Hand. Am Rand hat die
Spülmaschine noch etwas Lippenstift übrig gelassen,
aber ich bin vollkommen dehydriert. Wie ein Verdursten-
der beuge ich mich über den verdreckten Brunnen. Mit
einem Zug habe ich das Glas geleert. Josh nimmt die Flasche und schenkt mir kommentarlos nach.

«Also, vielleicht erzähle ich dir erst einmal etwas über
uns, damit du dir ein Bild machen kannst. Immerhin wollen wir ja, dass du mit uns zusammenarbeitest.»

Ich nicke. Ich bin erstaunt über seine Freundlichkeit
und frage mich, was meine Mutter ihm wohl für Lügen
aufgetischt haben muss.

«ME ist für uns nicht bloß ein Name. Der Künstler
soll ganz er selbst sein, es geht hier nur um ihn und um
seine Wahrhaftigkeit. Hier wird er so akzeptiert, wie er
ist. Was sage ich, er wird dafür geliebt, wie er ist! Und das
ist keine leere Floskel. Wir lieben unsere Künstler. Das

57

war natürlich nicht immer so.» Er lacht laut auf. «Aber nach unseren ersten Erfolgen haben wir es uns zur Prämisse gemacht, nur Acts zu signen, die wir wirklich lieben. Weißt du, Mika, zurzeit ist es nicht leicht in der Musikbranche, und anstatt jemandem meine Lebenszeit zu widmen, nur weil ich denke, dass er Erfolg haben könnte, er aber eigentlich eine untragbare Persönlichkeit ist, arbeite ich lieber mit Künstlern, die ich wirklich liebe, und kann dann selbst im Falle eines Misserfolgs behaupten, dass ich wenigstens eine gute Zeit hatte. Eine weitere Regel bei ME ist, dass wir höchstens drei Veröffentlichungen gleichzeitig fahren, damit wir uns auch voll und ganz auf den Künstler und sein Machwerk konzentrieren können.» Er macht eine Pause und trinkt einen Schluck Wasser. «Nun aber zu dir, mein Lieber. Wir sind wirklich sehr beeindruckt von dir, und wenn ich das sagen darf: Ich bin ein großer Fan deiner Texte.»

Texte? Das kann nicht sein. Hat meine Mum ihm etwa meine Gedichte gegeben? Wie sollte sie. Ich glaube, sie weiß nicht einmal, dass ich welche schreibe.

«Versteh mich bitte nicht falsch. Auch musikalisch finde ich das sehr interessant, aber wenn ich das ganz ehrlich sagen darf, finde ich das Soundgewand nicht ganz zeitgemäß.»

Soundgewand. Zeitgemäß. Wovon redet er?

«Und hier kommen wir zum Punkt. Wie gesagt würden wir bei ME sehr gerne mit dir zusammenarbeiten, aber wir hoffen darauf, dass du dafür offen bist, das ganz wörtlich zu nehmen: Zusammenarbeit. Wir würden gerne auch musikalisch mit dir etwas erarbeiten. Alles ohne Verträge, und wenn wir keine gemeinsame Vision finden, bist du frei zu gehen. Aber wenn ich das so sagen darf, Mika, du bist noch sehr jung, und ich glaube, das wir hier bei ME wirklich einen tollen Pool an Künstlern haben, die dabei behilflich sein könnten, deine Kunst auf die nächste Ebene zu führen.»

So langsam glaube ich, hier liegt eine Verwechslung vor, aber er macht keine Pause.

«Wir haben zum Beispiel gerade eine Band im Studio. Drei großartige junge Musiker. Wirklich das Beste, was ich jemals gehört habe, aber sie kommen gerade nicht so richtig weiter, vor allem auf der textlichen Ebene. Und wenn ich das so direkt sagen darf: Ich hatte gehofft, dass du ihnen da vielleicht weiterhelfen könntest. Wie gesagt, ich bin ein großer Fan deiner Texte. Und im Gegenzug könntest du dann mit ihnen einen deiner Songs im Studio aufnehmen. Nur zur Probe, ganz ohne Verpflichtungen. Und wer weiß, am Ende geht meine Vision auf, und deine Art zu texten und ihr Sound passen wirklich so gut zusammen, wie ich hoffe. Also was meinst du?»

Ich weiß gar nicht, wie ich reagieren soll. Er ist so begeistert von sich und seiner Idee. Am liebsten würde ich mitspielen und die Verwechslung weitertreiben, wie in diesem einen Shakespeare-Stück, das wir mal in der Schule lesen mussten. Aber irgendwann würde ich auffliegen, wahrscheinlich eher früher als später, und dann ... Ich meine, ich sitze hier vor dem Entdecker von Gregory Marcs! Und auch wenn ich vielleicht nicht direkt mit einer richtigen Band in einem richtigen Studio einen Song aufnehmen darf, könnte ich mir trotzdem nichts Besseres vorstellen, als für ihn zu arbeiten.

«Ich weiß nicht», sage ich.

«Was kann ich tun, um deine Zweifel zu zerstreuen, lieber Mika?»

«Nein, so ist es nicht, aber ich glaube, ich bin nicht der, für den Sie mich halten.»

«Na, nun mal nicht so bescheiden. Ich erkenne einen großen Künstler, wenn ich ihn sehe.»

«Ich meine, ich bin kein Sänger.»

«Bob Dylan war auch kein Sänger. Oder Jim Morrison, der hat nur gesungen, um seine Gedichte an den Mann zu bringen.»

«Nein, also, hier liegt eine Verwechslung vor.»

Josh Goldmann guckt mich durch seine dicken Brillengläser mit zusammengekniffenen Augen an. Er macht eine Pause, versucht die Situation neu einzuordnen.

«Ich bin der Sohn von Ihrer Ärztin», erkläre ich.

«Meiner Ärztin?»

«Ja, also, die Chirurgin, die Sie vor kurzem operiert hat.»

«Ja ...», sagt Josh abwartend.

«Und sie meinte, ich sollte heute um 14:00 Uhr hierherkommen, um mit Ihnen über ein Praktikum zu reden.»

Plötzlich bricht der 120-Kilo-Mann in schallendes Gelächter aus. Er steht auf und dreht sich um seine eigene Achse. Dann legt er die Hand auf meine Schulter und beruhigt sich langsam.

«Mein lieber Junge. Da kann man mal sehen, was ich davon habe, wenn ich ohne Punkt und Komma rede.» Und wieder stößt er einen seiner lauten Stakkato-Lacher aus. «Es tut mir leid, lieber Mika.» Er beruhigt sich und setzt sich wieder. «Und ich hatte mich schon gewundert. Ich war mir sicher, der Termin wäre erst nächste Woche. Ein Praktikum also. Ja richtig, ich hatte mit deiner Mutter darüber geredet. Immerhin schulde ich ihr etwas. Dank ihr darf ich nun wieder Fois Gras mit einem schönen Glas Sauternes genießen. Aber wie du siehst, ist hier im Office gerade nicht viel los. Alle sind unterwegs. Sag doch erst einmal, wofür du dich interessierst.»

«Also, ich höre sehr gern Musik.»

«Was für Musik? Und jetzt sag bitte nicht, die Charts rauf und runter.»

«Nein, ich mag Rock und Blues. Also, alles ab den frühen sechziger bis in die späten siebziger Jahre.»

«Ach wirklich, das ist aber ungewöhnlich. Welche ist denn deine Lieblingsband?»

«Ich weiß nicht genau. Viele, aber keine so richtig.»

«Das musst du mir erläutern.»

«Na ja, ich denke, die perfekte Band wären Jon Bonhem von Led Zeppelin an den Drums, Jimi Hendrix an der Gitarre, Paul McCartney am Bass, Ray Menzerick von den Doors an den Keyboards und Elvis als Sänger.»

Josh lacht wieder laut auf.

«Auf dem Konzert wäre ich auch gerne gewesen. Keine schlechte Zusammenstellung, junger Mann. Pass auf, ich habe gerade eine Idee. Die Band, die wir zurzeit im Studio haben, könnte dir sehr gut gefallen. Wie wäre es, wenn du da zwei Wochen ein Praktikum machst? Dann kannst du mal sehen, wie gute alte Rockmusik entsteht.»

«Das wäre wirklich toll.»

«Also dann. Ich muss sowieso noch einmal bei ihnen im Studio vorbei. Dann nehme ich dich gleich mit und stell dich vor.»

Er steckt sein Handy ein, und schon sind wir auf dem Weg in Richtung Ausgang.

Mein durch den Aufstieg in den siebten Stock erhöhter Puls hat sich während des gesamten Gesprächs nicht wirklich beruhigt, und nun steuere ich auf eine ausgeprägte Panikattacke zu. Würden Josh und ich im Fahrstuhl stecken bleiben, würde er mit Sicherheit den Programmpunkt Auslosung einfach überspringen und mich bei lebendigem Leib verspeisen, wenn sein verwöhnter

Magen nach Nahrung verlangt. Während wir am Empfangstresen vorbeigehen, wünscht uns Claudia viel Spaß im Studio und wirft mir ein verheißungsvolles Lächeln zu. Natürlich ist sie noch der Annahme, ich wäre der nächste Gregory Marcs.

«Du kannst dann auch Schluss machen, Claudia», ruft Josh ihr im Rausgehen zu, während er schon wieder irgendetwas in sein Handy tippt.

«Vielen Dank, Chef!»

Und schon stehen wir vor den Fahrstühlen. Ich fange wieder an zu schwitzen. Was soll ich jetzt bloß tun? Am liebsten würde ich ohne ein Wort zu sagen wegrennen. Ab ins Treppenhaus und zu Fuß runter. Ich könnte ihm erzählen, das wäre meine Form von Workout, oder dass ich einfach mal sehen wollte, ob ich schneller als der Fahrstuhl bin. Doch während ich noch über meinen Fluchtplan nachdenke, öffnen sich die Türen der Todeszelle auch schon. Es ist ein kleiner Personenaufzug. Vielleicht für vier Personen. Josh zählt mindestens für drei, hält das Ding das überhaupt aus?

Wie in Trance gehe ich Josh hinterher in die Folterkammer. Mein Herz rast, der Schweiß läuft, und ich spüre keinen Boden unter den Füßen. Ich habe Angst, jeden Moment umzukippen. Die rasante Abwärtsfahrt tut ihr Übriges für mein Schwindelgefühl. Als der Fahrstuhl anhält, zieht es in meinem Bauch, wie früher als Kind in einem Karussell auf dem Rummel. Doch die Achterbahnfahrt geht noch weiter, denn plötzlich finde ich mich auf dem Beifahrersitz einer 500er Mercedes S-Klasse wieder. Schon auf der Parkplatzausfahrt jagt Josh das schwarze Monster auf 40 km/h hoch, um dann über eine Fahrbahn in die Gegenrichtung einzuscheren. Kein Blinker, kein nachsichtiges Anhalten und Warten. Die Tempoanzeige steht jetzt auf 100, doch vom Motor ist kein Geräusch zu hören. Ich werde immer kleiner. Die riesigen Ledersitze scheinen mich zu verschlucken. Das Auto will mich fressen und verdauen, um mich am Ende aus dem Auspuff wieder auszuspucken. Einige übriggebliebene Moleküle meiner selbst würden in die Atmosphäre geblasen und vom Golfstrom in Richtung Süden getragen werden, wo ich dann meine letzte Ruhe in der Sonne der Sahara finden würde.

Ich sehe zu Josh. Er ist ganz entspannt und wählt mit der freien Hand irgendeine Nummer auf seinem Telefon. Während er gelassen mit jemandem plaudert, biegt er auf die Überführung ab und dann auf die vierspurige Schnellstraße. Der Mercedesstern wird zum Zielfernrohr, wenn er den Deutschen Panzer bis auf einen halben Meter an den Wagen vor uns heranbringt und ihn so dazu zwingt, Platz zu machen. Keine Lichthupe, kein Blinken. Eine stille Demonstration der puren Macht deutscher Ingenieurkunst.

Unsere durchschnittliche Reisegeschwindigkeit beträgt jetzt 220 Stundenkilometer. ‹Bitte schnallen Sie sich an und stellen Sie die Sitze senkrecht. Klappen Sie die Tische vor sich hoch, wir befinden uns jetzt im Landeanflug auf das Himmelstor.› Am liebsten würde ich schreien oder einfach die Tür aufstoßen und rausspringen. Auch einen Schleudersitz mit Fallschirm würde ich jetzt nicht ablehnen. Alles wäre besser als diese rekordverdächtige Abfahrt. Ich versuche mich abzulenken. Dir wird nichts passieren, Mika, sage ich mir. Du hast noch fast zehn Jahre. Alles wird gut werden. Ich will an etwas Schönes denken, zum Beispiel an Claudia, die Empfangsdame, im Bikini am Strand unter Palmen, doch Jesse Belvin drängt sich dazwischen.

Schon mit 19 war Jesses tiefe, warme Stimme das erste Mal auf einer Veröffentlichung zu hören. Allerdings sollte er erst mit 26 seine erste Soloplatte aufnehmen. Zuvor schrieb er zahlreiche Hits, unter anderem den Doo Wop Standard 'Earth Angel'. Aufgenommen von den Penguins, gilt dieser Song als erste R & B-Platte, die auch in den weißen Charts erfolgreich war. Vielleicht war es genau das, was Jesse Belvin und seiner Frau Jo Ann Jahre später zum Verhängnis werden sollte, als sie am 6. Februar 1960 nach dem ersten rassenübergreifenden Konzert in Little Rock zurückfuhren und bei einem Frontalzusammenstoß mit einem entgegenkommenden Wagen starben. Jesse Belvin war 27, und seine erste Soloplatte, die seinen Spitznamen Mr. Easy trägt, wurde posthum veröffentlicht und zu seinem größten Erfolg. Doch ich werde gleich sterben ohne ein Meisterwerk im Gepäck und ohne sagen zu können, dass mein Leben und meine Kunst Schwarz und Weiß näher zusammengebracht haben. Ich werde nicht sterben, weil irgendein fanatischer Ku-Klux-Klan-Kapuzenträger Kamikaze spielen wollte. Ich werde schlicht und einfach sterben, weil ich in dem Auto eines Wahnsinnigen sitze, der glaubt, das Leben würde ewig weitergehen und dass man ein fehlerhaftes Herz genauso leicht reparieren kann wie ein kaputtes Auto. Eigentlich müsste meine Loop Station gerade Alarm schlagen, aber selbst wenn, wie sollten sie bei dieser Reisegeschwindigkeit meine Position ermitteln?

Nach zwei Minuten geht Josh plötzlich in die Eisen, überquert die Fahrbahn und nimmt im letzten Moment die Ausfahrt. Hinter uns hupen die Autos. Dann geht es noch um einige Kurven, und schließlich kommt der Wagen auf dem Bürgersteig vor einer alten Lagerhalle zum Stehen.

‹Bitte gehen Sie links zum Ausgang. Fotos und Schlüsselanhänger als Andenken bekommen Sie beim Souvenirstand.›

Vom Eingang aus führt ein langer Flur vorbei an den Toiletten und einem Zigarettenautomaten in einen großen Aufenthaltsraum mit Sofaecke, Billardtisch und Kicker, einer Bar und einer voll ausgestatteten Küche. Von da kommen wir durch eine Tür in einen kleinen Raum mit einem Glasschrank voller Computer und blinkender Geräte. In der Ecke stehen zwei große Bandmaschinen, auf denen sich runde Spulen drehen. Erst als Josh die nächste Tür öffnet, höre ich endlich Musik.

Der Kontrollraum ist groß. An der gesamten hinteren Wand reihen sich mehrere Sofas. In der Mitte des Raumes steht eine Art langgezogener Tisch, in den offenen Schränken unter der Platte sind über fünfzig verschiedene Geräte eingeschraubt. An der Stirnseite prangt ein bestimmt acht Meter langes Mischpult, das aus drei Einheiten zu bestehen scheint. Darüber kann man durch eine große, breite Scheibe in den Aufnahmeraum sehen, in dem bei gedimmten Licht die Band steht und spielt. Über die riesigen Lautsprecher, die links und rechts neben der Scheibe in die Wand eingelassen sind, hören wir, was drüben passiert.

Vor dem Pult sitzt ein blasser gedrungener Mann. Als er Josh sieht, stellt er den Ton leiser.

«Pete, mein Guter!» Josh geht mit großer Geste auf ihn zu, gibt ihm dann aber nur enthusiastisch die Hand. «Wie läuft es?»

Pete antwortet ein kaum zu verstehendes «So weit.»

«Pete, mein Bester, das ist Mika. Er ist der Sohn der Frau, die meinen Lebensstil gerettet hat, und nun wollte ich ihr einen kleinen Gefallen tun und dachte, er könnte hier bei dir vielleicht so eine Art Praktikum machen.»

«Sicher.»

«Großartig, alles Weitere könnt ihr dann ja klären.»

Die Band hört auf zu spielen, und die Mitglieder fangen direkt an zu diskutieren: «Das ist doch nichts mit dem Groove.»

«Ich sag doch, der ist viel zu kopfig.»

«Quatsch, der is total beatleesk, ich sag's euch, das ist geil.»

Man hört jedes Wort, als würden sie mit uns im selben Raum stehen.

Josh drückt zielsicher auf einen Knopf am Pult.

«Also, ich fand ihn auch großartig.»

«Josh.»

«Hey, Josh!», tönt es von drüben.

«Pause. Der Chef ist da.»

Zuerst kommt der Drummer durch die Tür, die den Aufnahmeraum mit dem Kontrollraum verbindet. Er trägt nur eine Boxershorts mit Donald-Duck-Aufdruck und wischt sich mit einem T-Shirt das verschwitzte Gesicht ab. Er ist drahtig gebaut, sein Körper scheint nur aus Knochen und Muskeln zu bestehen, die Haare sind rötlich gefärbt, und eine ebenso rote, aggressive Akne entstellt seine markanten Gesichtszüge. Er kramt eine Schachtel Zigaretten aus dem Schritt seiner Boxershorts und zündet sich eine an.

«Der Groove war doch geil, oder, Chef?», fragt er Josh, während er geräuschvoll den Rauch ausatmet.

«Auf jeden Fall, Leo, ich fand ihn großartig.»

Leo grinst zufrieden den Bassisten an, der jetzt durch die Tür kommt.

«Ey, Hot, der Chef findet den Beat geil.»

Hot ist groß und hat einen dunkelblonden Locken-
kopf. Er hat ein mädchenhaftes Gesicht, in dem nur das
Bärtchen am Kinn auf das Y-Chromosom in seinen Ge-
nen hinweist.

«Ich find ihn ja nicht ... ich sag ja auch nicht, dass er ...
also, ich meine nicht, dass er schlecht ist, oder scheiße,
oder so, er ist nur ...»

Hot sucht nach den richtigen Worten. Er ist unsicher wie ein Schüler, den der Lehrer an die Tafel gerufen hat. Seine Blicke suchen nach jemandem im Klas-
senzimmer, der ihm die richtige Antwort vorsagt, als der
Gitarrist hinter ihm in den Kontrollraum kommt. Obwohl er seinen Kopf gesenkt hält und sich schlaff auf den
Stuhl vorm Pult fallen lässt, hat er eine unfassbar inten-
sive Ausstrahlung.

«Der Beat ist kopfig. Hot hat nicht die leiseste Chance,
auf ihn draufzukommen», sagt er zu niemand Bestimm-
tem.

«Hot hatte noch nie die leiseste Chance, auf irgendwas draufzukommen, vor allem nicht auf was mit 'ner
Muschi», sagt Leo. Er ist angriffslustig. Seine Augen ver-
engen sich, als er hastig an seiner Zigarette zieht.

«Hab ich wohl», verteidigt Hot sich kleinlaut.

Der Gitarrist nickt Pete, dem Toningenieur, zu, der
ruhig auf seinem Stuhl sitzt und keine Anstalten macht,
sich an der Diskussion beteiligen zu wollen. Pete drückt
auf einen Knopf und dreht an einem runden Regler in
der Mitte des Mischpults. Die Gitarre steigt in ohrenbe-
täubender Lautstärke wie auf einem Live-Konzert ein.
Sie spielt ein klassisch anmutendes Blues-Riff, das aber
durch verschiedene harmonische Verschiebungen überrascht und plötzlich total modern klingt. Der Sound ist
knochig und nur leicht verzerrt, dennoch hat er eine un-

fassbare Energie, die mich sofort einnimmt. Ich sehe mich in einem roten Lincoln Cabriolet die Route 66 entlangbrausen. Immer geradeaus. Nichts wird mich aufhalten können.

Dann setzt der Beat ein. Der Sound ist mächtig und räumlich. Er füllt alles hinter der Gitarre aus. Die tief gestimmte Snare schlägt mir in den Bauch, doch der Groove stoppt meine unaufhaltsame Reise. Auf einmal tauchen da Schlaglöcher und umgefallene Baumstämme auf, denen ich ausweichen muss. Der Bass scheint nur Grundtöne zu legen. Die tiefen Frequenzen komplettieren zwar den Sound, aber im Grunde trägt der Bass nichts zum Song bei. Der Gitarrist macht mit der Hand eine abwinkende Bewegung, und Pete stoppt das Band.

«Victor hat recht», sagt Josh plötzlich in die Ruhe des Raums.

Leo, der gerade noch begeistert im Takt nickend dasaß, sieht Josh jetzt vollkommen entgeistert an.

«Aber gerade eben fandst du ihn doch noch geil.»

«Das war der erste Eindruck beim Reinkommen, aber jetzt muss ich Victor leider recht geben.»

Leo sagt nichts, sondern zündet sich eine weitere Zigarette an. Auf einmal sieht Victor, der Gitarrist, mich an. Seine schwarzen Haare fallen in sein blasses Gesicht. Er trägt eine enge schwarze Jeans und ein schwarzes Shirt mit V-Ausschnitt. Selbst seine Augen wirken in dem gedimmten Licht des Kontrollraums beinahe schwarz.

«Was sagst du dazu?», fragt er mich.

Ich bin verwirrt, sehe zu Josh rüber, der mich interessiert anguckt. Dann sehe ich zu Leo, der erst jetzt zu merken scheint, dass da noch jemand im Raum ist. Hot dreht sich gerade eine Zigarette und scheint beschlossen zu haben, lieber die Klappe zu halten. Ich überlege, das Gleiche zu tun, doch Victors Blick ruht erwartungsvoll auf mir. Ich nehme all meinen Mut zusammen.

«Also, wenn der Song losgeht», sage ich den Blick auf den Boden gerichtet, «wenn das Gitarrenriff kommt, das geht so nach vorne.» Ich traue mich nicht, das Bild mit dem roten Cabriolet zu nutzen. Ich will hier unbedingt ein Praktikum machen, und es reicht schon, dass ich es mir gleich in den ersten Minuten mit Leo verscherze, mehr Angriffsfläche möchte ich erst mal nicht bieten. «Und wenn dann der Groove einsetzt, dann, also, der bringt das Ganze in eine andere Richtung», sage ich.

«In was für eine?», fragt Victor mich ermutigend.

«Na ja, ich hab etwas anderes erwartet. Also die Drums klingen geil, so mächtig und räumlich, aber der Groove scheint den Drive des Riffs aufzuhalten.»

Victor nickt mir kaum erkennbar zu und dreht sich zu Leo um.

«Leo, es geht hier nicht darum, wer recht hat oder nicht. Der Groove ist zu kopfig. Er muss mehr nach vorne gehen. Versuch dich doch mal auf das Riff fallen zu lassen.»

«Irgendwie, ich weiß auch nicht», meldet sich Hot plötzlich zu Wort, «höre ich in dem Riff auch 'nen leichten Shuffle, also, als könnte was Swingiges ganz gut passen, meine ich.»

«Okay», sagt Leo immer noch leicht aggressiv. «Ich wollte ja nur mal was machen, das anders ist.»

«Der Groove an sich ist ja auch super», versucht Josh die Situation weiter zu beruhigen. «Vielleicht könnt ihr darauf ja mal jammen und einen neuen Song entwickeln. Er passt halt nur nicht so zu Victors Riff.»

«Ja, das können wir versuchen», sagt Victor und steht

auf. «Aber jetzt lasst uns erst mal was anderes für diesen Song finden.»

«Ja, also vielleicht … wie gesagt, irgendwas mit 'nem Shuffle, also, ich meine …», wiederholt Hot, während die drei wieder auf die Tür zum Aufnahmeraum zusteuern.

«Jungs!», ruft Josh ihnen zu. «Das ist übrigens Mika. Er wird hier ein Praktikum machen, wenn ihr nichts dagegen habt.»

Sie drehen sich zu mir um und sehen mich an. Victor lächelt nur und geht ohne etwas zu sagen in den Raum hinter der Scheibe.

«Ja klar, warum nicht», sagt Hot im Gehen. Nur Leo bleibt länger stehen, stopft seine Zigarettenschachtel zurück in seine Boxershorts und fragt schließlich: «Und, fängst du heute schon an?»

Ich sehe Josh an, weiß es selber nicht genau.

«Ja», antwortet Josh für mich.

«Na, dann bring uns mal drei Bier aus dem Kühlschrank, da drüben ist es scheiße heiß.»

Es ist schon nach neun, als ich aus dem Studio gehe. Auf die ersten drei Bier folgten zahlreiche weitere, später Whiskey, und irgendwann wurde auch das Gras ausgepackt. Doch als ich gehe, haben die Jungs den Song mit einem neuen swingenden Beat zu Ende arrangiert und gerade den Guide Track eingespielt. Pete erklärt mir, dass diese Aufnahme zur Orientierung dient, während jeder noch einmal einzeln seinen Part aufnimmt. Er sagt, dass man das Nacheinander-Einspielen vor allem aus Soundgründen macht. So hat man keine unerwünschten Übersprechungen der anderen Instrumente auf den Mikrophonen und beim Mischen die meisten Möglichkeiten. Die Jungs werden vermutlich noch eine lange Nacht haben und ich einen langen Heimweg. Aber da es auf der Strecke nur einen kleinen Umweg bedeutet, beschließe ich, noch einmal beim Friedhof vorbeizugehen. Ich will Lennart unbedingt erzählen, was passiert ist. Die Visitenkarte, die Verwechslung, das Studio, die Jungs, die Musik … Lennart hat kein Telefon. Ich weiß nicht mal, wo er wohnt. Der Friedhof ist die einzige Möglichkeit, um meinen Freund zu treffen. Oft durchforste ich eineinhalb Stunden das Gelände, ohne ihn zu finden. Meistens stelle ich mich dann zu irgendeiner langweiligen Trauergemeinde und beobachte das immer gleiche Schauspiel. Heulende Angehörige, ächzende Sargträger, die austauschbaren Worte des Pfarrers, das Zuschütten des Grabes. Trotz des immer gleichen Rituals gehe ich danach jedes Mal mit dem befremdlich befriedigenden Gefühl, wieder einen Menschen überlebt zu haben. Bald werde ich mit meinem Freund auf diesem frischen Torfhügel einen lauen Abend verleben.

In dieser Nacht sind die Tore schon längst geschlossen, also steige ich an einer Stelle durch den Zaun, die

Lennart mir gezeigt hatte, und mache mich auf die Suche nach ihm. Instinktiv steuere ich auf das Grab zu, bei dessen Beerdigung ich mir letztens die Zeit vertrieben habe. Vielleicht hat er ja tatsächlich den Auftrag bekommen.

Doch er ist nicht da. Der Stein steht schon, offensichtlich noch nicht lange, denn überall liegt Werkzeug herum. Der Geruch von frischer Erde steigt in meine Nase. Dann plötzlich höre ich ein Wimmern. Ein durch Mark und Bein fahrendes Klagelied. Kaum zu hören zwischen dem Rauschen der Nacht und dem Geigen der Grillen. Es scheint aus dem Grab zu kommen.

So ein Schwachsinn. Ich glaube nicht an Geister.

Dann plötzlich ein Schrei, und eine Flasche zerscheppert an einem nahe gelegenen Baum. Langsam und leise gehe ich um das Grab herum und werfe einen vorsichtigen Blick hinter den Stein.

An die Rückseite gelehnt sitzt Lennart. Offensichtlich vollkommen betrunken.

«Ey, Lennart, hab ich dich ja doch noch gefunden.»

Lennart reagiert nicht. Sein Kopf hängt an seinem Hals herab, als hätten seine Muskeln jeden Dienst versagt.

Ich knie mich vor ihn hin. Versuche, ihm in die Augen zu sehen.

«Lennart … Was ist denn los? Alles klar?»

Ich habe ihn schon oft völlig fertig erlebt, doch dieser Anblick macht mir Angst. Ich packe seinen Kopf, zwinge ihn, mich anzusehen. Doch seine Augen driften umher, sind nicht in der Lage, mich zu fokussieren.

«Lennart! Hey … sieh mich an! Was ist los mit dir?»

Er deutet mit einer Hand hinter sich auf den Grabstein.

Ich lasse seinen Kopf los und sehe mir den Stein von vorne an.

Darauf steht:

Lennart Pauls

Schon nach 21 Jahren nahm der liebe Gott dich von uns.

Du bist für immer in unseren Herzen

Dann noch der Geburts- und Todestag des Verstorbenen.

«Ich hab meinen eigenen Grabstein gemeißelt. Mein eigenes Grab. Ich hab ...»

Erst verstehe ich kaum, was er sagt, doch dann dämmert es mir. Ich erinnere mich an die Beerdigung: Die vielen jungen Leute, unter denen ich kaum auffiel. Die emotionslose Gedenkrede irgendeines Uni-Professors, der neben fünfzig anderen Arbeiten auch mal die des Verstorbenen auf seinem Schreibtisch hatte. Ein guter Student sei er gewesen. Bei allen beliebt. Kein Draufgänger, aber auch kein Langweiler. Ein guter Junge. Zu früh von uns gegangen und so weiter. Der ganze Scheiß halt, den die Überlebenden sich einfallen lassen, um den Toten zum Helden zu machen. Und an etwas Ungewöhnliches erinnere ich mich. Die Freunde sangen im gedämpften Chor 'Never Mind' von Nirvana. Vermutlich das Lieblingslied von Lennart. Lennart, dem Toten. Und nun musste Lennart der Lebende ausgerechnet diesen Stein beschriften. Auch er heißt Pauls mit Nachnamen. Auch er ist gerade erst 21 Jahre alt.

«Mein eigenes Grab. Aber ich liege nicht drin. Noch nicht. Verdammt, ich habe mein eigenes Grab beschriftet. Bin ich denn schon tot? Soll das ein Witz sein? Verdammt, ich will aufwachen!»

Ich knie mich wieder vor ihn.

«Du bist wach, Mann! Hör doch mal: Das ist nur ein Zufall. Das bist nicht du, der da gestorben ist. Ich war bei der Beerdigung.»

«Zufall …» Er sieht mich mit verheulten, hasserfüllten Augen an. «An so einen Scheiß glaubst du doch nicht wirklich, Mann!»

Und er hat recht. Wahrscheinlich kann ihn keiner so gut verstehen, seinen Horror so gut nachvollziehen wie ich. Er hat seinen eigenen Namen auf einen Grabstein gemeißelt. Scheiße.

«Das war's mein Freund. Ich bleib nicht länger auf dieser Welt. Ich werde 'ne Runde fliegen.» Lennart nimmt eine kleine Kapsel aus seinem Tabaksbeutel und schluckt sie runter. «Kommst du mit?» Er hält mir eine weitere hellblaue Pille vor den Mund. Aus irgendeinem Grund öffne ich meine Lippen, und er legt sie mir auf die Zunge. Dann reicht er mir eine fast leere Flasche Whiskey.

«Was war das?», frage ich, nachdem ich die Kapsel wie ferngesteuert heruntergewürgt habe. In meinem Hals wirkt sie riesig. Als würde ich einen Stein verschlucken.

«MDMA. Reines MDMA.»

Ich verstehe kein Wort. Aber ich dachte mir schon, dass es kein Traubenzucker war.

«MDMA bringt dich dem Glück so nah», reimt Lennart.

So langsam wird er wieder munter. Schwankend steht er auf und geht um das Grab herum. Er holt seinen Schwanz aus der Hose und pisst gegen den frisch gemeißelten Stein.

«Sieh dir das an, du alter Penner!», schreit er zum Himmel. «Du blinder Scheißkerl da oben. Du verlogener Wichser. Mach mal deine müden Augen auf! Ich pisse auf mein eigenes Grab! Und ich scheiße auf dich und deine gottverschissene Schöpfung!»

Lennart packt seinen Schwanz wieder ein und setzt sich. Ich hocke mich neben ihn. Langsam beruhigt er sich, lässt sich nach hinten fallen, sieht in die Bäume, atmet tief und gleichmäßig.

«Wir gehen jetzt zusammen auf eine Reise», sagt er und sieht mir direkt in die Augen. «Schön, dass du da bist, mein Freund. Hab keine Angst.»

Ein Schauder durchfährt mich.

«Du brauchst keine Angst zu haben. Vor nichts und niemandem, Mika. Es gibt nichts, wovor du Angst haben musst.»

Ich habe keine Ahnung, wer da spricht. Es klingt nicht wie Lennart, eher, als würde jemand durch ihn durch sprechen.

«Du bist nicht schuld, Mika. Du hast keinen Fehler gemacht. Du bist das Opfer. Ein Opfer der Menschheit und ihrer Gesellschaft. Werde nicht zum Opfer deiner selbst. Hab keine Angst, Mika, hörst du? Du brauchst keine Angst zu haben!»

Plötzlich krampft er zusammen. Seine Finger ballen sich zu Fäusten, und er atmet schmerzverzerrt ein. Mit geschlossen Augen und leiser Stimme sagt er: «Scheiße, es geht schief, Mann. Zu viel Alk. Ich drifte ab.»

«Was? Was ist?» Noch benommen durch seinen Vortrag, der nicht seiner gewesen zu sein scheint, gehen bei mir plötzlich alle Alarmlichter an. «Okay, was soll ich tun? Lennart, sag mir einfach, was ich machen soll, und ich mach's.»

Ich bin von einer Sekunde auf die andere hellwach und konzentriert. Zu allem bereit. Er driftet ab, hat er gesagt. Und dass es schiefgeht.

«Ich bin da, Lennart. Aber du musst mir sagen, was ich tun soll.»

Er atmet ruhig. Scheint sich zu konzentrieren.

«Bring mich ins Krankenhaus.»

«Alles klar.» Sofort stehe ich auf und wuchte ihn hoch. «Kannst du laufen? Versuch mir ein bisschen zu helfen, okay?»

«Ja, okay», sagt er einsichtig wie ein kleiner Junge, den die Mutter bittet, wenigstens mal den Müll herauszubringen, um ihr im Haushalt zu helfen. Ich lege seinen Arm um meine Schulter, und wir gehen so schnell es seine Beine zulassen Richtung Geheimausgang. Ich habe das Gefühl, ihn am Reden halten zu müssen.

«Was fühlst du, Lennart? Erklär mir, was du fühlst.»

«Ich löse mich von mir selbst, weißt du?»

«Was bedeutet das?»

«Ich trenn mich von meinem Körper. Bald bin ich nur noch Seele. Wie die Buddhisten, weißt du?»

«Ja, ich verstehe.» Ich ziehe das Schritttempo an. Er driftet ab, wir haben nicht mehr viel Zeit. «Und ist das ein gutes Gefühl, Lennart?»

«Was denn?»

«Nur noch Seele zu sein?»

«Es macht mir Angst.»

Er schafft es nicht.

«Du brauchst keine Angst zu haben, Lennart, hörst du? Ich bin ja bei dir.»

Die makabere Ironie meiner Worte wird mir erst später klar. Ich, die Reinkarnation der Angst, rate ihm, keine zu haben, weil ich ja da bin. Doch in diesem Moment habe ich tatsächlich keine eigenen Ängste. Nur Angst um ihn. Meinen Freund.

«Das ist schön, dass du bei mir bist», sagt er liebevoll.

«Ja, ich bin auch gern bei dir. Und zusammen schaffen wir das, ja?»

«Ja, wir schaffen das.»

«Ich bring dich jetzt ins Krankenhaus. Bleib einfach bei mir, okay?»

«Ich bleib bei dir.»

Wir kommen auf die Hauptstraße vorm Friedhof. Nicht weit entfernt ist ein Taxistand, und zwei Wagen warten mit eingeschaltetem Licht. Hektisch winke ich, während wir auf sie zulaufen. Der vordere Wagen startet seinen Motor und fährt uns entgegen. Erleichtert öffne ich die Hintertür und helfe Lennart hinein. Dann gehe ich um das Auto und setze mich neben ihn. Er scheint in eine Hochphase der Droge einzutreten. Überaus höflich begrüßt er den Taxifahrer:

«Einen schönen guten Abend, der Herr. Würden Sie uns bitte so schnell wie möglich zum Krankenhaus fahren? Das wäre uns eine große Hilfe.»

Ich unterbreche ihn.

«Lennart, lass mich mal kurz, ja?»

«Okay, okay, ich wollt ja nur höflich sein», sagt Lennart gekränkt.

Er entwickelt sich zu einem kleinen Kind.

«Das warst du auch, Lennart. Sehr höflich.»

Ich nehme ihn in den Arm, um ihn zu trösten. Verwirrt sieht der Taxifahrer mich an. Kurz und nüchtern sage ich nur zwei Worte: «Krankenhaus. Schnell.» Sofort scheint er den Ernst der Lage zu erkennen und bringt seinen Mercedes auf Hochtouren. So schnell es die Ampeln zulassen, rasen wir durch die dunkler werdende Stadt.

«Ich hab dich so lieb», sagt Lennart immer noch in meinen Armen.

«Ich dich auch. Und wir schaffen das. Der Taxifahrer bringt uns jetzt ins Krankenhaus.»

Lennart hebt den Kopf von meiner Brust.

«Ja, ein sehr netter Mann, der Taxifahrer. Nein wirklich, sehr freundlich von Ihnen.» Er redet mit der entwaffnenden Ehrlichkeit eines Fünfjährigen. Besorgt blickt unser Fahrer in den Rückspiegel. Die Straßen sind komplett verlassen, und jetzt geht er dazu über, auch die meisten roten Ampeln zu ignorieren.

«Mika, ich hab dich so lieb. Weißt du, wie lieb ich dich hab?»

«Ja, das weiß ich, und ich liebe dich auch.»

«Das ist schön.»

«Wie geht es dir jetzt, Lennart?»

Seine Körpertemperatur steigt. Ein unglaubliches Hitzefeld umgibt ihn. Er ist ein menschliches Kernkraftwerk. So heiß, dass ich anfange zu schwitzen.

«Weißt du, wie lieb ich dich hab? Das kannst du gar nicht wissen», fängt er wieder an.

«Wenn du mich nur halb so lieb hast, wie ich dich», sage ich, «kann ich es mir vorstellen. Du bist mein bester Freund.»

«Wirklich?»

Jetzt sieht Lennart mich an. Seine Pupillen sind riesig. Zwei unendlich tiefe schwarze Löcher, die alles aufsaugen, was sie sehen.

«Ja, wirklich», beteuere ich. «Du bist mein bester und einziger Freund.»

«Das ist schön», sagt Lennart und vergräbt sich wieder an meiner Brust. Ich kann sein Herz hämmern spüren. Und er wird immer, immer heißer.

«Wie lange brauchen wir noch?», frage ich den Taxifahrer.

«Sind da.» Er ist vollkommen konzentriert. Immer wieder wirft er besorgte Blicke auf den Rücksitz. Vielleicht stellt er sich vor, das wäre sein Sohn. Wir fahren auf das Krankenhausgelände. Es ist kein Pförtner im Häuschen, also sind wir darauf angewiesen, den Wegweisern Richtung Notaufnahme zu folgen. Doch das Gelände ist so vertrackt und unübersichtlich. Wahrscheinlich weiß nicht mal meine Mum, wo hier die Notaufnahme ist. Immer wieder setzt der Taxifahrer zurück und biegt in eine andere Straße.

«Wann sind wir da?», fragt Lennart, wie Kinder es auf dem Weg in den Urlaub tun.

«Gleich», beruhige ich ihn.

Der Taxifahrer fängt an zu verzweifeln. Ich sehe, dass er den Tränen nah ist. Soll er jetzt daran schuld sein, dass dieser junge Mann nicht rechtzeitig die Hilfe bekommt, die ihn retten könnte?

«Es ist okay», beruhige ich nun auch ihn. «Wir schaffen das. Ich glaube, ich habe bei der letzten Kreuzung ein Schild gesehen.»

Der Taxifahrer nimmt sich wieder zusammen und haut den Rückwärtsgang rein.

«Sind wir bald da?», wiederholt Lennart seine Frage.

Mit einer Vollbremsung halten wir vor dem Eingang der hell erleuchteten Notaufnahme. Lennart fängt an, in seinen Taschen zu kramen. Als ich auf seiner Seite angekommen bin und ihm die Tür öffne, hat er den Fahrer bereits bezahlt und bedankt sich überschwänglich. «Vielen Dank. War sehr schön bei Ihnen im Taxi. Vielleicht sieht man sich ja mal wieder.»

«Alles Gute, Junge», sagt der Fahrer.

Ich helfe Lennart aus dem Wagen, lege seinen Arm um mich.

«Ich glaube, du musst mir helfen, Mika. Ich spüre den Boden nicht mehr.»

Er kippt weg. Er wird es nicht schaffen.

Die Tür öffnet sich automatisch, und wir betreten das von Neonlicht durchflutete Wartezimmer. Sofort steigt mir der Krankenhausgeruch in die Nase. Diese Mischung aus Krankheit, Tod und Desinfektionsmitteln. Es ist niemand da.

«Hallo? Entschuldigung, könnte uns jemand helfen?», rufe ich.

Langsam schiebt sich ein übergewichtiger Krankenpfleger aus dem Empfangszimmer.

«Da sind Sie ja», sage ich erleichtert. «Mein Freund hat eine Überdosis genommen. MDMA, meinte er.»

«Und was sollen wir da machen?»

«Keine Ahnung. Helfen Sie ihm!»

«Das ist nicht unser Problem», meint die männliche Schwester völlig desinteressiert. «Wenn Ihr junger Freund sich umbringen möchte, ist das nicht unsere Sache. Wir haben genug mit Patienten zu tun, die leben wollen.»

«Es war ein Versehen! Er wollte sich nicht umbringen», erkläre ich. «Bitte holen Sie einen Arzt!»

«Ist Ihr Freund denn versichert?», fragt der Krankenpfleger gelangweilt.

«Natürlich», antwortete ich, ohne zu wissen, ob es stimmt. «Bitte holen Sie einen Arzt. Helfen Sie ihm!»

«Warten Sie da vorne.»

Er deutete auf eine Reihe Plastikstühle. Dann verschwindet er so langsam, wie er gekommen ist, wieder im Empfangszimmer.

Warten Sie. Warten. Worauf? Dass er abdriftet? Sich in der Droge verliert? Abkratzt?

Ich entdeckte einen gepolsterten Rollstuhl und setze

Lennart hinein. Er hat die ganze Zeit kein Wort gesagt, nur staunend sich umgesehen, interessiert und begeistert von allem, was ihn umgibt. Ich schiebe den Rollstuhl an eine weit geöffnete Tür, die zum Garten führt. Lennarts Blick fällt auf hohe Bäume, durch die sich in der Dunkelheit kleine, weiße Kieswege schlängeln.

«Du musst kurz hier warten, okay? Ich bin gleich wieder da.»

«Das ist schön hier!», sagt er mit weit aufgerissenen Augen und offen stehendem Mund. «So schön!»

«Das finde ich auch. Bleib einfach hier sitzen und genieß den Ausblick. Ich bin gleich wieder da.»

Ich haste rüber zum Empfangszimmer. Der Fette redet anscheinend mit seiner leiblichen Schwester oder seiner Mutter. Auch sie ein Kampfgewicht von Desinteresse und Langeweile.

«Entschuldigen Sie bitte. Wann kommt der Arzt?»

«Immer mit der Ruhe, Bürschchen», faucht mich seine Mutter aus ihren kleinen verquollenen Augen an.

«Hören Sie, mein Freund kratzt da draußen ab.»

«Ich haben Ihnen doch schon gesagt, dass das nicht unser Problem ist», wiederholt ihr Sohn, der Sumoringer.

«Sie haben doch gar keine Ahnung, wie das passiert ist. Er hat es nicht freiwillig genommen! Es wurde ihm in den Drink getan», erfinde ich.

«Ihr Freund soll das hier ausfüllen, dann sehen wir weiter.» Seine Mutter, die Elefantenkuh, gibt mir einen Meldeschein für die Versicherung. Draußen im Rollstuhl fängt Lennart plötzlich lauthals an zu singen. «Und bringen Sie Ihren Freund zur Ruhe. Sonst rufen wir die Polizei.»

«Rufen Sie lieber einen Arzt!», sage ich fast schon aggressiv und renne zu Lennart rüber.

«Lennart. Du darfst hier nicht singen.»

«Aber wieso nicht?», ruft er begeistert, «es ist so schön hier.»

«Ja, aber du bist hier in so etwas wie einer Kirche, weißt du? Hier darf man nicht singen und nicht laut reden, außer der Pastor fordert einen dazu auf.»

«Kommt der Herr Pastor denn noch?»

«Ja, aber nur wenn du leise bist, hörst du?»

«Ja», flüstert Lennart.

«Okay», flüstere ich zurück. «Und damit dir nicht langweilig wird darfst du das hier ausfüllen, okay?»

«Okay.»

Ich gebe ihm das Anmeldeformular und einen Kugelschreiber, und mit größter Konzentration fängt er an, die Fragen zu studieren.

Endlich kommt der Arzt. Er sieht ziemlich jung aus und ist deutlich freundlicher als sein Empfangskomitee. «Was fehlt unserem Freund denn?», will er von mir wissen.

«Er hat zu viel Alkohol getrunken und dann eine Kapsel MDMA genommen.»

«Machen Sie bitte Zimmer zwei bereit», gibt der Doktor dem Fleischklops Anweisungen. «EKG und sofortige Blutanalyse bitte. Außerdem 250 ml Kochsalzlösung pro Stunde bis auf weiteres.»

Lennart ist immer noch damit beschäftigt, seinen Fragebogen auszufüllen. Der Arzt wirft einen kurzen Blick darauf und reicht ihn mir. Dann kniet er sich vor ihn. Lennarts Geschriebenes ist nicht zu entziffern. Zweitausend Jahre alte Hieroglyphen stehen dort, wo sein Name hingehört.

«Hallo, ich bin Jens», sagt der Arzt freundlich in Lennarts weit aufgerissene Augen.

«Ich bin Lennart», antwortet Lennart, als wäre er stolz, schon seinen Namen zu wissen.

«Wie geht es dir, Lennart?»

«Großartig! Es ist so schön hier. Findest du nicht auch?»

«Ja allerdings. Würdest du dich gerne hinlegen, Lennart?»

«O ja!»

«Na, dann komm.» Jens geht hinter den Rollstuhl und schiebt ihn den Gang herunter.

Ich folge ihnen in das Zimmer. Es sieht so aus, wie man es aus dem Fernsehen kennt. Viele Geräte, ein Bett, ein Waschbecken.

Jens hilft Lennart aus dem Rollstuhl.

«Soll ich mich ausziehen?»

«Das wäre sehr praktisch, Lennart.»

In Windeseile steigt er aus seinen Klamotten und kuschelt sich ins Bett.

«Ich werde dir jetzt einen Zugang legen, Lennart.»

Ich sehe, wie er zwei Spritzen aus einer Schublade holt. Ich rede, damit Lennart nicht hinsieht.

«Du bist mein bester Freund, Lennart, und ich werde dich nicht alleine lassen. Niemals. Erinnerst du dich noch daran, wie wir unser Spiel mit den prominenten Toten gespielt haben?»

«Ja, das war lustig, und ich habe gewonnen.»

Jens zieht gerade die zweite rot gefüllte Spritze ab. Lennart hat nichts gemerkt.

Dann wendet er sich der Elefantenkuh zu, die gerade Elektroden auf Lennarts Brust klebt. «Bitte sofort ins Labor und die Werte direkt zu mir.»

Das 200-Kilo-Weib rollt sich mit den gefüllten Spritzen an mir vorbei aus der Tür. Jens befestigt einen Tropf an der Kanüle in Lennarts Arm und deutet mir mit einem Nicken in Richtung Tür.

«Lennart, ich bin gleich wieder da, okay.»

«Okay», sagt er, völlig begeistert von den Drähten, die ihn mit dem EKG verbinden.

Vor der Tür nimmt Jens mich beiseite.

«Wie geht es dir? Du hast das Zeug auch genommen, oder?»

Erst in diesem Moment fällt mir wieder ein, dass das gleiche Gift durch meine Blutbahn strömt.

«Ja, aber ich merke gar nichts.»

«Bist du dir sicher? Willst du dich nicht auch lieber hinlegen.»

«Nein danke. Es ist wirklich okay. Ich denke, Lennart hatte vorher einfach zu viel Alkohol getrunken.»

«Das wäre verheerend. Die Blutanalyse wird uns aufklären.»

«Wird er es schaffen? Ich meine, wird er es überleben?»

«Sein Körper ist jung. Sein Herz sicherlich stark. Er hat zwar den Puls eines Marathonläufers beim Endspurt, aber das dürfte kein Problem werden. Seine Temperatur liegt bei 39,5, und er ist stark dehydriert, was zu einem Hitzeschlag führen könnte. Aber auch das können wir abwenden.»

«Wo liegt dann die Gefahr?»

«In seiner Psyche. Ich kann wenig für ihn tun, außer ihn wiederzubeleben, wenn sein Herz versagt. Die Frage ist, ob seine Psyche ohne Schaden davonkommt. Vorsichtshalber werde ich schon einmal die Psychiatrie verständigen. Die könnten ihn dann direkt übernehmen und das Schlimmste abwenden.»

«Kann ich etwas tun?»

«Bleib bei ihm. Halte ihn unter uns. Und er soll viel

Wasser trinken. Ich werde sehen, was die Ergebnisse sagen. Dann sprechen wir wieder.»

«Jens?»

«Ja?»

«Vielen Dank.»

«Dafür bin ich da.» Und er verschwindet mit wehendem Kittel hinter der nächsten Ecke. Ich gehe zurück in Lennarts Zimmer. Er bewundert die Kurve auf dem Gerät neben ihm, die seinen Herzschlag sichtbar macht. 152 steht darunter. Er macht einen Sprint im Liegen. So atmet er auch, und der Schweiß rinnt ihm über den Körper. Ich gebe ihm Wasser in einem Plastikbecher. Sofort trinkt er es aus. Ich gieße immer wieder nach, während wir uns unterhalten. ‹Halte ihn unter uns.›

«Was fühlst du?», frage ich.

«Es ist eigenartig. Alles um mich ist ganz leise. Aber meine Stimme … die ist, als wäre sie in meinem Kopf. Also, wenn ich spreche, dann ist sie so laut, beinahe verzerrt.»

«Als wenn man die Anlage zu weit aufgedreht hat?»

«Ja, nur halt nicht von außen, sondern von innen, weißt du?»

Er redet wieder relativ normal. Die Kleinkindphase ist anscheinend überwunden, aber er wird sich jetzt nach und nach seiner Situation bewusst. Er merkt, dass etwas mit ihm nicht stimmt. Er driftet ab.

«Ich bin heute gestorben», sagt er plötzlich mit leiser Stimme.

Sein Gesichtsausdruck verdüstert sich. Als hätte ihn eine lang erwartete Erkenntnis heimgesucht.

«Nein, Lennart. Du lebst. Sieh mich an. Lennart, sieh mich an!»

Doch er kippt mehr und mehr weg. Seine Augen sehen in eine Ferne, die außerhalb dieses Zimmers liegt. Er sieht in sich hinein. Er sieht die Landschaft, die sein Innerstes ist. Er liegt in grünen Wiesen, steigt über felsige Steilküsten, badet im kalten Meer. Nur noch Seele.

Als ich das Zimmer verlasse, reiße ich die Elektroden von meiner Brust, hole die Loop Station aus meiner Hosentasche und knalle beides vor der Elefantenkuh und ihrem Sohn auf den Empfangstresen. Ich werde dieses Krankenhaus nicht noch einmal freiwillig betreten. Es gibt keine Sicherheit im Leben. Wenn du gehen sollst, gehst du. Jens hatte mich rausgeschickt, als Lennarts Herz stehenblieb und sie versuchten, ihn zu reanimieren. Was hatte Lennart sich da angetan. Was hat das alles für einen Sinn gehabt.

Ich kann nicht weinen, aber mein Notizbuch hilft mir. Ich habe in den letzten Wochen regelmäßig geschrieben, doch in dieser Nacht fließt es mir nur so aus den Fingern. Ich schreibe Zeile um Zeile. Über die erste Liebe meines Lebens. Die erste verlorene Liebe meines Lebens. Über Hilflosigkeit, Aussichtslosigkeit, Angst. Und schließlich fange ich doch an zu weinen.

Völlig übermüdet komme ich am nächsten Tag im Studio an. Ich fühle mich fremd in meinem Körper, bin mir nicht mehr sicher, ob ich das gestern wirklich erlebt habe. Eine dunkle Traurigkeit liegt über mir wie Gewitterwolken. Nur Pete ist da und begrüßt mich einsilbig. Dann deutet er auf eine Karaffe, die auf dem Tisch steht. In ihr scheint sich flüssiges Gold zu befinden.

«Frischer O-Saft. Mach ich jeden Morgen», erklärt Pete. Er nimmt ein Glas und drückt es mir in die Hand. «Trink, und dann kannst du ja vielleicht mal Klarschiff machen.»

Ich tue also, wie man es mir aufgetragen hat, und bediene mich erst mal an dem eiskalten, süß-sauren Vitamin-C-Getränk. Dann gehe ich in den Aufnahmeraum. Es riecht nach kaltem Rauch, die Aschenbecher quellen über, überall stehen leere Bierflaschen. Die Instrumente, die gestern so lebendig in den Händen der Jungs wirkten, starren mich stumm an. Ich betrachte sie genau, lausche angestrengt, doch sie schweigen. Stummer als ein Baum, regungsloser als ein Fels. Man muss magische Kräfte haben, um aus diesen Holzbrettern, Kisten und Eimern die Musik herauszuholen, die ich gestern gehört habe.

Ich drehe die Klimaanlage hoch, öffne die Türen und die Fenster auf dem Gang, sammle die Flaschen ein, leere die Aschenbecher. Dasselbe mache ich an der Bar, im Aufenthaltsraum, im Kino und im Kontrollraum, in dem Pete übers Pult gelehnt Musik hört. Er hat sie so leise gemacht, dass ich sie kaum hören kann. Nachdem ich fertig bin, setze ich mich hinter Pete auf eines der Sofas. Nachdem der Song zu Ende ist, dreht er sich zu mir um und sagt: «Was leise gut klingt, klingt laut großartig.»

Das war also Lektion eins. Mika, sei wach, dann kannst du hier viel lernen.

Innerhalb der nächsten zwei Stunden trudeln die Jungs nach und nach ein. Alle sind schlaff und verkatert, und jeder macht sich zuallererst über den frischen Orangensaft her. Die Vitaminspritze scheint sie auf der Stelle munter zu machen. Mir wird gezeigt, wie die Kaffeemaschine funktioniert, und ich mache allen Espresso, Caffè Latte oder Latte macchiato. Hot bringt frische Brötchen mit, und ein festliches Frühstück mit allen italienischen und französischen Leckerbissen, die man sich vorstellen kann, wird aufgetischt. Alle sind erstaunlich still beim Essen. Als würden sie sich konzentrieren. Vielleicht stimmen sie sich jetzt schon auf die Aufnahmen heute ein. Und dann bekomme ich das Gefühl, dass sie sich darauf konzentrieren, nichts zu sagen. Sie bemühen sich, für sich zu sein, bevor sie sich zwangsweise wieder miteinander auseinandersetzen müssen. Bis auf ein paar Schmatzer und zufriedene Geräusche werden nur die pragmatischsten Sätze ausgetauscht. «Gibst du mir mal die Butter?», «Ist noch was von dem Weichkäse da?», «Will jemand noch 'nen Kaffee?», kein Bitte oder Danke, keine Floskeln, keine Späße. Das hier ist eine ernste Sache, eine Konferenz von höchster Wichtigkeit mit dem hochgesteckten und ambitionierten Ziel, satt zu werden.

Nachdem alle Parteien sich einig sind, dass das Planziel erfolgreich umgesetzt wurde, geht es zum nächsten Programmpunkt über. Entspannen. Es wird sich in die Sofaecke gelümmelt, geraucht, noch ein Kaffee getrunken, im Internet gesurft, gekickert, geflippert. Sie machen alles Mögliche, nur keine Musik. Ich fühle mich etwas fehl am Platz. Was soll ich jetzt tun? Was ist meine Aufgabe, wenn sie gar nichts machen? Wenn ich ein Instrument spielen könnte, ich würde schon längst im Aufnahmeraum stehen und mir die Seele aus dem Leib spielen. Wie viele

Musiker kriegen jemals die Chance, in so einem Studio arbeiten zu dürfen? Ich würde jede Sekunde davon nutzen, so viel ist klar. Auf der anderen Seite könnte man dasselbe über das Leben sagen. Der Großteil der Welt hat nicht die Chance, in so einer luxuriösen Sicherheit aufzuwachsen wie wir. Und nutzen wir jede Sekunde unseres Privilegs? Ich nicht. Also, was erwarte ich dann von den Jungs. Sie werden schon wissen, was sie tun.

Durch die Ruhe kommen die Gefühle der Nacht zurück. Ich nehme meinen Rucksack und setze mich wieder in die Sofaecke des Kontrollraums. Pete hört immer noch dieselbe Aufnahme. Immer wieder greift er in das Meer von Knöpfen auf dem Mischpult, rollt mit seinem Stuhl zu den verschiedenen Schränken mit den unterschiedlichen Geräten. Alle Anzeigen leuchten, die Zeiger bewegen sich im Takt. Hin und wieder steht er schwerfällig auf und steckt an einem Kasten an der Wand, der aussieht wie aus einer Telefonzentrale in alten Filmen, neue Kabelverbindungen. Der Song ist düster und melancholisch, aber unfassbar energetisch gespielt. Der Gesang fehlt, doch das Gefühl in mir ist eindeutig. Ich nehme mein Notizbuch und fange an zu schreiben.

Die Bilder der letzten Nacht rauschen vor meinem inneren Auge vorbei, wie ein Film im Schelldurchlauf. Ich habe seine Hand gehalten, als mein Freund in eine neue Welt gegangen ist, doch ich bin hiergeblieben, habe ihn losgelassen. Jens hat gesagt, er wird es überleben, aber nie mehr derselbe sein. Ich sehe Lennart in seinem Leben, das voll und ganz erfüllt ist von ihm selbst, in dem kein Platz mehr für etwas anderes ist. Ich musste ihn loslassen, um nicht mit ihm kaputtzugehen, ich musste ihn den letzten Schritt alleine tun lassen und selbst umkehren, zurück in meine alte neue Welt.

Victor kommt rein und setzt sich an das andere Ende der Sofareihe. Er nimmt eine Gitarre, die neben ihm liegt, und soliert leise über den Song, der gerade wieder von vorne beginnt. Ohne mich anzusehen fragt er:

«Was schreibst du da?»

«Ach, gar nichts.»

«Gar nichts», wiederholt er, steht auf und setzt sich mit der Gitarre neben mich. «Das ist ein schönes Notizbuch.»

«Danke, ich hab es mir extra binden lassen.»

«Du hast dir extra ein Notizbuch binden lassen, nur um da gar nichts reinzuschreiben?»

«Nein, also, ich schreibe, was mir so einfällt.»

«Tagebuch, oder was?»

«Nein, eher... also eigentlich... ich schreibe Gedichte.»

«Wirklich? Darf ich mal eins lesen?»

Mein Herz schlägt mir bis zum Hals. Noch nie hat jemand ein Gedicht von mir gelesen. Ich habe viel zu viel Angst, es könnte nicht gefallen und dass ich dadurch wiederum den Gefallen am Schreiben verlieren könnte.

«Ich weiß nicht. Ich habe sie bis jetzt noch nie jemandem gezeigt.»

«Ja, das kenne ich. Aber irgendwann solltest du es tun. Warum schreibst du sie sonst auf. Und ich sag dir, das ist gerade die perfekte Situation. Wir kennen uns gar nicht, und wenn es mir nicht gefällt, kannst du mich einfach als Arsch abstempeln, der doch eh keine Ahnung hat.»

Im Grunde klingt das gut, abgesehen davon, dass Victor ohne Frage ein Genie ist und ein schlechtes Urteil von ihm mich vernichten würde. Ich weiß nicht, was mit mir los ist, als ich das Buch aufschlage und ihm meine letzten Zeilen zu lesen gebe. Eigentlich hat mich sein Überredungsversuch nicht überzeugt, aber auf der anderen Seite würde ich wirklich gerne wissen, was er darüber denkt.

Bedächtig und konzentriert liest er die Zeilen. Er nimmt sich viel Zeit. An den Bewegungen seiner Augen kann ich erkennen, dass er sie wieder und wieder von vorn liest. Er dreht den Kopf zu mir, sieht mich kurz an, doch dann wandern seine Augen nachdenklich durch den Raum.

Es gefällt ihm nicht. Ganz eindeutig. Er überlegt, wie er es mir schonend beibringen kann. Auf einmal summt er kaum hörbar eine Melodie. Er versucht Zeit zu schinden, so schwer fällt es ihm, sich eine passende Lüge einfallen zu lassen.

Doch plötzlich steht er auf und geht mit meinem Notizbuch zur Tür in den Aufnahmeraum. Auf dem Weg sagt er zu Pete: «Ich würd gern kurz mal was singen.» Pete antwortet mit einem einsilbigen Brummen. Dann spult er das Band zurück und stellt das Licht in der Gesangskabine an. Durch die Scheiben kann ich sehen, wie Victor die Kopfhörer aufsetzt.

«Kannst du mich hören?», fragt Pete.

«Ja», antwortet Victor. Er ist konzentriert und hält sich mein Notizbuch vors Gesicht.

«Gut, dann machen wir einfach mal eine», sagt Pete und startet das Band.

Beim ersten Versuch singt Victor leise und bruchstückhaft eine Melodie. Vereinzelt finden ein paar Worte den Weg durch seine Lippen. Nach dem Refrain bittet er Pete, nochmal von vorne zu starten. Dieses Mal singt er richtig und vor allem meinen Text. Spontan stellt er einige Worte um oder summt, wenn ein paar Silben fehlen.

Dann nimmt er einen Stift und schreibt auf einen Zettel, der auf dem Notenpult liegt.

Nachdem der Song zu Ende ist, sagt Victor versunken: «Eine Minute noch.» Pete und ich sitzen stumm da und hören zu, wie der Bleistift auf dem Papier kratzt. Dann richtet er sich wieder auf und sagt knapp: «Okay», und Pete startet wieder das Band.

Mein Gedicht hat sich verändert. Manche Zeilen haben ihre Position getauscht, genau so wie das ein oder andere Wort. Bei einigen Zeilen hat er Worte hinzugefügt, andere hat er gestrichen, doch der Inhalt ist derselbe, und er passt perfekt zur Melodie.

In diesem Moment kommt Leo rein und lässt sich aufs Sofa fallen. Er ist kurz irritiert, doch dann sieht er Victor in der Gesangskabine und fängt an, aufmerksam zuzuhören. Er trommelt mit den Händen auf den Knien und nickt mit dem Kopf.

Dann kommt auch Hot in den Kontrollraum. Er bleibt vor den Lautsprechern stehen. Leo ruft von hinten: «Ey, Pete, dreh mal auf!» Pete betätigt zwei Knöpfe, und plötzlich hören wir das Ganze in der gewohnten Konzertlautstärke. Alle hören zu, den Blick auf dem Boden, und nicken mit dem Kopf. Als der Song zu Ende ist, steht Leo auf und drückt auf einen Knopf. «Geil Mann, echt.» Doch Victor ist nach wie vor konzentriert. «Ich glaub, jetzt hab ich's, lass mich noch einmal machen.» Kommentarlos startet Pete den Song auf voller Lautstärke. Ab der Hälfte weicht die Anspannung im Raum. Die Jungs sehen sich an, nicken sich zu. Leo ruft «Yeah, Alter.» Hot lächelt. Ich sitze die ganze Zeit da wie versteinert und beobachte. Ich fühle mich abwesend, nicht in der Lage zu begreifen, was hier gerade vor sich geht. Steht er wirklich da drüben und singt Zeilen, die ich gerade eben noch in mein Notizbuch gekritzelt habe? Hat er in so kurzer Zeit aus meinen lautlosen Gedanken Musik gemacht? Ja, er hat.

Nach diesem Take kommt Victor zurück in den Kontrollraum. Kurz sieht er in die begeisterten Gesichter seiner Bandkollegen, doch dann setzt er sich direkt vors Pult und stützt die Arme darauf. Keiner sagt ein Wort. Pete drückt wieder die Knöpfe, mit denen er gerade laut gestellt hatte, und startet diesesmal den Song auf der mir schon bekannten Flüsterlautstärke. Schon nach dem ersten Refrain erwacht Victor aus seiner Versunkenheit und dreht sich zu den anderen um.

«Mann, das ist echt intensiv. Wann ist dir das denn eingefallen?», fragt Leo.

«Ja, ich hatte ’ne fette Gänsehaut», meint Hot.

«Das ist es, das ist genau das, was der Song gebraucht hat.»

«Das ist nicht von mir», sagt Victor ruhig.

«Wie, von wem dann?»

«Dürfen wir das denn überhaupt benutzen?»

«Das müssen wir ihn fragen», sagt Victor und deutet mit einer Kopfbewegung auf mich.

«Ihn?»

«Mika?»

«Wieso?»

«Weil er es geschrieben hat.»

Plötzlich herrscht Ruhe, keiner weiß, wie er reagieren soll. Alle starren mich an. Doch Victor unterbricht die Stille.

«Mika, das ist echt groß. Deine Zeilen passen perfekt und lassen sich wahnsinnig gut singen. Du hast Talent.»

Ich weiß nicht, was ich sagen soll. Ich freue mich, kann es aber nicht zeigen. Ich könnte eher weinen, obwohl ich alles andere als traurig bin. Denn eins weiß ich ganz ge nau: Mir hat das verdammt gut gefallen, was ich da gerade über die Lautsprecher gehört habe.

«Echt Mika, das ist von dir?», fragt Hot. «Das ist echt tierisch!»

«Hat Josh das etwa geplant?», vermutet Leo eine Verschwörung.

«So ein Quatsch», sagt Victor. «Ich musste Mika überreden, es mir zu zeigen. Ich würde das schlichtweg Schicksal nennen.»

«Hast du noch mehr davon, Mika?», will Leo jetzt wissen.

«Ja, weißt du, das mit den Texten ist bei uns nämlich so eine Sache», versucht Hot vorsichtig zu erklären.

«Ähm, ja», sage ich. Meine Verwirrung wächst ins Unermessliche.

«Er hat ein ganzes Notizbuch voll», hilft Victor mir bei der Antwort. «Und wenn du nichts dagegen hast, Mika, würde ich es mir gerne mal durchlesen, um zu sehen, ob da noch weitere passende Zeilen zu finden sind.»

«Ähm, okay», sage ich.

«Cool, danke Mann», sagt Hot.

«Das ist echt nett von dir», meint Victor.

«Jetzt haben wir 'nen Ghostwriter», sagt Leo.

Am Abend spielen sie Josh die Aufnahme ohne Kommentar vor. Er hört versunken bis zum letzten Ton zu und bricht dann in überschwängliches Lob aus.

«Jungs, das ist das Größte, was meine Ohren je zu hören bekommen haben. Ich weiß nicht, was passiert ist, aber genau das ist es! Das sind die Zeilen, die eurer Musik die Krone aufsetzen. Victor, du hast dich mal wieder selbst übertroffen.»

Als Victor ihn aufklärt, bleibt Josh ruhig. Man sieht

ihm an, wie er die Information verarbeitet: Der kleine Praktikant, dessen Namen er schon nicht mehr weiß, hat diese Zeilen geschrieben. Leo sitzt neben mir und legt den Arm um mich.

«Und das Beste ist, Mika hat ein ganzes Notizbuch voll», sagt er.

«Nun dann, Mika. Herzlich willkommen in der Familie! Wir setzen uns morgen Nachmittag in Ruhe hin und klären das Vertragliche, Verlag, Prozente und so weiter, aber bis dahin, würde ich sagen, stoßen wir auf unseren vom Himmel gefallenen Dichter an.»

Die Nacht wird lang und wild. Am nächsten Tag setzen Victor und ich uns hin und gehen mein Notizbuch durch. Er findet zwei Gedichte, die seiner Meinung nach perfekt zu schon bestehenden Songs passen, und drei weitere, aus denen er neue Songs machen will. Außerdem bittet er Pete, mir eine CD der restlichen Lieder ohne Text mitzugeben, damit ich mir für sie etwas einfallen lassen kann.

In den nächsten Wochen herrscht auf einmal eine andere Stimmung im Studio. Alle sind fleißig. Es wird bis spät in die Nacht an Songs getüftelt und aufgenommen. Ein Lied nach dem anderen wird fertiggestellt, und immer übertrifft das aktuelle das vorhergegangene.

Wird das meine Zukunft sein? Ist das meine Bestimmung? Ich habe endlich eine Aufgabe. Meine Worte werden für alle Ewigkeit festgehalten. Das könnte es sein. Live your dream!

Die Produktion des Albums ist schon fast abgeschlossen, als Pete und ich eines Abends die Letzten im Studio sind. Wir sitzen im Kontrollraum bei einem Glas oder besser gesagt drei Flaschen Wein und hören auf voller Lautstärke das letzte Stones-Album, an dem Brian Jones mitgewirkt hat: Let it Bleed, mit einem meiner absoluten Lieblingssongs 'You can't always get what you want'. Außerdem ist auf der Platte ein Cover des Songs 'Love in vain' von niemand Geringerem als Robert Johnson, dem ersten inoffiziellen Mitglied des Klub 27, zu finden. Das Album wird großartig eröffnet durch Keith Richards knochige Gitarre und sphärische Chöre. Wenn dann der Beat von 'Gimmie Shelter' einsetzt, startet man mit einer Boing 747 in Richtung Süden, dem Himmel entgegen.

Brian Jones war der Gitarrist der Rolling Stones. Doch die Drogen, das Gras und sein Alkoholkonsum machten ihn über die Jahre immer unzuverlässiger. Irgendwann sah die ursprünglich von ihm gegründete Band keine andere Möglichkeit, als sich von ihm zu trennen. Gerade mal einen Monat später, am 3. Juli 1969, fand man Jones tot in dem Pool seines Hauses. Am selben Datum, zwei Jahre später, sollte man Jim Morrison tot in seiner Badewanne auffinden.

Jones hatte mit seiner Freundin Anna Wohlin und einem befreundeten Pärchen, dem Bauunternehmer Frank Thorogood und Janet Lawson, den Abend verbracht. Sie gingen alle gemeinsam schwimmen, aber die beiden Frauen ließen Jones und Thorogood alleine zurück. Als Thorogood eine Viertelstunde später ins Haus kam, um Zigaretten zu holen, entdeckte Wohlin Brian Jones regungslos auf dem Boden des Pools. Als sie ihn gemeinsam herausgezogen hatten, sei er noch am Leben gewesen, behauptete Wohlin, doch als der Notarzt eintraf, war es bereits zu spät. Er war siebenundzwanzig. Sein plötzlicher Tod durch Ertrinken wurde als Unfall eingestuft. Doch Jahrzehnte später wurde der Fall von der Polizei wiederaufgenommen, dieses Mal mit Verdacht auf Totschlag. Der Bauunternehmer Thorogood soll auf seinem Sterbebett den Mord an Jones gestanden haben.

Als die Platte zu Ende ist, lehnt Pete sich zufrieden in seinem Stuhl zurück.

«Weißt du», sagt er, «deshalb mache ich meinen Job so gerne. Ich mein, es ist oft langweilig, das muss ich dir nicht sagen, aber ich will auch mal an etwas Großem mitarbeiten.»

Das ist das erste Mal, dass ich den so in sich ruhenden Pete so viel und so engagiert reden höre, und es soll sogar noch weiter gehen.

«Ich will einmal den Sound von einer Scheibe machen, die die Zeit überdauert. Die Leute wie wir zwei Jahrzehnte später hören und die sie inspiriert. Glücklich macht.»

Zustimmend nicke ich ihm zu. Wenn er wüsste, wie gut ich ihn verstehe. Etwas, das den eigenen Tod überdauert, das größer ist als das mickrige Selbst. Das würde mein unausweichliches Ende wenigstens erträglich machen.

«Weißt du, Mika ... wir reden beide nicht viel. Aber ich weiß, dass so etwas Großes in dir steckt. Das fühl ich.»

Pete erhebt sich aus seinem Stuhl, der für mich schon fest zu seinem Körper gehört, wie seine fünfte Extremität. Er geht zur Bandmaschine und legt eine der Spulen auf. Dann dreht er an einigen Knöpfen am Pult und schaltet das Licht in der Gesangskabine ein. In Rot- und Gelbtönen leuchtet der Raum um das Mikrophon. Er geht zur schweren Stahltür, die in den Aufnahmeraum führt, und öffnet sie.

«Keine Angst», sagt er und macht eine einladende Handbewegung.

Ich zögere.

«Mika, du brauchst keine Angst zu haben. Nicht jetzt, nicht hier, nicht vor mir», zitiert er meine eigenen Zeilen.

Als ich die Gesangskabine betrete, wird mir angenehm warm. Es riecht noch nach Victors Zigaretten. Mein Text mit einigen Änderungen liegt auf dem Pult. Von hier drüben scheint der Kontrollraum dunkel zu sein. Ich setze die Kopfhörer auf. Ihr Flies schmiegt sich um meine Ohren. Dann höre ich Petes Stimme. Sie ist ruhig und konzentriert.

«Mika, du sagst, wenn du bereit bist. Mach dir keine Sorgen, versuch so oft du willst. Ich bin da.»

Ich trete näher an das Mikrophon. Gehe mit den Lippen an den schwarzen Stoffschutz. Leise sage ich: «Okay.»

Ein Rauschen. Dann Leos Anzähler. Victors Gitarre zupft die mir so gut bekannte Melodie. Jede Saite, jeder Ton scheint Überwindung zu kosten. Auch ich überwinde mich und singe die ersten Zeilen. Ich erwische die Töne nicht. Meine Stimme bricht immer wieder weg. Ich verpasse die dritte Zeile. Pete hält das Playback an.

«Mika. Vertrau dir. Es sind deine Worte. Versuch nicht zu singen. Erzähl sie mir. Achte nicht auf deine Stimme, nur auf das, was du sagst.»

Und schon spielt er den Song erneut ab. Wieder der Einzähler und das Gitarrenpicking. Ich sehe auf den Text, erinnere mich an die Situation, als ich ihn gedichtet habe. Plötzlich sehe ich Lennart vor mir. Wie ich neben ihm am Krankenbett sitze, seine Hand halte. Durch die Erinnerung verpasse ich den Einsatz, doch Pete lässt weiterlaufen.

Nach kurzer Irritation habe ich das Bild wieder vor Augen und setze in der zweiten Hälfte der Strophe ein. Das Schlagzeug trägt mich weiter zu den nächsten Worten, und dann bin ich verloren. In Musik, in Worten, in Erinnerungen, in mir.

Nachdem der letzte Ton verklungen ist, sacke ich in mich zusammen. So sehr habe ich noch nie gefühlt, mich noch nie so gespürt. Ich bin noch nie so sehr gewesen.

Als ich am nächsten Tag ins Studio komme, sitzen die Jungs und Josh im Barbereich.

«Mika, wir haben auf dich gewartet», sagt Josh in seinem wie immer überhöflichen Ton. Normalerweise werden um diese Zeit schon Aufnahmen gemacht, egal wie wild die Nacht davor war. «Ich wollte, dass du dabei bist.»

Der hyperaktive Leo will nicht länger warten: «Also jetzt aber, Josh, was ist, raus damit.»

«Immer mit der Ruhe. Ich will euch etwas Großartiges zeigen. Es wird euer Leben verändern, was sage ich: die ganze Welt!»

Gewohnt an Joshs Superlative und berechtigt skeptisch folgen wir ihm in den Kontrollraum. Er ist wie jeden Morgen, seitdem uns der Luxus einer Putzfrau bewilligt wurde, sauber und aufgeräumt. Keine Spuren von gestern. Alles auf Anfang. Aber Pete ist nicht da. Sein Stuhl ist leer.

«Setzt euch.» Josh macht eine großzügige Geste Richtung Sofas, doch Hot und Leo bleiben vor den Lautsprechern stehen, und Victor nimmt vor dem Pult auf Petes Stuhl Platz. Ich setze mich neben das Sofa an der hinteren Wand, weshalb ich die Jungs nur von hinten sehe und Victor beobachte, wie er sich in gewohnter Pose mit verschränkten Armen auf das Pult lehnt. Gekonnt drückt Josh auf die Fernbedienung der Bandmaschine und dreht die Lautstärke am Pult auf.

Ich kriege Angst.

Das kann nicht wahr sein. Das kann nicht wirklich passiert sein. Hat er …? Will er jetzt etwa …?

Leos Einzähler, dann Victors kunstvoll gezupfte Gitarre. Der Gesang setzt ein. Aber diese Stimme habe ich noch nie gehört. Ich fühle mich erleichtert, atme tief aus. Die Stimme ist warm und voll. Sie singt die Worte kürzer als Victor es tut. Brüchig und verletzlich erzählt sie eher, als dass sie singt. Sie fügt sich wunderbar in die Musik ein, ohne in ihr unterzugehen. Sie scheint direkt vor einem zu stehen, einen direkt anzusingen.

Als der Song zu Ende ist, hält Josh die Bandmaschine an und mustert uns. Er wartet. Wartet darauf, dass Victor sich wieder aufrichtet und etwas sagt. Doch er verharrt vornübergebeugt und starrt auf die Kanäle.

Ich sehe die anderen Jungs an. Auch sie warten auf Victors Reaktion. Josh legt behutsam seine Hand auf die schmale Schulter des Bandleaders. Dann sagt Victor leise zu sich: «Das war's.»

Keiner wagt mehr zu atmen. Victor richtet sich auf und dreht sich zu den anderen um. «Das war einfach großartig», sagt er ernst. Plötzlich sieht er mich direkt an. «Das ist groß», wiederholt er, den Blick auf mich gerichtet. Dann verlässt er den Raum. Die anderen Jungs folgen ihm nach kurzer Zeit.

Josh kommt auf mich zu und setzt sich auf das Sofa neben mir. Wie zuvor bei Victor, legt er seine Hand auf meine Schulter.

«Mika, du bist die Stimme dieser Generation.»

Ich verstehe überhaupt nichts. Alle scheinen es vor

mir verstanden zu haben. Ich habe meine eigene Stimme nicht erkannt! So anders und fremd hat sie geklungen.

Es gibt keine Diskussion, oder ich erfahre nichts von ihr. Ich werde auch nie wirklich gefragt. Josh sorgt dafür, dass es einfach geschieht. Es werden Verträge gemacht, ich bekomme einen Vorschuss und verbringe die nächsten Wochen allein mit Pete im Studio, um alle Lieder neu einzusingen. Zu meinem neunzehnten Geburtstag gibt es ein großes Besäufnis, bei dem ich offiziell als neues Bandmitglied willkommen geheißen werde. Josh hält eine seiner überschwänglichen Reden, und danach umarmen mich die Jungs, einer nach dem anderen. Selbst Victor, der sonst jedem Körperkontakt aus dem Weg geht, nimmt mich fest in seine Arme. Danach sieht er mir unsicher in die Augen und sagt nur: «Das wird groß.»

Schon bald sollen wir unser erstes Konzert spielen. Also treffen wir uns drei Wochen lang jeden Tag, um zu proben. Doch schnell stellt sich heraus, dass es nichts Schlimmeres gibt als das. Unser sogenannter Proberaum befindet sich in einem alten Luftschutzbunker aus dem Zweiten Weltkrieg. In dem kleinen, fensterlosen stickigen Verlies ist es viel zu heiß und vor allem viel zu laut. Die Wände sind aus meterdickem Beton. Sie werfen alle Schallwellen einfach zurück in den Raum. Das Schlagzeug schaukelt sich zu einem Grölen und Donnern hoch, als würde uns ein Fliegerangriff in Schutt und Asche legen wollen. Damit man über diesen Lärm überhaupt noch etwas hört, müssen die Jungs ihre Verstärker richtig aufdrehen, was zur Folge hat, dass ich meine Stimme durch die zwei Kartoffelkisten namens Gesangsanlage überhaupt nicht hören kann.

Wir versuchen uns einzureden, dass ein Konzert etwas Einmaliges sein muss, ein nie zu wiederholendes Ereignis, das von seiner Spontaneität lebt und auf keinen Fall totgeprobt werden darf wie eine Ballettaufführung. Wir sitzen auf dem Boden rum, rauchen, trinken Kaffee, lesen Musikzeitschriften. Schon früh am Tag fangen wir an zu trinken. Bier, Whiskey, Wodka, Gin. Wir fühlen uns wie in Gefangenschaft. Als müssten wir die Zeit absitzen, bis das Signalhorn Entwarnung gibt und wir durch die Trümmer unserer Heimatstadt stapfen dürfen, um zu sehen, was von unserem alten Leben noch übrig ist.

Unser Lieblingsthema sind die aktuellen Teeniestars, die uns von den bunten Jugendmagazinen mit ihren gebleichten Zähnen entgegenlachen. Wir sind im selben Alter wie die meisten von ihnen, aber fühlen uns seltsam bei der Vorstellung, vielleicht auch mal auf einem solchen Cover zu posieren. Die grauen Wände unserer Zelle tapezieren wir mit den auf viel zu dünnes Papier gedruckten Postern aus der Mitte der Hefte. Boygroups, Castingshow-Sieger, Eurodance-Sternchen, Jungschauspieler, Models, Moderatorinnen … Alle lächeln sie ihr vergängliches ‹Wir haben es geschafft›-Lächeln.

«Mann, ist die heiß», sagt Leo, als er gerade seinen neusten Fund an eine freie Stelle klebt. «Die will ich ficken.»

«Aber die ist doch noch Jungfrau», sagt Hot.

Alle lachen. Cherry, so lautet ihr Künstlername, gibt vor, die ewige Jungfrau zu sein. Was Sinn macht, denn

Cherry ist Slang für Jungfrau. Ich frage mich, was für Drogen der Plattenboss genommen haben muss, als er sich diesen Namen ausgedacht hat. ‹Popping the Cherry› ist im Englischen nichts anderes als ein geflügeltes Wort für Defloration, und nun haben wir hier eine jungfräuliche Popsängerin namens Cherry.

«Und sie singt doch nicht mal selbst», sagt Victor.

«Na und, bei mir muss sie ja auch nur die Lippen bewegen», kontert Leo.

«Aber hast du dir den Scheiß mal angehört, mit dem sie Geld verdient?», fragt Hot.

«Ich finde auch, man ist, was man tut. Ich könnte nicht mit einer zusammen sein, die sich für so was verkauft», gibt Victor seinen Standpunkt zu Protokoll.

«Wer sagt denn hier was von Beziehung. Ficken, sag ich. Ficken. Bumsen, nageln, pimpern, poppen, das gute alte Rein-raus-Spiel.»

«Ist ja gut, wir haben's verstanden!», beendet Victor das Thema.

Ich halte mich zurück. Ich finde, alle haben recht. Die Musik ist das Letzte. Es war ihr Song, der lief, als ich nach meinem Herzstillstand mit dem Taxi ins Krankenhaus gefahren bin. Aber sie ist auch verdammt heiß. Ich sehe mir das hochformatige, vor weißem Hintergrund fotografierte Bild an. Sie steht da, in aufreizender Pose, die Arme hinter ihren blonden Haaren verschränkt, und gibt in ihrem knappen, bauchfreien Top freie Sicht auf ihren flachen, definierten, ungepiercten Bauch. Obwohl sie lächelt, umranden ihre dezenten Sommersprossen einen melancholischen und eindringlichen Blick. Ihre Beine in den kurzen Hotpants berühren sich an keiner Stelle, obwohl sie dicht beieinanderstehen. Im Schritt, wo die Oberschenkel normalerweise zu einem auf dem Kopf stehenden V zusammenlaufen, scheint ihre Pussy sie wie eine Brücke miteinander zu verbinden. Also: Zusammensein eher nicht, alles andere: sofort, unbedingt, auf der Stelle. Mit ihr würde ich nur zu gern mein erstes Mal erleben. Immerhin bin ich der Einzige in der Band, der immer noch keinen Sex hatte. Live your dream!

«Jetzt seht euch die an!», Leo ist schon beim nächsten Poster. Er hält sich ein Querformat irgendeiner Boygroup vor die Brust. Er deutet mit dem Finger auf den Jungen links außen.

«Das hier ist Max. Er ist der Sensible. Seine braven blonden Haare und verträumten blauen Augen bringen jedes Herz zum Schmelzen.» Er zeigt auf den nächsten und fährt mit seinem Vortrag fort. «Das ist Michael. Er ist der Älteste und der große Bruder, den sich jedes Mädchen wünscht. Er ist ein treuer Typ, zum Heiraten und Kinderkriegen. Das hier ist Micky, er ist der Verrückte. Mit ihm hat man immer was zu lachen, und er ist auch sonst für jeden Spaß zu haben. Als Nächstes kommen wir zu dem, um den herum die Gruppe gecastet wurde. Er sieht nicht besonders gut aus, kann nicht gut tanzen, und seine Geheimratsecken verraten, dass er an genetisch bedingtem Haarausfall leidet. Doch er singt die Leadstimme und schreibt einen Großteil der Songs. Er ist das musikalische Mastermind, also vollkommen uninteressant für kleine Mädchen. Und zu guter Letzt kommen wir zum melancholischen Mika.»

Alle lachen. Leo kann einfach nicht anders. Irgendwann muss er immer irgendjemandem einen mitgeben.

«Von ihm träumen die Mädchen. Sie wollen wissen, was er wohl denkt. Ihm wollen sie ihre Sorgen und Nöte anvertrauen. Er soll sie fest in den Armen halten und sagen: ‹Weine nur, lass alles raus.›»

«Also, wenn das Mika ist, wer von denen sind dann wir anderen?», will Hot wissen.

«Das ist doch vollkommen klar!» Leo fängt wieder von links an. «Also, der Süße, das bist eindeutig du, Hot. Obwohl du gleichzeitig auch der große Bruder bist. Der Verrückte ist natürlich kein Geringerer als ich selbst, und das Mastermind ist Victor.»

«Ich bin also hässlich und uninteressant», stellt Victor fest.

«Nein, Mann. In unserem Fall ist das doch was anderes. Da ist der Verrückte ja auch gleichzeitig der Heißeste.»

Leo steckt sich den Zeigefinger in den Mund und lutscht darauf rum. Dann berührt er mit ihm seine Schulter und macht ein Geräusch als würde Wasser auf eine heiße Herdplatte kommen. Hot verdreht die Augen.

«O ja. Alles klar.»

«Aber dann wurden wir ja ganz schön gut gecastet», sagt Victor.

«Ja, und dazu machen wir noch fette Musik», prahlt Leo.

«Yeah!», ruft Hot.

«Ich sag euch, Leute, die Pussys werden nur so triefen vor Freude.»

«Unser Leo. Hat immer nur dasselbe im Kopf», stellt Victor resigniert fest.

«Und was ist so falsch daran, immerhin bin ich ein Mann.»

Alle unterdrücken ein Lachen. Das Wort ‹Mann› ist nun wirklich nicht das Attribut, das man Leo mit seiner postpupertären Akne als Erstes zugestehen würde.

«Aber so posen wie die können wir nicht», greift Hot das Boygroup-Thema wieder auf.

«Na, klar doch. Was die können, können wir schon lange.» Leo will es sofort ausprobieren. Er hängt das Poster an die Wand und stellt unsere Kamera, die Josh uns geschenkt hat, um unser Bandleben zu dokumentieren, auf den Amp davor.

«Na los, stellt euch da hin!» Leo gibt uns Anweisungen wie ein Profi. «Hot, zieh den Pulli aus, Mika, mach das Hemd auf. Näher zusammen. Hot, leg den Arm um Mika. Victor, lehn dich mit der Schulter an ihn ran. Okay, ich starte jetzt den Selbstauslöser.» Dann kommt Leo zu uns und stellt sich neben Victor. Bevor die Kamera auslöst, ruft Leo noch: «Grinsen!», und dann ist es passiert.

Auf dem fertigen Foto lächelt keiner von uns, nicht einmal Leo. Wir stehen nebeneinander, hinter uns in der Unschärfe unsere Instrumente und die mit Pop-Postern tapezierte Wand. Ich stehe in der Mitte. Mein geöffnetes Hemd lässt meinen knabenhaften Körper darunter erahnen. Links von mir steht mit etwas Abstand Hot. Rechts, mit dem Rücken zu mir, steht Victor und ihm zugewandt Leo. Die Aufstellung scheint unsere bandinternen Spannungen widerzuspiegeln. Hot etwas abseits, aber dabei. Victor und Leo, die engsten Freunde, einander zugewandt, und ich der neue Mittelpunkt. Alle sehen wir in die Kamera. Unser Blick scheint zu sagen: Wir sind.

Dieses Bild wird das Cover unserer ersten Platte.

In der Zeit unserer Proben lernen wir bei einem Meeting am Nachmittag unseren Marketingchef kennen. Wir werden in sein Büro geführt, in dem er und Josh schon auf uns warten.

«Das ist der Mann, der euch zu Weltstars machen wird», verkündet Josh. «Darf ich vorstellen: Axel Ashlin, der beste Head of Marketing der Welt – und die beste Band aller Zeiten, die leider noch keinen Namen hat, aber unter anderem deswegen sind wir ja heute hier.»

Einer nach dem anderen schütteln wir Axel die Hand.

«Na, ob ich wirklich der Beste bin, weiß ich nicht, aber Jungs, eines weiß ich ganz genau, ihr seid die Besten, und ich bin garantiert der Richtige für den Job.»

Josh und Axel. Da haben sich ja zwei gefunden, oder ist es normal, dass man in der Musiklandschaft nur in Superlativen spricht.

Axel nimmt hinter seinem riesigen Schreibtisch Platz. Er hat stahlblaue Augen, und seine Pupillen scheinen durch exzessiven Konsum harter Drogen für immer auf Stecknadelgröße geschrumpft zu sein. Er trägt einen türkisfarbenen Anzug, der aus Plastik zu sein scheint und perfekt mit seiner riesigen Iris harmoniert. Axel hat einen nervösen Charakter. Die ganze Zeit fummelt er an irgendetwas herum, wobei jede Bewegung durch das Material seines Anzugs Geräusche macht, als würde man zwei Mülltüten aneinander reiben.

Wir setzen uns auf die Sofas vor dem Schreibtisch. Das ganze Büro ist mit Goldenen und Platinschallplatten vollgehängt. Einige, die anscheinend keinen Platz mehr an den Wänden gefunden haben oder kürzlich durch aktuellere ausgetauscht wurden, liegen auf dem Fußboden. Doch die spontane Begeisterung für diese nie gesehene Anhäufung von Edelmetall verfliegt schnell. Es scheint, als hätte jemand die Poster aus unserem Proberaum eingerahmt und glänzende CDs darunter gehängt. Es sind genau die Boygroups und Pop-Sternchen aus den Teeniemagazinen, denen der gute Axel offensichtlich zur Berühmtheit verholfen hat.

Axel scheint unsere Blicke zu bemerken.

«Mein Job ist nicht künstlerischer Natur», erklärt er. «Ich habe nichts mit dem musikalischen Schaffen der Acts zu tun. Ich bin dafür da, ihre Message an den Mann zu bringen.»

Ihre Message? Als hätte irgendjemand von diesen Plastik-Acts was anderes zu sagen als das, was ihnen vorher im Interviewtraining eingehämmert wurde. Aber Axel versucht es weiter.

«Lasst euch nicht von meiner bisherigen Arbeit beeinflussen. Jeder Künstler ist anders und verlangt eine andere Strategie. Und ganz ehrlich», Axel deutet mit einer ausladenden Armbewegung auf die Platten an der Wand, «diese ganzen Acts kann man in keiner Weise mit euch vergleichen.»

Josh nickt und lächelt uns an. Dann übernimmt er.

«Axel und ich haben uns schon besprochen, und er hat genau verstanden, worum es bei euch geht und was ihr braucht, und das ist zuallererst ein Name.»

«Richtig», nimmt Axel die Vorlage an. «In nicht einmal mehr zwei Wochen habt ihr euer erstes Showcase. Es wird höchste Zeit, dass wir Einladungen verschicken, und außerdem würden wir gerne eine kleine Promo-CD mit fünf Tracks als Giveaway pressen, und da müssen wir natürlich einen Namen draufdrucken. Ich hab mal ein bisschen gebrainstormt und eine Liste mit den Top Ten zusammengestellt. Hier ist eine Kopie für jeden von euch.»

Axel reicht Josh die Zettel, die er an uns weiterverteilt. Darauf stehen Namen wie: This is the Shit, Uptown Boys, The Feelings, Forever Young und andere Grausamkeiten.

Als Axel merkt, dass unsere Begeisterung ausbleibt, rudert er zurück.

«Natürlich sind das nur spontane Ideen, und euer Input ist hier mehr als gefragt. Ich meine, wer will schon, dass ein Fremder den Namen fürs eigene Baby aussucht! Ich wollte nur, sagen wir, den Stein ins Rollen bringen.»

«Das ist doch ein geiler Bandname», sagt Leo. «The Rolling Stones.»

Wir versuchen nicht zu lachen, doch Axel kommt uns zuvor. Mit kurzen scharfen Stößen, die klingen, als würde jemand einen Ast absägen, kichert er in sich hinein, perfekt untermalt von seinem Plastikanzug. «Ja, das ist wahr», sagt Axel, nachdem er sich beruhigt hat. «Aber ich glaube es gibt schon eine Band, die so heißt, das werde ich später mal in Erfahrung bringen», versucht er einen Witz, über den nur Josh anstandshalber lacht.

«Jungs, die Sache ist ernst», führt Josh zum Thema zurück. «Wir brauchen euren Namen bis morgen, ansonsten entscheiden wir.»

«Morgen?», fragt Victor.

«Jungs», erklärt Axel. Geräuschvoll lehnt er sich vor und sieht uns ernst an. «Das Musikbusiness ist Krieg. Ich sage euch, da draußen herrscht Krieg, und wir müssen unserem Feind immer einen Schritt voraus sein. Wir müssen unsere Waffen immer im Anschlag halten, denn jeden Tag kann zurückgeschossen werden.»

Krieg also. Interessant. Ich habe zwar keine Ahnung, was dieser Vergleich damit zu tun hat, dass wir bis morgen einen Namen gefunden haben müssen, aber gut zu wissen.

Wir versprechen, uns etwas einfallen zu lassen, und fahren zurück in den Proberaum. Dort sitzen wir jeder mit Zettel und Stift bewaffnet auf dem Fußboden und versuchen, uns einen Namen zu geben. Doch uns fehlt jegliche Inspiration, also beschließen wir, auf das Dach des Bunkers zu gehen. Vielleicht hilft uns die frische Luft und die Aussicht. Aber es bringt nichts.

Plötzlich springt Leo auf. «Jungs, hört ihr das?»

Alle konzentrieren sich, versuchen zu verstehen, was er meint.

«Hört ihr das denn nicht?» Keiner von uns traut sich, ein Wort zu sagen, aber bis auf den Wind ist nichts zu hören.

«Sie kommen!» Leo reißt die Arme hoch, zeigt in den Himmel. «Jungs, es herrscht Krieg! Sie greifen an. Das Geschwader der Musikindustrie kommt, um uns in Schutt und Asche zu legen! Soldat Mika, sofort an das Flakgeschütz auf Turm drei!»

Ich springe auf und renne auf den Turm.

«Soldat Hot, machen Sie Meldung! Was sehen Sie, wie weit sind sie noch entfernt?»

Hot formt seine Finger zu einem Fernglas.

«Sie kommen aus Südsüdost direkt auf uns zu. Kontakt in drei!», ruft er.

«Munition, verdammt. Ich brauche Munition hier oben!», schreie ich.

«Soldat Victor, Sie haben gehört.»

Victor steht langsam auf, hat offensichtlich keine Lust auf unser Spiel.

«Soldat Victor, das war ein Befehl!», schreit Leo. «Wenn Sie nicht sofort tun, was ich sage, werden Sie sich vor dem Kriegsgericht verantworten müssen!»

Plötzlich steht Victor auf und schreit: «Aye, aye!»

«Soldat Victor, Sie sind hier nicht bei der Marine! Das heißt: Jawohl, Colonel, zu Befehl!»

«Jawohl, Colonel, zu Befehl!», brüllt Victor mit erstklassigem Soldatengruß.

«Soldat Hot, machen Sie Meldung.»

«Kontakt, Kontakt!», schreit Hot, so laut er kann.

Sofort fangen wir an zu feuern. Der Rückstoß des Flakgeschützes bringt meinen Körper zum Beben.

«Munition, ich brauche mehr Munition!», rufe ich Victor zu.

«Das Magazin ist leer!», meldet er.

«So ein Scheiß! Gibt es noch Reserve?»

«Ja, dort!» Victor zeigt auf einen kleinen Schacht in der Mitte des Bunkers.

«Übernehmen Sie, Soldat, ich werde sie holen gehen», sage ich zu Victor. Während die Bomber über unseren Köpfen hinwegdonnern, begebe ich mich auf die ungeschützte Fläche.

«Soldat Mika, sind Sie verrückt geworden?!», ruft Leo vom anderen Turm. «Gehen Sie sofort in Deckung!»

«Aber ich muss neue Munition besorgen!»

«Scheiße!», brüllt er. «Gebt ihm Deckung, feuert aus allen Rohren!»

Ich renne zu dem kleinen Schacht und finde die Munition, doch auf dem Rückweg werde ich von einem Gewehrfeuer erwischt. Es durchlöchert meinen Körper und wirft mich zu Boden.

«Mika!», schreit Victor theatralisch.

«Sanitäter, Mann am Boden, Mann am Boden!»

«Wir schaffen es nicht! Es sind einfach zu viele!»

«Rückzug, Rückzug! Alle Mann in Deckung!»

Als wir schließlich wieder im Proberaum an den Instrumenten sitzen, hat Victor plötzlich eine Idee.

«Fears», sagt er.

«Fears?», wiederholt Leo.

«Ja. Fears. Schlicht und ergreifend Fears. Ohne ‹The› und so.»

«Das gefällt mir», sage ich.

«Aber es gibt doch schon Tears for Fears», sagt Hot.

«Ach, diese Opa-Band», sagt Leo. «Leben die überhaupt noch?»

«Ich finde nicht, dass das sehr ähnlich klingt», sage ich.

«Finde ich auch nicht», meint Victor.

«Also, dann: Fears», sagt Leo abschließend.

Der Tag ist gekommen. Morgen soll unser erstes Showcase in Berlin stattfinden.

«Deutschland ist der zweitgrößte Musikmarkt der Welt. Und die Zentrale der Musikmafia sitzt in Berlin», erklärt Josh. «Das ist für jede Newcomer-Band ein guter Boden. Außerdem lieben alle auf der Welt Berlin.»

Wir haben Angst, alle, nicht nur ich. Wir hätten viel lieber in unserer Heimatstadt in irgendeinem kleinen Club ein Konzert vor Freunden gespielt. Aber klein – dieses Wort existiert in Joshs Wortschatz nicht.

«Über fünfzig Journalisten, das Who is who der Musikszene und zweihundert Fans stehen auf der Gästeliste», verkündet er stolz.

«Fans? Uns kennt doch noch gar keiner», wirft Victor richtigerweise ein.

«Noch sind es keine Fans, aber sie werden es sein!»

Ich werde also das erste Konzert meines Lebens von der Bühne aus erleben. Abgesehen von dem grausamen Schulorchester, das bei jeder sich bietenden Gelegenheit zum Tanz aufspielte, habe ich nämlich noch nie Livemusik

gehört. Aber damit nicht genug. Ich soll auch zum ersten
Mal in meinem Leben fliegen. Überflüssig zu erwähnen,
dass ich schon Tage im voraus schlaflose Nächte deswegen habe. Ich weiß, Flugzeuge gelten in der Statistik als
sicherstes Transportmittel. Auf der anderen Seite ist bei
einem der seltenen Unfälle auch nicht damit zu rechnen,
dass irgendjemand überlebt. Es ist wie in der Lotterie.
Wenn man alle Richtigen hat, darf man den Hauptpreis
auch gleich mit Hunderten anderen teilen.

Josh hat den letzten Flug am Abend vorm Konzert gebucht, damit wir an unserem großen Tag ausgeschla-
fen sind. Wir geben unser Gepäck auf, holen die Tickets,
durchlaufen die Sicherheitskontrollen, suchen und finden unser Gate.

Dann die Durchsage: «Flug 117 nach Berlin um
22:45 Uhr von Gate 2b verspätet sich aufgrund eines
technischen Problems um voraussichtlich eine Stunde.
Wir danken für Ihr Verständnis.» Danach derselbe Spruch
nochmal in zwei anderen Sprachen.

«Na, großartig.» Josh ist wirklich genervt. «Da gibt es
nur eins. Folgt mir.»

Wir laufen an den Gates vorbei zu einer kleinen Bar,
an der man Getränke, vertrocknete belegte Brötchen,
Tiefkühlpizza, knitterigen Salat, aufgeplatzte Würstchen
und alles andere bekommt, was der übergewichtige Geschäftsmann auf der Durchreise zum Überleben braucht.
Wir nehmen uns Stühle und setzen uns an einen der kleinen runden Plastiktische. Wir sind die einzigen Gäste,
und auch sonst ist der Flughafen fast menschenleer. Der
Kellner, ein großer schwarzer Mann in einer viel zu kleinen Weste, kommt an unseren Tisch, um die Bestellung
aufzunehmen.

«Sechs große Bier. Und mit groß meine ich die größten Gläser, die ihr habt.»

Sofort steigt die Stimmung. Alle applaudieren, als hätte Josh gerade eine weltverändernde Rede gehalten.

«Josh, du bist der Beste!»

«Das ist genau das Richtige jetzt.»

Ich kann mich nicht so richtig freuen. In Gedanken wiederhole ich immer wieder denselben Teil der Durchsage: Aufgrund eines technischen Problems … Bedeutet das, die schrauben jetzt an unserem Flieger rum? Eine Stunde. Wahrscheinlich flicken sie ihn nur notdürftig zusammen, damit er über Nacht noch einmal richtig auf Vordermann gebracht werden kann. Technisches Problem, technisches Problem, hallt es in meinem Kopf nach. Ich sehe Bilder von Notlandungen auf offenem Meer, direkt nach dem Start explodierende Flugzeuge, brennende Tragflächen, ausgefallene Triebwerke, nicht ausfahrbare Fahrgestelle, Sauerstoffmasken, die von der Decke fallen, aufblasbare Schwimmwesten, Gepäck, das aus den Ablagen fällt, die Panik in den Augen einer jungen, gutaussehenden Stewardess. Dann erlöst mich der Kellner, indem er das flüssige Gold vor mir auf den Tisch stellt.

«Das nennt ihr hier groß?», fragt Josh.

«Tut mir leid, das ist 0,5, größere Gläser habe ich leider nicht.» Dem schwarzen Riesen, der wahrscheinlich auf dem besten Weg war, Basketballprofi zu werden, bevor eine Knieverletzung seine steile Karriere für immer beendete, tut es wirklich leid. Er ist sehr bemüht, nimmt seinen Job ernst.

Josh beruhigt ihn. «Ist doch nicht deine Schuld. Dann mach einfach gleich die nächste Runde fertig.»

Wieder Szenenapplaus.

«Jungs, wie mein alter Herr schon immer gesagt hat: halb betrunken ist rausgeschmissenes Geld, also prost.»

Wir stoßen an und trinken, oder besser gesagt: Wir saufen. Wir benehmen uns wie Beduinen, die nach einem tagelangen Marsch durch die Wüste schon kurz davor waren, Kamelpisse zu trinken, bevor sie endlich die Oase erreichen, die ihnen die ganze Zeit so nah schien. Als die nächste Runde kommt, haben wir unsere Gläser schon fast geleert.

«Weg damit», sagt Josh, und alle trinken den letzten Rest in einem Zug weg.

«Ey, Leute, los, wir machen ein Wetttrinken», kommt Leo wieder mit einer seiner Ideen.

«Du willst mich wohl herausfordern», entgegnet Josh.

«Dich mach ich fertig, alter Mann», witzelt Leo.

Die beiden führen sich auf wie vor einem Boxkampf.

«Also, Jungs, ihr habt es gehört. Hoch die Krüge …»

Bereitwillig tun wir, was Josh sagt, dann gibt er das Kommando.

«Auf die Plätze, fertig, sauft!»

Leo und Josh legen sich ordentlich ins Zeug, was mich anspornt mitzuhalten. Victor und Hot setzen schon bei der Hälfte das erste Mal ab. Ich nehme so große Schlucke wie ich kann und versuche dabei das Atmen nicht zu vergessen. Dann komme ich in die Schlussphase. Ich kann schon den Boden sehen. Hot gibt beim letzten Drittel auf, und Leo, Josh und ich liefern uns ein Kopf-an-Kopf-Rennen. Leo ist so ehrgeizig, dass ihm das Bier an den Mundwinkeln herunterläuft und auf sein T-Shirt tropft. Josh ist konzentriert. Dann habe ich es geschafft. Den letzten Schluck noch im Mund knalle ich mein Glas auf den Tisch. Ich bin der Erste. Leo und Josh folgen kurz darauf, aber ihre Gläser berühren fast gleichzeitig die Tischplatte. Ich wundere mich, wie leicht es mir gefallen ist. Ich bin eindeutig der Jungfräulichste in der Runde, was den bisherigen Alkoholkonsum angeht, aber trinken kann ich anscheinend ziemlich schnell. Ich bekomme einen kleinen Applaus und verwunderte Blicke von Josh und Leo. Leo ist ganz schön fertig, versucht sich aber nichts anmerken zu lassen.

«Du hast doch geschummelt», sagt er.

«Wie soll das denn bitte gehen?», fragt Hot.

«Keine Ahnung, aber das kann doch gar nicht sein.»

«Der gute Mika ist halt immer wieder für eine Überraschung gut», grinst Josh.

Das kann Leo offensichtlich nicht auf sich sitzen lassen. «Ich fordere Revanche. Herr Ober, machen Sie die Waffen klar!», ruft er dem Kellner rüber.

«Also, ich bin raus», meint Hot.

«Ich mach auch nicht nochmal mit, aber ein weiteres Bier hätte ich trotzdem gern», sagt Victor.

«Na gut. Ein echter Gentleman flieht nicht vor einer Revanche. Mika, bist du dabei?», fragt Josh mich.

Mir geht es erstaunlich gut, also sage ich: «Okay», allerdings drückt meine Blase. Die Toilette befindet sich direkt neben der Bar. Als ich wiederkomme, bringt der Kellner gerade die neue Runde.

«Entschuldigen Sie», fragt Leo ihn. «Würde es Ihnen etwas ausmachen, kurz hierzubleiben? Wir brauchen einen unparteiischen Schiedsrichter.»

Das Sportlerherz des Ex-Basketballprofis scheint geweckt worden zu sein. Eifrig nickt er. «Okay, dann also hoch die Gläser», gibt er das Kommando.

Leo, Josh und ich entsichern unsere Revolver.

«Auf die Plätze, fertig – und los.»

Wieder stelle ich mein Glas als Erster ab, dann Josh,

und Leo hat immer noch nicht ausgetrunken, als er aufgibt. «Scheiße», flucht er und wischt sich den Mund ab, sein ganzes T-Shirt ist mit Bier durchtränkt.

«Der eindeutige Gewinner, mit fast fünf Sekunden Vorsprung», verkündet der Kellner und hebt meinen Arm in die Luft, wie nach einem Boxkampf. Alle außer Leo applaudieren. Ich fühle mich wie ein echter Sieger, auch wenn ich kaum noch was mitbekomme. Plötzlich habe ich das Gefühl, als würde ich gleich einen Alien durch die Brust gebären. Ich rutsche mit dem Stuhl zurück, lehne mich vor und kotze 1½ Liter Bier und mein Mittagessen in einem weiten, druckvollen Strahl unter den Tisch. Alle springen auf, versuchen, sich in Sicherheit zu bringen. Josh ist zu langsam, und seine polierten Lederschuhe bekommen die volle Ladung ab. Dann fängt Leo an zu würgen. Ihm war wohl schon vor der letzten Runde schlecht, und der Gestank gibt ihm jetzt den Rest. Er beugt sich vornüber und kotzt sich selbst auf die Füße. Das ist zu viel für Victor, er rennt auf die Toilette. Durch die Tür hört man seine Würggeräusche. Leo kotzt stoßweise. Kaum hat er sich beruhigt, würgt er den nächsten Schwall hervor. Der Gestank ist erbärmlich, und der Wasserspiegel des Kotzesees auf dem Boden steigt und steigt. Jetzt kann auch Hot nicht mehr an sich halten. Er versucht noch auf die Toilette zu kommen, doch schon beim Gehen spuckt er wie ein Springbrunnen kleine Kotzfontänen aus. Den wirklichen Schwall setzt er dann voll vor die Tür des Männerklos. Als Victor rauskommt, tritt er in die Pfütze. Der Ekel lässt es ihm erneut hochkommen, und er stürmt direkt zurück und hängt sich wieder über die Kloschüssel. Angewidert von dem Anblick der an der Tür herunterlaufenden Kotze, kommt auch aus mir noch einmal ein großer Schwall, diesmal mitten über den

Tisch. Leo schließt sich an, und wir füllen die Gläser auf dem Tisch wieder voll.

So langsam beruhigen sich alle wieder. Wir sind erschöpft und schwitzen. Josh lässt sich von dem schockierten Kellner einen Lappen für seine Schuhe geben. Dann kramt er in seiner Hosentasche und holt einen Schein heraus. Er drückt dem Kellner unauffällig den Fünfhunderter in die Hand und sagt:

«Das ist für Ihre Mühe und dafür, dass Sie niemals jemandem etwas davon erzählen, verstehen wir uns?» Josh ist ganz Geschäftsmann, um unser Image besorgt. Diese Schlagzeile möchte er morgen nach unserem Konzert nicht in der Zeitung lesen. Der Kellner nickt Josh zu, steckt den Schein ein und holt Putzzeug. Wir gehen zurück zum Gate. Wie Zombies betreten wir das Flugzeug. Keiner von uns sagt ein Wort. Ich bekomme kaum etwas von dem Flug mit. Ich bin zwar nicht mehr betrunken, aber vollkommen erschöpft. Als wäre ich gebeamt worden, finde ich mich plötzlich im Hotel wieder. Ohne noch den obligatorischen letzten Drink zu nehmen und uns auf morgen einzuschwören, gehen wir alle direkt auf unsere Zimmer.

Ich bin vollkommen fertig, doch die Nacht lässt mich nicht schlafen. Ihr stummes Schweigen bringt meine Gedanken zum Schreien. Ich fühle mich wie auf einem schlechten Trip. Alles dreht sich, und ich habe immer wieder das Gefühl, als würde ich fallen. Und dann sind da gleich mehrere Stimmen in meinem Kopf.

Das Kind: «Ich kann nicht mehr, und ich will nicht mehr.»

Der Vater: «Du kannst nichts, du bist ein Niemand. Keiner liebt dich, wird dich jemals lieben.»

«Ich will geliebt werden. Ich muss geliebt werden», ich.

«Keiner hat mich lieb», Kind.

«Ich hasse dich», Vater.

«Und ich hasse dich mehr als alles andere!», ich.

«Ich kann nicht mehr», Kind.

Ich habe das Gefühl, den Verstand zu verlieren. Werde ich verrückt? Ich fürchte jeden Moment in den Wahnsinn abzudriften. Wie die Welt wohl durch das Fenster des Verrückten aussieht. Oder kippt man einfach nach innen, fällt in die Abgründe der eigenen Seele, so wie Lennart damals.

Lennart, mein Freund. Wo bist du, wenn ich dich brauche?

«Wo warst du, als ich dich brauchte?», glaube ich seine Stimme sagen zu hören.

Ich weiß nicht einmal sicher, ob er überlebt hat, habe nie im Krankenhaus nachgefragt, war ihn nie in der Psychiatrie oder an seinem Grab besuchen, hatte zu viel Angst. Angst vor der Auseinandersetzung mit dem, wovor ich die meiste Angst habe.

«Mika, du brauchst keine Angst zu haben.»

Ich schrecke hoch und sehe mich um. In dem Licht der Stadt, das durch die Vorhänge fällt, glaube ich eine Gestalt zu sehen. Ich taste den Nachttisch nach dem Lichtschalter ab.

«Mika, ich sagte doch, du brauchst keine Angst zu haben.»

«Lennart?»

«Lass das Licht aus.»

«Lennart, bist du das?»

Mein ganzer Körper ist plötzlich wie unter Strom. Meine Finger vibrieren.

«Mika, mein Freund.»

«Wie bist du hier reingekommen?»

«Mika, mein Freund. Ich hab schon immer gewusst, dass du zu etwas Besonderem bestimmt bist. Schon als ich dich das erste Mal gesehen hab, damals auf dem Friedhof, erinnerst du dich?»

«Natürlich erinnere ich mich. Lennart, es tut mir so leid.»

«Dir braucht nichts leidzutun.»

«Aber ich … ich war nicht für dich da.»

«Doch, das warst du. Du hast mir die Hand gehalten, während ich in eine andere Welt gegangen bin. Du warst mein Begleiter, und jetzt werde ich dein Begleiter sein.»

«Bedeutet das, du kannst mit mir kommen?»

«Ich werde überall mit dir hingehen. Ich werde immer da sein, wenn du mich brauchst.»

Wieder taste ich nach dem Lichtschalter. Ich möchte meinem alten Freund in die Augen sehen.

«Lass das Licht aus.»

«Aber …»

«Ich bin es, Mika. Du brauchst deine Augen nicht, um das zu wissen. Und jetzt mach sie zu, du hast morgen einen wichtigen Tag vor dir.»

«Aber Lennart, ich hab dir so viel zu erzählen.»

«Dafür werden wir noch genug Zeit haben. Schließ die Augen, Mika.»

Ich tue, was er sagt, und lege mich wieder hin. Ich glaube seine Hand zu spüren, wie sie über meinem Kopf schwebt. Und auf einmal falle ich in einen tiefen Schlaf.

Wir fahren schon früh zum Soundcheck, um noch einmal das Set durchzuspielen. Im Club ist es dunkel und ungemütlich. Der Geruch von abgestandenem Bier und Zigaretten hängt in der Luft.

Wir werden ins Backstage geführt. Es ist klein und fensterlos. Erinnert stark an das Verlies, das wir unseren Proberaum nennen. Auf den Wänden scheinen sich alle Bands, die hier je gespielt haben, verewigt zu haben. In der Ecke stehen ein paar Sofas. Der Bezug hat Löcher, und einige Federn haben ihren Weg durch den gelben Schaumstoff gefunden. Auf einem Tapeziertisch ist das Catering aufgebaut. Pappige Brötchen, schwitzender Käse, fettige Salami, warme Milch, ein Korb mit leicht angeschimmeltem Obst. Das ist also das berühmte Backstage, in das alle immer vergeblich zu gelangen versuchen.

Wir werden unserer Crew vorgestellt. Alle haben Spitznamen. Unseren Mischer nennt man den Lord, weil er nie beim Auf- und Abbauen hilft und kategorisch nichts anderes anfasst als die Knöpfe an seinem Mischpult. Der Backliner, der für unsere Instrumente zuständig ist, heißt Spike, weil seine schwarzen Haare wie Stacheln von seinem Kopf abstehen. Unseren Monitormann, der den Sound für uns auf der Bühne macht, nennt man kurz und knapp Pu, weil er aussieht wie Pu der Bär. Es scheint ganz eindeutig eine Tradition in Rock-'n'-Roll-Crews zu sein, einen Spitznamen zu haben, so viel ist sicher. Bei uns in der Band hat nur Hot einen. Er erzählt jedes Mal eine andere Geschichte, wenn man ihn fragt, warum er Hot heißt. Er habe einmal bei einem Chili-Wettessen gewonnen, er hätte kein Heiß-kalt-Empfinden, weil er so unfassbar gut im Bett wäre, weil seine Körpertemperatur durch einen Gendefekt immer bei 39 Grad liegen würde und so weiter.

Die Jungs gehen auf die Bühne und bauen ihre Instrumente auf, dann beginnen sie mit dem Soundcheck. Ich gehe durch den Zuschauerraum. Leo tritt immer wieder die Basedrum, bis der Lord mit einem Mikro die knappe Durchsage macht:

«Snare.»

Wieder haut Leo eine Minute lang auf die Snare. Dieses Prozedere wiederholt sich mit der Hi-Hat, der Hängetom, der Standtom und schließlich mit den Overheads, bis der Lord «Set» sagt. Leo versteht nicht, was er meint. Spike dolmetscht für ihn: «Spiel 'nen Beat mit allem Drum und Dran.»

Leo nickt und haut rein. Ich fliege fast hinten über, so mächtig klingen die Drums. Der Lord checkt noch kurz den Bass und die Gitarre, dann spielen alle drei zusammen, und als ich die Wucht, die da von der Bühne kommt, zu hören kriege, denke ich mir, dass der Adelstitel unserem Mischer mehr als gerecht wird.

Ich gehe zu den Jungs auf die Bühne, doch als ich das Mikrophon auf dem Ständer dastehen sehe, durchfährt mich ein Schauer. Ich erinnere mich an die Biographie von Leslie Harvey, dem Gitarristen der Band Stone the Crows. Beim Soundcheck zu einem Konzert 1972 in Swansea berührte er mit seinen nassen Händen ein nicht geerdetes Mikrophon. Es passierte dasselbe, was einem Vogel widerfährt, der auf einer Stromleitung sitzt und gleichzeitig den Strommast berührt. Les bekam einen Stromschlag, an dessen Folgen er noch am selben Tag starb. Er war siebenundzwanzig Jahre alt.

Ich wische mir meine leicht verschwitzten Hände an der Hose ab und gehe näher an das Mikrophon. Ich könnte es ja einfach nicht anfassen, mit meinem Mund in sicherer Entfernung bleiben und die Hände hinter dem

Rücken verschränken. Das könnte man als Stilmittel aus-
legen. Gar nicht so uncool, denke ich mir, als plötzlich
Pu der Monitormann das Mikrophon ergreift und an-
fängt, eigenartige Laute zu fabrizieren.

«Heya, Ho, Ho, Heya, Ts, Ts, Ong, Ong, Heya.»

Vielleicht ist das irgendeine Geheimsprache, die nur
seine Freunde Ferkel, Tiger und I-Ah verstehen. Doch
Pu läuft vor den Monitorboxen auf und ab, scheint irgendetwas mit seinen Lauten zu testen. Und dann drückt
er mir das Mikrophon einfach in die Hand. Kein Stromschlag, keine Ohnmacht, kein plötzlicher Tod.

Wir fangen an, die Setlist zu spielen. Der erste Durch-
lauf ist ein Desaster. Der Sound auf der Bühne ist gut,
auf jeden Fall steht er in keinem Vergleich zu dem Lärm,
durch den sich meine Stimme im Proberaum kämpfen
musste, aber wir spielen schlecht. Immer wieder brechen
wir die Songs ab, und die Jungs fangen an, über Arrange-
ments zu diskutieren. Es will einfach nicht so richtig zu-
sammenpassen. Frustriert gehen wir erst von der Bühne,
als schon die Türen geöffnet werden und die ersten Leute
den Club betreten. Im Backstage müssen wir uns von
Josh und der Crew die Standardsprüche über misslungene Generalproben anhören. Der Einzige, der sich mit
adeliger Größe zurückhält, ist der Lord. Erst als er zehn
Minuten vorm Auftritt aufsteht, um an sein Pult zu gehen, sagt er zu uns:

«Egal was passiert: Hört nie auf zu spielen.»

Hört nie auf zu spielen. Wir sehen uns an. Hört nie
auf zu spielen. Es ist uns allen klar, was er meint. Selbst
wenn jemand den Einstieg verpasst oder sich verspielt,
wenn eine Saite reißt oder das Mikrophon ausfällt: Hört
nie auf zu spielen. Die meisten Leute werden es nicht
merken. Sie kennen unsere Songs nicht, sie wissen nicht,

wie sie eigentlich klingen sollen. Hört nie auf zu spielen.

«Noch fünf Minuten», sagt Josh, als er zu uns nach hinten kommt. Alle sind nervös. Leo trommelt mit seinen Sticks auf dem Tisch, Victor gniedelt auf seiner Gitarre, Hot dreht einen Joint nach dem anderen, nur ich sitze regungslos da. Das Adrenalin rast durch meine Adern. Mein Herz schlägt manchmal so hart, dass ich unwillkürlich husten muss. Es hat voll eingesetzt, das berüchtigte Lampenfieber. Ich bin wie gelähmt. Das Virus hat mich im Griff. Aber es ist nicht das dumpfe Grippefieber. Jetzt würden keine kalten Wickel oder viel Schlaf und Schwitzen helfen. Ich muss da raus. Raus auf die Bühne. Und ich will da raus. Das wird helfen.

Doch mit diesem Herzrasen werde ich nicht in der Lage sein, auch nur einen vernünftigen Ton zu singen. Ich muss mich irgendwie beruhigen. Auf einmal dieses unaufhaltsame Drücken im Enddarm. Ich stürme auf die Toilette. So dringend musste ich selten. Während ich mich erleichtere, fange ich an zu schwitzen. Nachdem ich mir den Arsch abgewischt und die Spülung betätigt habe, geht es wieder von vorne los. Ich setze mich wieder auf die Klobrille und frage mich, wie lange das wohl noch so gehen soll. Plötzlich klopft es an die Tür.

«Mika, bist du da drin?» Es ist Josh.

«Ja», sage ich und versuche so entspannt wie möglich zu klingen.

«Es ist Stagetime.»

«Okay, ich bin gleich da.»

Die Hektik, in der ich nun meinen Lampenfieber-Schiss beende, lässt mich meine Aufregung fast vergessen. Als ich aus dem Klo komme, darf ich mir erst mal die Kommentare der Jungs anhören.

«Da bist du ja endlich.»

«Hast dir noch schnell einen gewichst, oder was?»

«Hast wohl Schiss, hä?»

Dann stellen wir uns verschwörerisch im Kreis auf. Wie Footballspieler stecken wir die Köpfe zusammen.

«Hört nie auf zu spielen», zitiert Victor den Lord.

«Wir werden denen die Scheiße aus ihren Köpfen rocken», sagt Leo.

«Yeah, wir machen die fertig», stimmt Hot ein.

Ich bin an der Reihe, aber mir will nichts einfallen. Dann höre ich mich sagen:

«Ich liebe euch.»

Alle sehen mich irritiert an, doch es ist Victor, der meine Vorlage aufgreift und ganz ernst in die Runde sagt:

«Und ich liebe euch.»

«Ich liebe euch auch», sagt Hot.

«Und ich liebe euch so sehr, dass ich euch ficken könnte!», schreit Leo, löst sich aus der Runde und fängt an, Hot zu bespringen. Josh unterbricht unser Lachen.

«Okay, Jungs, es geht los.»

Wir hören, dass die Musik ausgefadet wird. Vom Bühnenaufgang sehen wir, wie das Licht im Zuschauerraum gedimmt wird. Pu und Spike beleuchten mit kleinen Taschenlampen den Weg zu den Instrumenten. Ich will mit auf die Bühne gehen, da hält Josh mich zurück.

«Du gehst als Letzter, wenn sie angefangen haben zu spielen», sagt er.

Ich beobachte die Jungs, wie sie sich in Position begeben, dann sehen sie irritiert zu Josh und mir. Josh gibt ihnen ein Zeichen, dass sie anfangen sollen. Victor dreht die Gitarre auf, und eine Rückkopplung erfüllt den Raum. Dann spielt Leo den Beat des ersten Songs auf der Setlist. Als Hot einsetzt, tippt Josh mir auf die Schulter.

Spike steht am Bühnenrand und beleuchtet mit seiner Taschenlampe die Stufen vor mir. Insgesamt vier Stück. Als ich auf die erste trete, habe ich das Gefühl, gleich in Ohnmacht zu fallen, doch als meine Füße den Bühnenboden berühren, ist die Aufregung plötzlich verschwunden. Es ist, als wäre ich in eine andere Welt getreten. Ich habe keine anderen Gedanken mehr, als zum Mikrophon zu gehen und die ersten Worte zu singen. Ich sehe keinen der Jungs mehr, auch das Publikum scheint nur eine unbestimmbare Masse von Energie zu sein. Das Licht blendet mich, also schließe ich die Augen und fange an zu singen. Ich bin in meiner eigenen Welt, meiner ganz eigenen. Alles scheint es nur zu geben, weil ich es sehe, weil ich es höre, weil ich es fühle. Nur weil ich lebe. Der Jubel des Publikums, ihre Schreie, die Hitze ihrer Körper, die Ekstase in ihren Adern … Sie sind der Beweis, dass ich existiere. Dass ich wirklich bin, wer ich bin, dass ich tue, was ich tue. Sie sind der Beweis für meine Welt. Sie werden es aufschreiben und weitererzählen, dass es mich gegeben hat. Sie sind meine Zeugen. Die Zuschauer meines eigenen bizarren Schauspiels, in dem ich Komiker und Tragödienspieler zugleich bin. Bis der Vorhang fällt. Und er wird fallen und mich unter sich begraben. Doch ich war, werden sie sagen. Ich werde gewesen sein. Wer kann das schon von sich behaupten.

Als wir von der Bühne gehen, sind wir wie auf Drogen. Wir fallen uns in die Arme, Josh beglückwünscht uns, und sogar die Crew und der Lord attestieren uns, eine geile Show abgeliefert zu haben.

Wir fahren direkt ins Hotel, weil Josh sagt, dort würde eine Überraschung auf uns warten. Im Auto erzählen wir uns, welcher Song sich am besten angefühlt hat. Leo schwärmt von einem Mädchen, das direkt vor mir stand, und regt sich darüber auf, dass ich sie nicht gesehen habe. Wir lachen über den Einsatz, den Hot bei einem Song verpasst hat, und loben uns dafür, dass wir trotzdem nicht aufgehört haben zu spielen.

Josh hat dafür gesorgt, dass der Wellnessbereich des Hotels nach der Show extra für uns geöffnet wird. Als wir unten ankommen, brennen Kerzen, und überall stehen Eiskübel mit Champagner. Eine Karte liegt auf den Handtüchern.

Ihr wart großartig!
Josh

Er ist direkt nach unserer Ankunft auf sein Zimmer gegangen, also muss er die Karte vorher geschrieben und hier hingelegt haben, oder besser gesagt, hier hat hinlegen lassen, aber das ist uns egal. Jeder greift sich eine Flasche, und jubelnd lassen wir die Korken knallen. Der Bereich ist klein, aber es gibt einen Whirlpool.

«Nacktbaden!», schreit Leo, doch die Aufforderung hätten wir gar nicht gebraucht. Wir sind froh, unsere durchgeschwitzten Klamotten loszuwerden und unsere kalten Körper in das blubbernde, heiße Wasser fallen zu lassen. Die vorgebauten Joints werden unter Feuer gesetzt, und dann herrscht zum ersten Mal seit Stunden absolute Ruhe. Das Rauschen des Wassers übertönt das Rauschen in unseren Ohren. Wir saufen den prickelnden Traubensaft und rauchen das süße Gras. Wir sind die Größten.

Nach einiger Zeit stummen Trinkens und Rauchens unterbricht der hyperaktive Leo die Stille:

«Okay, ey, passt mal auf. Wir erzählen jetzt jeder unser größtes Geheimnis. Also etwas, das wir noch nie jemandem gesagt haben und auch nie jemandem sagen wollten.»

Diese Idee kann nur von Leo kommen. Das teuflische Kind in ihm ist unaufhaltsam auf der Suche nach Abgründen, um sie dann gegen einen zu verwenden. Doch in diesem Fall könnte er sich selbst ins Fleisch schneiden.

Victor hat offensichtlich keine Lust auf dieses Spiel.

«O nee, lass mal», sagt er.

«So was machen doch nur Mädchen», meint Hot.

«Willst du mich etwa ein Mädchen nennen?!»

Leo steht auf und präsentiert seinen Prügel.

«Du Sack hast ja einen Harten!», ruft Victor. «Macht es dich etwa an, mit deinen Jungs nackt im Pool zu sitzen?»

«So 'n Quatsch, das sind die Blubberblasen.»

«Die Blubberblasen!»

Alle lachen, außer Leo.

«Wollt ihr mich etwa eine Schwuchtel nennen?!» Mit einer kreisenden Hüftbewegung lässt Leo seinen Schwanz gegen seine Oberschenkel knallen. Er reißt die Arme in die Luft und schreit: «Wer will hier den Bitchmagnet eine Schwuchtel nennen, hä?!»

«Alter, du hast erst drei Frauen gefickt!», fasst Victor trocken zusammen.

«Ja, und die letzte war die Hässlette von der Supermarktkasse.»

Das ist zu viel für Leo, jetzt wird er wirklich wütend. Er springt auf Hot zu, der den Spruch mit der Hässlette gebracht hat.

«Du kriegst jetzt die Fleischpeitsche zu spüren!»

Er packt Hots Haare, sodass er seinen Kopf nicht bewegen kann, und schlägt ihm mit seiner Hüftbewegung den Schwanz ins Gesicht. Hot schreit auf vor Ekel, doch Leo übertönt ihn mit dem prophetischen Ruf eines Kriegers:

«Wer den Bitchmagnet beleidigt, wird mit der Fleischpeitsche bestraft!»

«Leo, lass den Scheiß!» Victor packt ihn am Arm und zieht ihn zurück. Zum Glück hört Leo auf ihn und setzt sich wieder in den Pool. Hot taucht sofort sein Gesicht ins Wasser und schrubbt sich angewidert das Gesicht. Sofort schaltet Leo wieder um.

«Also, wer fängt an?», fragt er.

«Womit?»

«Na, wer erzählt als Erster sein größtes Geheimnis.»

Alle sind perplex, was war das denn gerade? Ein weiterer Joint macht die Runde.

«Ich glaub, ich hab gar keins», behauptet Hot.

«Na klar, jeder hat eins, Mann!»

Leo meint es ernst, und mir gefällt seine Idee.

«Du», sage ich. Wenn, soll der, der sonst auch am meisten austeilt, zuerst etwas preisgeben.

«Okay.» Leo verlangt den Joint von Victor und nimmt einen tiefen Zug. Dann trinkt er einen Schluck Champagner. «Aber ihr müsst schwören, dann auch was zu erzählen.»

«Na gut», sagt Victor.

«Abgemacht», sage ich.

«Du auch, Hot, denk nach.»

«Okay, von mir aus.»

«Na dann, also», beginnt Leo. «Ich hab mal bei einem Freund von mir übernachtet, als seine Eltern nicht da waren. Wir waren noch klein, so elf vielleicht. Auf jeden Fall haben wir uns da abends mit seinem Bruder, der war ein paar Jahre älter, einen Porno angeguckt.»

«Wow, Alter, das ist ja der Knaller», unterbricht Hot ihn höhnisch.

«Nun warte doch mal, das war ja noch nicht alles. Es war irgend so ein Schund. Der Macker wollte, dass seine Alte mit dem Poolboy fickt. Er saß daneben und hat Anweisungen gegeben, wie so ein Regisseur. Am nächsten Tag war uns langweilig, und wir wollten die Szene nachspielen.»

«Und du warst die Frau, oder was?»

Alle lachen los.

«Schnauze, ihr Wichser, sonst ...» Leo springt auf und zeigt auf die Fleischpeitsche.

«Alles klar, Mann. Sorry, erzähl weiter.»

«Ihr seid echt Wichser.» Leo setzt sich wieder und nimmt noch einen Schluck.

«Also, es war so. Natürlich wollte keiner die Frau sein, also haben wir abgemacht, dass jeder mal jeder sein darf.»

Alle unterdrücken ein Lachen.

«Zuerst war ich natürlich der Regisseur, also der Macker, und hab ihnen gesagt, was sie machen sollen.»

«Krass, den beiden Brüdern?», fragt Victor.

«Ja, Mann. Also, die haben dann richtig miteinander geknutscht und sich gegenseitig ausgezogen und so.»

«Haben sie sich den Schwanz gelutscht?», fragt Hot.

«Alter, wir waren elf. Auf so was sind wir gar nicht gekommen.»

«Heftig. Die lagen dann knutschend aufeinander?», hakt Victor nach.

«Ja, Mann, aber das war noch nicht alles.» Er macht eine dramatische Pause, während er einen tiefen Zug vom Joint nimmt. «Also, die beiden hatten auch noch eine ältere Schwester. Keine Ahnung, wie alt die war, aber auf jeden Fall hatte sie schon Titten und so. Die war echt heiß, Mann. Also, als Nächstes musste ich die Frau sein. Ja, lacht ruhig. Der ältere Bruder war jetzt der Poolboy und mein Freund der Regisseur. Also, er lässt uns dasselbe machen, was ich vorher gesagt hatte. Und als der Bruder, der übrigens fett und hässlich war, halbnackt auf mir liegt und mir die Zunge in den Hals steckt, kommt plötzlich die Schwester ins Zimmer. Einfach so, ohne anzuklopfen, oder so. Sie sieht uns da liegen und lacht laut los. Ich schubs den fetten Klops von mir runter und spring auf. Ich erzähl irgendwas von wegen, wir würden Catchen aus dem Fernsehen nachspielen, da haben die auch immer so wenig an, und mein Freund ist der Schiedsrichter. Doch sie hört nicht auf zu lachen, checkt alles. Leute, das war mein erstes sexuelles Erlebnis, und es war tausendmal schlimmer, als von der Mutter beim Wichsen erwischt zu werden, das sag ich euch!»

Alle sind platt. Keiner weiß, was er sagen soll. Kann man aus dieser Geschichte etwas auf Leos Charakter schließen? Bestimmt, aber was?

«Okay, wer ist der Nächste?» Leo mustert die Runde. Er ist immer noch wütend auf Hot, der links neben ihm sitzt. «Passt auf, wir machen's im Uhrzeigersinn. Also, Hot, du bist der Nächste.»

Hot schluckt. «Keine Ahnung. Ich hab, ich meine, also, mir fällt wirklich nichts ein.» Er spricht leise und stottert leicht.

«Jetzt komm schon, ich hab angefangen. Alle müssen mitmachen, sonst ...» Wieder steht Leo auf und lässt seine Fleischpeitsche kreisen.

«Okay, okay. Ich mach ja schon.»

«Das ist echt eklig, Leo», sagt Victor, doch bevor Leo sich wieder aufregen kann, sagt Hot schnell: «Ich hab euch angelogen. Ich hatte noch gar keinen Sex.»

Alle sehen ihn ungläubig an. Er hatte behauptet, vor allen anderen seine Jungfräulichkeit verloren zu haben. Er hatte die Geschichte ausgesprochen blumig erzählt und mit Details ausgeschmückt, wie zum Beispiel, dass sie so heiß auf ihn war, dass er nicht einmal Zeit hatte, sich die Socken auszuziehen.

«Das hast du erfunden?», fragt Victor verblüfft.

«Und die Geschichte mit den Socken auch?», frage ich.

«Ja. Ich wollte nicht so doof dastehen, also hab ich mir was ausgedacht.»

Sogar Leo reagiert mitfühlend: «Ey, Mann, wieso denn? Du bist und bleibst doch trotzdem Hot!»

«Ja. Und der geilste Bassist der Welt», sagt Victor.

«Sex ist eh alter Scheiß aus den Sechzigern!», ruft Leo.

Alle lachen. Auch Hot. Die Erleichterung steht ihm ins Gesicht geschrieben. Und irgendwie fühle auch ich mich erleichtert, nicht mehr die einzige Jungfrau in der Band zu sein.

Als Nächster ist Victor an der Reihe.

«Okay, es hat zwar nichts mit Sex zu tun, aber es war trotzdem heftig.» Alle hören gespannt zu. «Als kleiner

Junge hab ich mir regelmäßig in die Hosen gemacht. Also, nicht ins Bett, oder so. Wenn ich auf dem Spielplatz war, der ein gutes Stück von unserem Haus entfernt lag, und ich pinkeln musste, bin ich immer losgelaufen, um zu Hause auf Toilette zu gehen. Aber der Weg war einfach zu weit. Also stand ich heulend da und hab mir auf offener Straße in die Hosen gemacht. Meine Mutter wusste nicht, was mit mir los war, und sie konnte irgendwie auch nicht mit mir darüber reden. Also schickte sie mich erst zum Hausarzt, der mich wiederum zu einem Kinderpsychologen überwies. Der hatte natürlich seine ganz eigenen Theorien. Wir spielten mit Cowboy- und Indianer-Figuren. Er ließ mich Bilder malen und Fragebögen ausfüllen. Das ging über ein Jahr so. Einmal im Monat hatte er eine Sitzung mit meiner Mum, um seine neusten Ergebnisse kundzutun. Er war der Überzeugung, ich würde an schweren Depressionen und einem zu stark ausgeprägten Gerechtigkeitsgefühl leiden. Zu Hause wurde ich wie ein kranker Außenseiter behandelt. Ich fühlte mich ungeliebt und wurde dadurch wirklich depressiv. Ich ging nur noch selten auf den Spielplatz, und wenn, nur kurz, wodurch mein In-die-Hosen-Pinkeln aufhörte. Alle waren der Überzeugung, die Therapie würde etwas bringen, aber in Wirklichkeit war ich noch nie so unglücklich gewesen.

Als es mir dann eines Tages auf dem Schulweg wieder passierte, kam der Herr Professor Doktor Psychologe endlich auf die Idee, mich einfach mal zu fragen, warum mir das passieren würde. Ich erklärte ihm, dass ich einfach schnellstmöglich auf die Toilette wollte, aber es manchmal nicht rechtzeitig schaffte. Er stellte mir die einfachste und lebensveränderndste Frage meines Lebens: ‹Warum pinkelst du denn nicht einfach gegen einen Baum?» So einfach war es. Mir hatte nie jemand erzählt, dass man das kann.»

«Heftig», meint Hot.

«Krass, Alter. Ich dachte, so was weiß man einfach, aber klar, irgendjemand muss es einem ja mal sagen», sagt Leo.

«Warum hat dein Vater dir das denn nie gesagt?», frage ich.

«Keine Ahnung. Er war halt sehr konservativ. Eher autoritär. Hat sich nicht um die Kindererziehung gekümmert.»

«Und dann musstest du noch weiter zu dem Psychologen?», frage ich weiter.

«Nein. Er hatte mir versprochen, dass das unser Geheimnis bleibt. Er erzählte meiner Mum irgendetwas von kontinuierlicher Selbstheilung und dass sie sich keine Sorgen machen sollten. Sie hätten einen ganz besonderen Jungen.»

«Mann, Mann. Was für ein Scheiß», spricht Leo aus, was wir denken.

«Ehrlich gesagt glaub ich, dass der Psychologe gar kein schlechter Kerl war. Er ist vor zwei Jahren an Krebs gestorben, und ich musste weinen, als ich es erfuhr. Er hatte sein Leben lang einen guten Ruf.»

«Ja, aber bei dir hat er Scheiße gebaut», wiederholt Leo.

«Das stimmt, kann man nicht anders sagen», stimmt Victor zu.

«Obwohl, er hat dir doch wenigstens was mit auf den Weg gegeben», sage ich.

«Ja, man darf auch gegen einen Baum pinkeln», sagt Leo spöttisch.

Alle grölen vor Lachen.

«Aber wehe, du pisst hier ins Wasser!», macht Leo weiter.

«Genau, die Toilette ist da vorne», kichert Hot. «Die paar Meter wirst du ja wohl schaffen.»

Ich krieg kaum noch Luft vor Lachen. Alle schmeißen sich weg. Als wir uns beruhigt haben, kommt keiner und verlangt, dass ich jetzt was zum Besten geben soll. Dabei weiß ich genau, was mein größtes Geheimnis ist, und irgendwie will ich es meinen Jungs sogar erzählen.

Unaufgefordert sage ich: «Ich bin der Überzeugung, mit 27 zu sterben.»

Es ist das erste Mal in meinem Leben, dass ich diesen Satz laut ausspreche. Die Worte klingen, als wären sie nicht aus meinem Mund gekommen. Als hätte etwas durch mich gesprochen. Keiner sagt ein Wort, und das Gesprochene scheint durch den Raum zu schweben. Als würde es von den Wänden widerhallen und nicht entkommen können. Ein ewiges Echo, das mich für immer umgeben wird.

«Ich glaube, dass ich verflucht bin.»

«Aber warum?», fragt Victor schließlich.

«Ja, Mann, woher willst du das wissen?», fragt Leo.

«Ich weiß es.»

«Alter, das ist heftig», sagt Hot.

«Willst du dich umbringen, oder was?», fragt Victor.

«Nein, auf keinen Fall. So ist es nicht. Ich hatte noch nie Selbstmord-Gedanken. Ganz im Gegenteil, ich habe Angst vor dem Tod.»

«Und warum 27?», will Hot wissen.

«Doch nicht etwa wegen den ganzen Rockstars, die mit 27 gestorben sind?», fragt Victor.

Leo ist das neu. «Wie? Welche Rockstars sind mit 27 gestorben?»

«Janis Joplin, Jimi Hendrix», klärt Victor ihn auf.

«Jim Morrison, und doch auch Brian Jones, oder?», sagt Hot.

«Ja, und viele mehr», sage ich. «Aber das ist es nicht. Meine Angst ist entstanden, bevor ich etwas mit Musik zu tun hatte. Die Zahl hat mich verfolgt. Überall ist sie aufgetaucht, und aus jeder Zahlenkombination habe ich eine 27 gebildet.»

«Du meinst das echt ernst, oder?», fragt Victor.

«Alter, wir passen auf dich auf! Du wirst steinalt, Mann!», sagt Leo.

«Ja genau! Ab deinem 27. Geburtstag sperren wir dich einfach in 'ne Gummizelle und holen dich erst wieder raus, wenn du 28 bist», schlägt Victor vor.

«Genau. Dann kann dir doch gar nichts passieren», sagt Hot.

Meine Worte schweben wie eine Prophezeiung durch den Raum. Vielleicht hätte ich es nie aussprechen dürfen. Jetzt habe ich es gesagt, und sie haben es gehört. Diese vier Jungs sind meine Zeugen. Sie werden allen erzählen, dass ich gelebt habe. Ich werde gewesen sein, und wer kann das schon von sich behaupten.

Wie aus dem Nichts steht Josh plötzlich da.

«Jungs, zieht euch an, der Rolling Stone möchte ein Interview mit euch machen!»

Wir können es nicht glauben. Alle reden durcheinander.

«Sie waren auf dem Konzert und fanden es grandios. Planen eine Kooperation mit Titelgeschichte. Eventuell europaweit.»

Wir sollen aufs Cover der größten Musikzeitschrift?

«Wir sitzen im Restaurant. Kommt hoch, wenn ihr fertig seid.»

Noch mit nassen Haaren, vollkommen bekifft und betrunken gehen wir zwischen dickbäuchigen Geschäftsleuten mit auffällig jungen Begleitungen durch das Restaurant. Bei Josh am Tisch sitzen ein älterer Typ und eine junge, blonde Frau.

«Ah, da sind sie ja!», kündigt Josh uns vollmundig an. «Darf ich vorstellen, Jolie und Carl vom Rolling Stone – und das sind die Jungs, die die Welt erobern werden.»

Höflich schütteln wir Hände, sagen brav unsere Namen und setzen uns an den Tisch. Erwartungsvoll sehen wir Carl an, warten, dass er ein Tonbandgerät oder einen Block rausholt und die erste Frage stellt, aber es ist Jolie, die das Wort ergreift.

«Ich würde euch gern ein paar Fragen stellen, und Carl wird danach kurz ein paar Fotos von euch machen, wenn das okay ist. Aber vielleicht wollen wir erst mal bestellen?»

Josh ruft den Kellner und bestellt eine Runde Gin Tonic, wie immer, ohne uns zu fragen, was in diesem Fall wohl auch gut so ist, denn wir hätten bestimmt widerwillig an einer Coke genippt, um einen guten Eindruck zu machen.

«Wie es euch in Berlin gefällt, brauche ich wahrscheinlich gar nicht zu fragen. Ihr habt bestimmt nichts anderes gesehen als den Club und das Hotel.»

Jolie ist jung, vielleicht Mitte, Ende zwanzig. Ihr langes blondes Haar hat sie zu einem strengen Zopf zusammengebunden.

«Also: Wie hat euch das Konzert gefallen?»

Die Frage erscheint mir eigenartig. Sollte nicht sie sagen, wie es ihr gefallen hat?

«Gut», sagt Victor bescheiden.

«Ja, die Leute waren cool», sagt Leo.

«Mika, wie war es für dich. Zum ersten Mal auf der Bühne zu stehen.»

Ihre Fragen klingen nicht wie Fragen. Eher wie Antworten. Als wüsste sie schon, was ich sagen werde. Aber ich weiß nicht, was ich sagen soll, also sage ich: «Ich weiß nicht.»

Jolie legt den Kopf schräg, zieht die Augenbrauen etwas nach unten.

«Es hat sich gut angefühlt», fragt sie mit einer Antwort.

«Ich weiß nicht ... ja, schon.»

«Ja, schon», hakt sie nach.

«Ich weiß nicht, ich hab irgendwie nicht so viel mitbekommen.»

«Weil du dich so auf das Singen konzentriert hast.»

«Nein, also ... schon, aber nur am Anfang. Danach war ich irgendwie nicht mehr richtig da.»

«Nicht richtig da», wiederholt sie meine letzten Worte.

«Ich weiß nicht. Also ich war ja da, also auf der Bühne, aber irgendwie war ich nicht da.»

«Du warst jemand anderes», behauptet sie.

«Nein, nicht jemand anderes. Ich war irgendwie, wie

soll ich sagen … also, ich war irgendwie bei mir. Als wäre ich zum ersten Mal ich und nicht das, was ich dachte, dass ich es bin, verstehst du – Entschuldigung: Sie.»

«Du, bitte.» Sie lächelt mich an. «In deinen Texten geht es oft um Angst, was auch euer Bandname Fears widerspiegelt. Was bedeutet Angst für dich.»

«Ich weiß nicht. Sie ist einfach da.» Ich will darüber nicht reden. Ich finde, es reicht, dass ich den Jungs von meiner Angst erzählt habe, aber Jolie lässt nicht locker.

«Jeden Tag.»

«Immer», sage ich knapp.

«Es braucht viel Kraft, sie zu überwinden.»

«Ja.»

«Aah, die Drinks, das wurde aber auch Zeit», kommentiert Josh die Ankunft des Kellners. Jolie sieht mich weiter an, doch ich kann ihrem durchdringenden Blick nicht standhalten. Ich beschäftige mich mit meinem Glas, zerdrücke mit dem Strohhalm das Limonenstück, rühre das Fruchtfleisch unter die Eiswürfel.

«Auf ein großartiges Konzert.» Josh erhebt sein Glas, ich nehme einen tiefen Schluck. Jolie scheint zu merken, dass ich vor ihren Blicken fliehe. Sie fragt in die Runde: «Wie entstehen eure Songs.»

Leo fängt an zu erklären. «Meistens kommt Victor mit einer Idee, dann jammen wir darauf rum, jeder bringt ein paar Ideen, dann …»

Ich höre ihm nicht richtig zu, sondern nutze die Zeit, um Jolie zu betrachten. Sie trägt eine schlichte schwarze Bluse mit einem hohen, bis oben zugeknöpften Stehkragen, einen schwarzen Rock, schwarze Strümpfe, und mit Sicherheit verbergen sich unter dem Tisch schwarze Highheels. Sie ist schlank, zierlich. Das strenge Kostüm verleiht ihren kindlichen Gesichtszügen eine gewisse

Reife. Plötzlich sieht sie mich an. Ertappt mich dabei, wie ich sie beobachte. Aber sie lässt es geschehen, zündet sich eine Zigarette an und hört Victor zu, wie er den Songwriting-Prozess weiter beschreibt.

«Es geht eigentlich immer ziemlich schnell. Ich habe eine Idee oder spiele einfach etwas auf der Gitarre, dann kommt ein Part nach dem anderen. Es ist wie eine Reise, bei der ich einfach …»

Ich drifte wieder ab. Beobachte, wie Jolies Lippen sich um den Filter schließen, wie sie den Rauch gleichmäßig und sanft ausatmet. Ich habe noch nie eine Frau gesehen, bei der Rauchen so sexy aussieht. Es hat nichts Süchtiges, keine Not, keinen Zwang. Es ist nicht, als würde sie die Zigarette brauchen, um sich zu beruhigen oder abzulenken. Sie stößt den Rauch nicht angewidert aus, als könnte sie dadurch einen Teil von sich ausatmen. Sie tut es einfach, und ich werde das Gefühl nicht los, dass sie es für mich tut. Um mir eine Pause zu verschaffen, um mir etwas Zeit zu geben, sie ansehen zu dürfen.

«Ich hab mit dem Songwriting nichts am Hut», erklärt Hot. «Meistens ist es so geil, womit Victor ankommt, dass ich einfach nur mitzuspielen brauche.»

«Und wie ist es mit den Texten. Wie entstehen die.»

Sie sieht mich nicht an, richtet die Frage nicht direkt an mich.

«Mika hat so 'n Buch. Da kritzelt er ständig drin rum», antwortet Leo für mich. Jolie macht ihre Zigarette aus. Sanft erstickt sie die Glut im Aschenbecher. Sie zerquetscht sie nicht und wühlt mit ihr in der Asche herum, wie so viele es tun, die im Grunde bereuen, dass sie schon wieder eine geraucht haben, oder dass sie gleich schon wieder eine anzünden müssen. Dann sieht sie mich an. Genug der Schonzeit.

«Mika, was ist das für ein Buch.»

«Ich weiß nicht. So ein Notizbuch halt.»

«Er nennt es sein Gedächtnis», moderiert Josh.

«Und was genau schreibst du da hinein.»

«Na ja, alles, was ich nicht vergessen will oder sonst vergessen würde.»

«Ein Tagebuch.»

«Nein, kein Tagebuch, also ich schreib nicht auf, was mir passiert ist oder so, da hab ich nichts dagegen, es zu vergessen.»

Jolie lächelt.

«Ich schreib Zeilen. Gedichte und so.»

«Und die Songtexte.» Jolie will es genauer wissen.

Viktor übernimmt die weitere Erklärung. «Also, Mika erlaubt mir, darin zu lesen. Ich entdecke dann Zeilen und Strophen, die super zusammengehen und auf einen der Songs passen würden. Wenn dann noch etwas fehlt, reden wir darüber, worum es geht und was noch gesagt werden müsste.»

«Also, du schreibst rein intuitiv. Du hast nicht das Ziel, dass daraus ein Song wird.»

Ich nicke.

«Und du hast es immer dabei.»

«Ja.»

«Dürfte ich es mal sehen, dein Gedächtnis? Also, ich möchte es nicht unbedingt lesen, aber vielleicht könnten wir ein Foto davon machen.»

«Ich weiß nicht ...»

«Aber natürlich könnt ihr ein Foto davon machen», verspricht Josh. Er würde sie sogar meine inneren Organe fotografieren lassen, wenn das eine Titelstory bringt. «Mika, wo hast du das Buch?», fragt er mich.

«Auf meinem Zimmer», antworte ich zögernd.

Jolie steht auf. «Wenn er nicht möchte, ist das kein Problem. Aber ich würde sagen, wir gehen alle zusammen hoch auf Mikas Zimmer, da können wir dann auch die restlichen Bilder machen, oder was meinst du, Carl?»

Carl, der die ganze Zeit schweigend dagesessen hat, zuckt mit den Schultern, als wäre es ihm egal, was es offensichtlich auch ist.

Er macht ein paar Bilder von uns, wie wir auf dem Bett sitzen, vor dem Fenster stehen, den Hotelflur entlanglaufen, vor einer Wand stehen, auf einer Treppe sitzen. Wir gucken die ganze Zeit in die Kamera, so wie es von uns erwartet wird, und nach einer halben Stunde sind wir durch. Wieder schütteln wir brav Hände. Wir bedanken uns, sie bedanken sich, Josh bedankt sich bei allen. Es geht alles ziemlich schnell, und ich bin erleichtert, dass die Idee, mein Buch zu fotografieren, in Vergessenheit geraten ist, oder dass Jolie nicht noch einmal nachgefragt hat. Josh bringt die beiden noch nach unten. Auf dem Weg zu meinem Zimmer drehe ich mich noch einmal zum Fahrstuhl um und bekomme ein letztes Mal Jolies schlanke Silhouette auf den schwarzen Highheels zu sehen.

Ich lasse mich aufs Bett fallen. Was für eine Frau! Wie sie mich angesehen hat. Ihre eigenartige Art, mir Fragen zu stellen. Ich glaube, mir hat noch niemand so viele Fragen gestellt. Ich versuche mich abzulenken und mache den Fernseher an. Das ist ihr Job, das hatte nichts mit mir zu tun, und außerdem bin ich viel zu jung für sie. Was soll eine gestandene Frau Journalistin mit einer neunzehnjährigen Jungfrau. Ich wünsche mir, dass sie an meine Tür klopft. Dass der Vorschlag, die Bilder auf meinem Zimmer zu machen, nur ein Vorwand war, um meine Zimmernummer herauszufinden. Mika, hör auf zu träumen.

Plötzlich klingelt das Telefon.

«Und ... darf ich dein Gedächtnis sehen.»

Es ist Jolie. Mein Herz fängt an zu rasen. Ich denke nicht lange nach.

«Ja», sage ich.

«Bis gleich», sagt sie leise, dann legt sie auf.

Kann das wirklich sein? Ist das wirklich wahr? Sie will ... Mika, denk nach. Sie hat gefragt, ob sie dein Buch sehen kann, nicht, ob du der Vater ihrer ungeborenen Kinder wirst, mit ihr ein Haus auf dem Land baust, sie pflegst, wenn sie alt ist. Wahrscheinlich hat sie es einfach vergessen, und jetzt ist es ihr wieder eingefallen. Sie macht nur ihren Job. Ja, es gehört zu ihrem Job, spätnachts in das Hotelzimmer eines jugendlichen Sängers zu gehen um sich sein Notizbuch anzusehen.

Dann klopft es an der Tür. Nicht dreimal, nicht zweimal. Nur einmal und auch nicht laut, doch in meinem Kopf klingt es, als wäre ein Meteorit abgestürzt. Ich öffne die Tür, und da steht sie. Sie steht da. Ich stehe da. Sie sagt nichts. Ich sage nichts. Sie lächelt nicht. Sie sieht mich einfach nur an. Dann geht sie einen Schritt auf mich zu. Sie streicht mir die Haare aus dem Gesicht, schaut auf meinen Mund. Dann küsst sie mich, lange und intensiv, zeigt mir mit ihrer Zunge, was ich tun soll. Sie legt den Kopf zurück, drückt meinen Mund an ihren schlanken Hals. Wieder küsst sie mich. Fordernder und schneller, beißt mir leicht in meine Unterlippe. Dann geht sie einen Schritt zurück, sieht mich lächelnd an und schließt die Tür.

Sie dreht sich zu mir um, lächelt, küsst mich, zieht mir mein T-Shirt aus, küsst meinen Hals, drückt mich sanft in Richtung Bett.

«Leg dich hin.»

Ich tue, was sie sagt, kann nichts anderes tun. Sie öffnet ihren Rock und lässt ihn zu Boden fallen. Ein schwarzer, leicht durchsichtiger Slip und halterlose Strümpfe. Sie setzt sich auf mich.

«Mach meine Bluse auf.»

Ich fange oben an ihrem Hals an, während sie die unteren Knöpfe öffnet. Ein schwarzer, leicht durchsichtiger BH. Sie nimmt meine Hände, legt sie auf ihren Busen und drückt leicht zu.

Wie oft habe ich mir das vorgestellt. Wie oft hatte ich es geträumt. Und nun passiert es. Aber es ist anders als in meiner Phantasie. Es ist anders, und es ist neu. Jolie stöhnt leise, nimmt meinen Kopf und küsst mich schnell und leidenschaftlich.

«Du willst mich», fragt sie wieder mit ihrer Art, Fragen zu stellen, sodass sie nicht wie eine Frage klingen. Ich nicke. Sie steht auf und nimmt ihre Handtasche, die sie auf einen der Sessel hat fallen lassen.

Ich werde wahnsinnig bei diesem Anblick. Ich habe noch nie eine so schöne Frau gesehen. Nicht auf der Straße, in keiner Zeitschrift, in keinem Porno. Die Mädchen aus meiner Schule wirken gegen sie wie unwissende Kleinstadtversionen, jungfräuliche Vorstellungen davon, was es bedeutet, eine Frau zu sein.

Jolie hat ihre Schuhe noch an, und der Rest ihres Körpers ist mit einem schwarzen Nichts bedeckt. Sie krabbelt zurück aufs Bett, beugt sich auf allen vieren über mich, küsst mich. Dann setzt sie sich auf und zieht mir meine Hose aus. Mein Schwanz ist hart. Ich bin so erregt, dass es wehtut. Erst jetzt sehe ich, was sie aus ihrer Handtasche geholt hat: ein Kondom.

In diesem Moment bricht in mir eine unaufhaltsame Assoziationskette los. Ich denke an den Sexualkundeunterricht in der Schule, bei dem wir an einer Karotte üben mussten, wie man es abrollt, an das Werbeplakat, auf dem ein Kondom mit einem traurigen Smiley-Gesicht versehen war und darunter der Spruch: ‹Ich will auch meinen Spaß haben.› Ich denke an Experimente, bei denen wir Kondome mit Wasser gefüllt haben, um zu sehen, wann sie platzen, an dreizehnjährige Mütter mit Zahnspangen. Ich sehe aidsinfizierte Kinder in einem afrikanischen Dorf dahinsiechen, Freddy Mercury, wie er 'Bohemien Rhapsody' vor Tausenden von Leuten singt, schwule Männer, die ihren Schwanz durch ein Loch in einer Wand stecken und irgendeinem Unbekannten in den Arsch ficken. Ich sehe meinen Onkel, wie er seine letzten Atemzüge tut, und plötzlich sehe ich mich an seiner Stelle, abgemagert, von Ekzemen übersät, einsam, tot.

Jolie öffnet die Verpackung mit den Zähnen und sieht mit einem Blick, dass etwas nicht stimmt. Sie beugt sich über mich.

«Du brauchst keine Angst zu haben, Mika. Nicht jetzt. Nicht hier. Nicht vor mir.» Sie küsst mich und streichelt meinen schlaffen Schwanz. Langsam wandert sie an mir herunter, nimmt das Kondom zwischen ihre Lippen und streift es mir mit dem Mund über. Dieser Anblick lässt mich alles vergessen. Als sie merkt, wie er wieder hart wird, fängt sie leise an zu stöhnen. Dann setzt sie sich auf mich. Lässt mich in sie eindringen. Sie bewegt sich langsam, streichelt sich selbst, beugt sich über mich, wird schneller und bestimmter. Dann sieht sie mir in die Augen. Ich denke noch, ich liebe dich, und dann komme ich. Ich muss laut aufschreien, es fühlt sich an, als würde mein gesamter Körper explodieren, als wäre ich der Meteorit, der aufgeschlagen ist.

Sie steigt von mir runter, legt sich neben mich.

«Und, war das besser, als auf der Bühne zu stehen», fragt sie mit einem Lächeln.

«Tausendmal besser.»

«Hast du Lust, was zu rauchen», fragt Jolie mich.

Ich muss lachen. Ich kann mir gerade nichts Besseres vorstellen und frage mich, wie oft diese Frau mich wohl noch überraschen wird.

«Ja», sage ich.

Sie steht auf und holt ein Tütchen Gras und Papers aus ihrer Handtasche, die sie zu mir aufs Bett wirft. «Aber du drehst.»

Dann nimmt sie ihre Zigaretten, zündet sich eine an und wirft mir die Schachtel zu.

«Du wolltest mir noch dein Buch zeigen.»

Sie steht vor mir. Jolie. Journalistin. Wunderschön. Sexy. Fordernd. Klug. Meine erste große Liebe. Ich würde ihr alles geben.

«Klar. Es liegt da auf dem Tisch.»

Sie lässt sich auf den Sessel fallen und öffnet das Notizbuch. Während ich den Joint rolle, beobachte ich sie, wie sie konzentriert eine Seite nach der anderen liest und ihre Zigarette raucht. Noch nie hat sich eine Frau für mich interessiert. Und noch nie hat sich jemand außer Victor dafür interessiert, was ich schreibe.

Sie liest ein paar Zeilen vor. «Das war in einem der Songs heute Abend», sagt sie.

«Ja.»

«Wann hast du das geschrieben.»

«Nachdem ich das erste Mal den Teufel gesehen hab.»

Sie lächelt. «Und wie sieht er aus.»

«Ich weiß nicht. Er ist keine wirkliche Gestalt, also kein Mensch, oder so.»

«Und was hast du gemacht.»

«Ihm meine Seele verkauft.»

Jetzt muss sie lachen. Sie legt das Buch zu mir aufs Bett und gibt mir Feuer. Dann nimmt sie den Joint und fängt an zu tanzen.

«Der Song war großartig.»

«Welcher», frage ich.

«Na, der, wo du über den Teufel singst.»

Ich stehe auf und krame den Fotoapparat, den ich in einer der Kisten meines Onkels gefunden hatte, aus meinem Koffer. Ich wusste, dass ich ihn eines Tages gut gebrauchen könnte, und jetzt ist dieser Tag eindeutig gekommen. Sie beachtet mich gar nicht, tanzt weiter mit dem Song in ihrem Kopf, während ich sie fotografiere. Dann hält sie mir den Joint hin.

«Tauschen wir», sagt sie.

Ich gebe ihr die Kamera, lasse mich wieder aufs Bett fallen und nehme einen Zug. Ich bin müde und zufrieden. Das war eindeutig der beste Tag meines Lebens.

Als ich aufwache, ist Jolie verschwunden. Ich muss mich kurz konzentrieren, um mir klarzumachen, dass das alles kein Traum war, doch das Kondom im Mülleimer ist mein Zeuge. Es ist wirklich passiert. Das ganze Bett riecht nach ihr, mein Haar, meine Hände ... Ich vermisse sie jetzt schon. Frage mich, wann ich sie wiedersehen werde. Mit Sicherheit war ich nicht der beste Liebhaber, aber es war mein erstes Mal, und das kann man ja lernen.

Mein erstes Mal. Das war es. Mein erstes Mal. Der Gedanke an Jolie erregt mich, doch dann klingelt das Telefon. Josh.

«Lieber Mika, guten Morgen. Es ist jetzt 09:30 Uhr. Um 10:00 Uhr treffen wir uns in der Lobby.»

Die letzten Tage waren ruhig. Wir haben nicht geprobt und auch sonst keine Termine gehabt. Josh meinte, man müsse das Showcase jetzt erst einmal sacken lassen.

Es ist komisch, wieder zu Hause zu sein. Das Haus fühlt sich fremd an, wie aus einem vorherigen Leben. Nur in dem Zimmer meines Onkels, zwischen all der wunderbaren Musik und auf seinem Sterbebett, fühle ich mich zu Hause. Also verbringe ich die Stunden damit, Platten zu hören und an Jolie zu denken. Nach ein paar Tagen kann ich mich kaum noch an ihr Gesicht erinnern, aber ihr Duft ist immer wieder so präsent, als wäre sie mit mir im selben Raum. Hin und wieder überlege ich, ob ich sie anrufen soll, aber irgendwie bin ich mir sicher, dass wir uns wiedersehen werden.

Am ersten Morgen treffe ich meine Mum, die gerade mit ein paar Koffern im Schlepptau das Haus verlässt.

«Mika, mein Schatz!», ruft sie, lässt die Koffer fallen und umarmt mich. «Müde siehst du aus», attestiert sie mir nach einem prüfenden Blick in meine Augen. Wahnsinn, was man bei einem Medizinstudium so alles lernt, denke ich mir.

«Ja, irgendwie steckt mir der Gig noch in den Knochen», sage ich.

«Gig?», fragt sie irritiert.

«Auftritt. Konzert», erkläre ich, doch sie sieht mich immer noch verständnislos an.

«Ich hatte mit meiner Band ein Showcase in Berlin.»

«In Berlin. Band.» Erst jetzt wird mir klar, dass ich noch keine Gelegenheit hatte, meiner Mum alles zu erzählen. Sie legt die Stirn in Falten. «Geht es dir gut, mein Junge?», fragt sie besorgt.

«Ja», sage ich. «Sehr gut», und versuche ein überzeugendes Lächeln.

«Das ist doch die Hauptsache.» Sie gibt mir einen Kuss und sagt: «Mein Schatz, ich muss jetzt. Das Taxi wartet, und ich darf meinen Flieger nicht verpassen.» Auf dem Weg zur Tür ruft sie: «Und wenn ich wiederkomme, erzählst du mir alles über diese Band, die du da hast, ja? Ich hab dich lieb.»

Eine Woche später komme ich zu einem Meeting ins Büro. Claudia, Joshs Assistentin, steht hinter dem Empfangstresen auf, als sie mich durch die Tür kommen sieht.

«Die anderen sind schon da. Sitzen alle hinten bei Josh», sagt sie und lächelt ihr strahlend weißes Lächeln. Ich frage mich, ob es wirklich ihre Zähne sind oder nur der Kontrast zu ihrer solariumgebräunten Haut, der diesen Eindruck von perfektem Weiß vermittelt.

«Alles klar», sage ich und steuere auf das Büro zu, doch Claudia kommt um den Tresen herum und hält mich sanft am Arm fest.

«Du scheinst die ja ziemlich beeindruckt zu haben. Da wär ich gern dabei gewesen.» Sie hakt sich bei mir unter. Wie bei unserer ersten Begegnung berühren ihre Brüste meine Schulter. «Vielleicht kannst du bei Josh ja mal ein gutes Wort für die fleißige Empfangsdame einlegen, damit ich nächstes Mal mit dir kommen kann», flüstert sie mir ins Ohr.

Mit mir kommen. Ich sehe sie an. Unsere Gesichter sind dicht voreinander. Sie sieht mir kurz auf den Mund, dann wieder in meine Augen und lächelt. Ich wage nicht mir einzugestehen, dass das gerade das war, was es eindeutig gewesen zu sein scheint. Ich bin irritiert und unsicher.

«Mach ich», sage ich knapp und gehe an den vollbesetzten Schreibtischen vorbei. Alle unterbrechen ihre Arbeit und begrüßen mich. Scheinen mich zu kennen, obwohl ich sie nie zuvor gesehen habe. Durch die Glaswand von Joshs Büro kann ich sehen, dass die Jungs mit düsteren Mienen dasitzen und Josh wild gestikulierend auf und ab geht. Ich öffne die Tür, und Josh unterbricht seinen Vortrag. «Mika!», ruft er mir freundlich zu.

Die anderen würdigen mich keines Blickes.

«Entschuldigt die Verspätung», sage ich. Ich komme mir vor, als wäre ich zu spät zum Schulunterricht gekommen.

«Da ist ja der große Rockstar», sagt Leo, ohne mich anzusehen.

Josh übergeht Leos Bemerkung. «Mika, es gibt großartige Neuigkeiten», sagt er. «Wir sind auf dem Cover des Rolling Stone.»

«Wir, dass ich nicht lache», sagt Leo. «Du meinst Mika. Von uns steht da kein Wort.»

Hot reicht mir das Magazin. Auf dem Cover ist ein Bild von mir, wie ich mit nacktem Oberkörper auf einem Bett liege. Neben mir mein Notizbuch mit der gut lesbaren Aufschrift ‹Mikas Gedächtnis›. Ein brennender Joint im Aschenbecher auf dem Nachttisch. Darüber die Headline:

DAS GEDÄCHTNIS EINER GENERATION

«Mika ist euer Frontmann, ergo: Die Geschichte ist über euch», sagt Josh. «Wir haben nicht einmal eine Platte veröffentlicht und sind mit einer Sechs-Seiten-Story im Rolling Stone. Das ist einzigartig in der Musikgeschichte.»

Aber Leo hört gar nicht auf das, was Josh sagt. «Hast du die Alte gefickt, oder was. Ich meine, wo kommt das Foto her?»

Ich weiß nicht, was ich sagen soll. Jolie muss den Film

aus meiner Kamera mitgenommen haben. Es war also doch nur ihr Job. Es ging ihr doch nicht um mich. Es ging ihr um den Sänger. Um eine gute Story. In mir fällt alles zusammen. Auf einmal sehe ich sie und die Nacht in einem ganz anderen Licht.

«Das ist echt scheiße», sagt Victor.

Die Härte seiner Worte überrascht und verletzt mich. Gerade von ihm hätte ich mir Unterstützung erhofft, gedacht, dass ihm klar ist, dass ich mit der Geschichte nichts zu tun habe, doch er legt sogar noch einmal nach.

«Was hast du dir dabei gedacht, Mika?»

Die Stimmung im Raum, die Anklage der Jungs, die Enttäuschung über Jolie, das alles lässt mich eine Schuld spüren, die ich nicht zuordnen kann. Ich habe nichts getan, außer mich das erste Mal wie ich selbst zu fühlen. Soll das etwa nicht richtig gewesen sein? Darf ich doch nicht sein, wer ich bin?

Ich renne aus dem Büro, will alleine sein. Ich gehe ins Treppenhaus, setze mich auf die Stufen und blättere das Magazin auf. Es sind noch mehr Fotos abgebildet. Mein aufgeklapptes Buch mit den Zeilen des Songs, der Jolie so gut gefallen hat. Ein Close-up von mir, wie ich schlafe, und ein Bild vom Konzert, auf dem man mich mit geschlossenen Augen am Mikrophon stehen sieht. Ich finde die Bilder schön. Sehr intim und wahrhaftig. Dann überfliege ich den Artikel.

Es ist tatsächlich kein Wort über die Jungs zu finden. Zwar wird am Anfang der Bandname genannt, aber ansonsten geht es nur um mich. Plötzlich überkommt mich ein Glücksgefühl. Irgendwie bin ich stolz, obwohl ich weiß, dass ich es nicht sein dürfte. Ich bin auf dem Cover des Rolling Stone. Jolie hat mich benutzt, aber sie hat mich für alle Zeiten verewigt.

Im selben Moment wächst in mir der Gedanke, dass es das gleichzeitig gewesen sein könnte, dass es gerade jetzt, wo es angefangen hat, auch wieder vorbei sein könnte, dass die Jungs sich von mir trennen, ich wieder ohne Ziel dastehe. Aber das will ich nicht! Ich will nicht ohne die Jungs sein. Sie sind alles, was ich habe. Diese Band ist alles, was ich bin.

Ich stehe auf und gehe zurück zum Büro. Ich will es ihnen sagen, dass es mir leidtut, dass es keine Absicht, kein böser Wille war, dass ich hintergangen worden bin. Doch die Jungs sind nicht mehr da. In diesem Moment trifft es mich wie ein Schlag. Es ist zu spät. Es ist vorbei. Die Chance, mich zu erklären, ist vertan. Und dann muss ich an die Geschichte von Janis Joplin denken, die ich in dem Zimmer meines Onkels gelesen habe.

Janis fühlte sich immer fremd in ihrer Heimatstadt Port Arthur. Sie war der ständige Außenseiter, weshalb sie schon mit 16 von zu Hause wegging. Als junge Frau gewann sie die Wahl zum hässlichsten Jungen der Schule. Es heißt, sie ging mit vielen Jungs ins Bett, vielleicht, um sich die Bestätigung zu holen, eine begehrenswerte Frau zu sein. Und vielleicht war dies auch ihr Antrieb, Sängerin zu werden, und schließlich ihr Todesurteil. Sie ging nach San Francisco, dem Zentrum der Flower-Power-Generation, und wurde die Sängerin der Band Big Brother and the Holding Company, mit der sie ihre ersten beiden Alben veröffentlichte. Der erste Höhepunkt war ein Auftritt auf dem Monterey Festival. Durch Auseinandersetzungen zwischen der Band und den Veranstaltern wurde aber Janis legendärer Auftritt nicht gefilmt, was sie sehr wütend machte. Janis setzte sich durch, und das Konzert wurde am Ende des Festivals noch einmal wiederholt, dieses Mal mit Kameras. Als der Film schließlich erschien und fast ausschließlich Janis auf den Aufnahmen zu sehen war, wurde die Band sauer. Die Auseinandersetzungen führten so weit, dass Janis sich von der Band trennte. Von da an wollte nichts mehr funktionieren. Sie gründete die Kozmic Blues Band, war ihrer neuen Position als Bandleaderin aber nicht gewachsen. Die Zusammenarbeit und die Veröffentlichungen wurden ein Flop. Nach einem misslungenen Auftritt auf dem Woodstock-Festival und persönlicher Frustration gründete Janis die Full Tilt Boogie Band und produzierte mit ihr ihre größten Hits. Doch während der Aufnahmen zu ihrer letzten Platte 'Pearl', einen Tag, bevor sie die Songs einsingen sollte, fand man Janis tot in ihrem Motelzimmer. Offiziell starb sie an einer Überdosis Heroin. Janis Joplin war 27 Jahre alt.

«Paul, ich ruf dich gleich zurück.» Josh beendet sein Gespräch und kommt auf mich zu.

Ich habe sie verloren. Sie sind weg. Das war's. Ich fange an zu weinen. Josh nimmt mich in die Arme.

«Mika, es ist alles gut. Du hast nichts falsch gemacht, ganz im Gegenteil. Das ist riesig.» Er lässt mich los, geht einen Schritt zurück, breitet die Arme aus. «Das ist riesig. Einfach phänomenal. Die Telefone stehen gar nicht mehr still. Es kommt eine Anfrage nach der anderen rein.»

«Aber ...», sage ich mit tränenerstickter Stimme.

«Nimm die Jungs nicht zu ernst. Das hat natürlich an ihrer Eitelkeit gekratzt, aber das wird sich legen.»

«Ja?», frage ich. Ich wünsche mir so sehr, dass er recht hat.

«Auf jeden Fall, Mika. Spätestens wenn ihr nächsten Monat», er macht eine bedeutsame Pause, «auf eure erste Europa-Tour geht!»

Europa? Tour? Nächsten Monat? Ich kann nicht glauben, was ich höre.

«Ja, du hast mich ganz richtig verstanden. Alle wollen die Stimme einer Generation hören. Was auch immer du mit der Dame vom Rolling Stone gemacht hast, mach es wieder. Und zwar mit allen.»

Ich muss lachen.

«Mika, du bist ein Star. Ich wusste es sofort, und sie weiß es auch.» Er hält beschwörend das Magazin hoch. «Und bald weiß es die ganze Welt.» Er knallt das Heft auf den Tisch und setzt sich in seinen Sessel.

«Und jetzt möchte ich, dass du nach Hause gehst, deine Sachen packst und um 17:30 Uhr am Flughafen bist. Ihr habt morgen einen Interviewtag in London. Abends trefft ihr den Regisseur eures ersten Musikvideos. In 10 Tagen wird gedreht, bis dahin probt ihr für die Tour, zu der pünktlich die erste Single erscheinen wird. Die Radiopromotion ist heute angelaufen, und wir kümmern uns um Fernsehshows zum Release. Außerdem folgen Interviewtage in Berlin, Paris, Lissabon, Mailand und so weiter. Also pack den größten Koffer, den du finden kannst, du wirst lange Zeit nicht zu Hause sein.»

Dass ‹lange Zeit› mehrere Jahre bedeuten wird, ahne ich nicht.

Ich packe so viel Unterwäsche, Jeanshosen und T-Shirts in den Koffer, wie reinpassen, und schreibe meiner Mutter eine Nachricht.

Liebe Mum,
ich werde einige Zeit unterwegs sein. Meine Band geht
auf Europa-Tour. Mach dir keine Sorgen um mich.
Ich melde mich, wenn ich wieder zu Hause bin.
Ich hab dich lieb,
Dein Mika.

Doch ‹zu Hause› ist schon bald ein Fremdwort. Ein Ort
irgendwo in mir, den ich nicht mehr finden kann.

Aufgewacht.

Wo bin ich?

Ein Hotelzimmer.

Irgendein Hotelzimmer.

Ich schlage die Bettdecke zurück.

Dieses weiße, steife, nach Lavendelblütenextrakt riechende Etwas.

Die kalte Luft der Klimaanlage fällt auf mich herunter.

Das oder die Anonymität des Raumes verursachen bei mir eine Gänsehaut. Das Bild irgendeiner Blumenwiese an der Wand macht es auch nicht besser.

Aufgewacht.

Es ist noch Nacht.

Ich befreie mich aus der Umarmung des nackten Körpers neben mir und suche nach dem Lichtschalter.

Ein Hotelzimmer.

Irgendein Hotelzimmer.

Sie ist blond und zierlich mit knabenhaften Brüsten.

Ich erinnere mich noch gut.

Ihr Stöhnen und der Schweiß auf ihrer Oberlippe.

Der Geruch von Sex erfüllt den ganzen Raum.

Irgendeinen Raum in irgendeinem Hotel.

Aufgewacht.

Mein Kopf rauscht wie ein Raumschiff.

Die Sonne scheint direkt ins Zimmer.

Irgendein Hotelzimmer.

Auf allen vieren krieche ich ins Bad.

Ich hänge meinen Kopf über die Kloschüssel.

Mein Erbrochenes schmeckt bitter und erinnert mich an die fünf Gramm gestrecktes Koks, die ich mir gestern reingezogen habe.

Mehr Speed als irgendwas anderes.

Doch es gibt keinen Grund wählerisch zu sein, wenn man versucht, sich den Abend in irgendeinem Hotelzimmer zu versüßen. Da nimmt man jeden kleinen Umschlag, den die Brieftaube einem bringt. Einige Dinge sind halt überall gleich. Die Falttechnik der Koksbriefchen und das Gefühl der Einsamkeit in irgendeinem Hotelzimmer.

Aufgewacht.

Das Telefon klingelt.

Mit geschlossenen Augen taste ich nach dem Hörer.

«Lieber Mika, guten Morgen. Du bist in Paris. Es ist jetzt 7:15 Uhr.»

Wie jeden Morgen in den letzten Jahren weckt Josh mich mit seiner tiefen, freundlichen Stimme. «Du hast genau eine Dreiviertelstunde, um dich fertig zu machen. Wir treffen uns dann um 8:00 Uhr in der Lobby.»

Jeden Morgen dasselbe Ritual. Derselbe Text, in dem nur Ort und Uhrzeit variieren. Zwei Informationen, die ich sofort wieder vergesse, wenn ich auflege und mich nochmal umdrehe.

Wieder klingelt das Telefon. Diesmal bin ich etwas schneller am Hörer.

«Lieber Mika. Es ist jetzt 7:30 Uhr. Du hast noch eine halbe Stunde.»

Dieses Mal bekommt Josh sogar eine Antwort. Ein nicht zu deutendes Stöhnen verlässt meinen trockenen Mund. Ich lege auf und erhebe mich. Mit halb geöffneten Augen bahne ich mir den Weg zwischen Flaschen und Gläsern hindurch zum Bad. Was hat Josh gesagt, wo ich bin? Ich suche den Raum nach einem Anhaltspunkt ab. Weiße Kacheln, eine Dusche, der Föhn in seiner Hal-

terung, der runde beleuchtete Schminkspiegel, Papiertü-
cher in einer Halterung an der Wand, weiße Frottéhand-
tücher auf dem beheizten Ständer. Daneben ein Schild
mit der bekannten Aufschrift, wie mir die Übersetzung
verrät:

DER UMWELT ZUR LIEBE
bitten wir Sie, Folgendes zu beachten –
Handtuch auf dem Boden bedeutet: Bitte austauschen!
Handtuch auf dem Halter heißt:
Ich benutze es ein weiteres Mal.

Ich gehe näher ran und untersuche den Originaltext auf
mir bekannte Wörter. Französisch. Es scheint Französisch zu sein. Demnach müsste ich in Frankreich oder
Belgien sein. Was auch immer. Ich steige in die Dusche.
Während das warme Wasser über meinen Kopf fließt,
pinkel ich in den Abfluss. Was hatte mir irgendein Typ
letztens erzählt – laut wissenschaftlicher Hochrechnun-
gen wird einmal in meinem Leben mindestens ein Mole-
kül meiner eigenen Pisse auf mich herunterregnen.

Meine Chancen stehen da wohl eher schlecht. Obwohl, die ersten sechsundzwanzig Jahre hab ich ja ganz
gut geschafft.

Ich denke an den Tag, als ich das letzte Mal zu Hause
war. An den Streit um das Rolling-Stone-Cover. Die Titelgeschichte wurde nie wieder erwähnt, und auch sonst
kam alles so, wie Josh es prophezeit hatte. Die Städte,
die Interviews, die Konzerte, die Partys, die Mädchen,
die Drogen, in meiner Erinnerung verschwimmt alles zu
einem großen Ganzen, einem riesigen unaufhaltsamen
Kreislauf, in dem das eine unumgänglich das andere
nach sich zieht. Die erste Single zieht die zweite nach

sich, das erste Album das zweite, das Ende einer Tour den Anfang einer neuen, der Tag den Abend, der Abend die Drogen, die Drogen die Partys, die Partys die Mädchen. Zeit ist nur noch ein Begriff, Schlaf ein Fremdwort, alleine sein unmöglich, Einsamkeit ein Dauerzustand. Obwohl wir ständig zusammen sind, leben die Jungs und ich aneinander vorbei. Es hat nicht lange gedauert, bis sie erschöpft und gelangweilt waren. Immer dasselbe. Dieselben Fragen, dieselben Songs, dieselben Aftershowpartys. Paris, London, Berlin. Blond, braun, rothaarig. Gin, Wodka, Whiskey. Koks, Gras, Pillen. Für sie ist es alles nur noch dasselbe. Tagsüber, während ich noch schlafe, machen sie Spaziergänge, um die Stadt kennenzulernen. Abends gehen sie essen, ins Kino oder trinken gemütlich was. Wenn ich übermüdet in der Hotellobby erscheine, fragen sie immer, was ich gemacht habe. Doch ich erzähle nichts. Sollen sie doch selber leben. Alle leben sich durch mich aus: die Presse, die Fans, Josh, die Firma, die Crew. Ich werde nicht auch noch für meine Jungs leben.

Als ich aus der Dusche komme, klingelt das Telefon wieder.

«Mika, es ist 7:45 Uhr. Hast du schon geduscht?»

«Oui, Monsieur.»

«Bien, dann sehen wir uns in einer Viertelstunde in der Lobby. Vergiss bitte nicht, beim Auschecken die Minibar zu bezahlen.»

«Wird gemacht.»

Nachdem ich aufgelegt habe, sehe ich mich um. Ein wahres Schlachtfeld. Das Zimmermädchen wird sich freuen.

Das Zimmermädchen. Ich lasse mich aufs Bett fallen. Fünf Minuten für meine Lieblingsphantasie. Ich schalte den Pornokanal des Hotelfernsehens ein. ‹Bitte geben Sie

Ihre Zimmernummer ein und bestätigen sie.› Immer dieselbe Scheiße. Woher soll ich das wissen. Ich sehe auf das
Telefon. 324, die Quersumme ist 9, und das ist wiederum
die Quersumme von 27. Die Zahl hat mich nicht verlassen. ‹13,00 Euro wurden auf Ihre Rechnung gebucht.› Ja,
ja, schon klar. Nichts ist umsonst. Es gibt vier Kanäle.
Auf den ersten beiden läuft irgendein Hollywoodschund.
Auf Kanal drei und vier kann man alles sehen, was der
einsame Geschäftsmann zur Entspannung braucht. Auf
drei fickt gerade ein schwarzer Riesenschwanz in Groß-
aufnahme das Arschloch einer schreienden Weißen mit
Hängetitten und Zahnlücke. Ich schalte auf vier. Ein
französischer Edelporno. Er im Anzug fickt sie in einer
Corsage auf einer Chaiselonge in einer barocken Villa.
Das scheint mir die richtige Szene für diesen Morgen zu
sein. Ich fange an, mich im selben Rhythmus zu wichsen.
Schnell wird er hart, und ich blicke in Richtung Tür.

Jemand klopft an und öffnet im selben Moment. Das
Zimmermädchen sieht mich nackt auf dem Bett, meinen
Schwanz in der Hand. Sofort wendet sie sich beschämt
ab. «Excusez-moi, monsieur, entschuldigen Sie.» Sie will
das Zimmer schon wieder verlassen, als ich «Warte!» rufe.
Sie bleibt mit dem Rücken zu mir im Türrahmen stehen. Ihr dunkelblauer Kittel ist weit geschnitten, doch
ich kann ihren Körper erahnen. «Schließ die Tür.» Nach
kurzem Zögern gehorcht sie mir. «Komm her.» Sie dreht
sich um und sieht mich an. Sie hat dunkle Haare und
helle Haut. Schüchtern tritt sie ans Bett heran. Ich be-
deute ihr, dass sie sich neben mich setzen soll. Dann lege
ich meine Hand in ihren schlanken Nacken und drücke
ihr Gesicht herunter. Erst wehrt sie sich, doch dann fängt
sie an, meinen Schwanz zu lutschen.

Plötzlich klingelt das Telefon wieder. Ich lasse es klingeln und stelle mir vor, wie ich in ihren Mund komme. Der Apparat klingelt erneut, und ich greife mit meiner verklebten Hand nach dem Hörer.

«Ich bin sofort unten», sage ich schnell.

«Alles klar.»

Ich wische meine Hand und den beschmierten Hörer mit der Bettdecke ab, dann suche ich auf dem Boden meine Klamotten zusammen, ziehe mich an, sammle meine Sachen aus dem Bad ein und werfe sie in meinen Koffer. Ich stelle den Fernseher ab, während der Franzose der Kleinen gerade ins Gesicht spritzt, und will schon das Zimmer verlassen, als mir die Minibar einfällt. Ich öffne den kleinen Kühlschrank. Einsam steht da eine Flasche Apfelsaft. Der restliche Inhalt liegt leer im Zimmer verteilt. Ich nehme die Flasche mit, hoffentlich wird der Saft diesen Geschmack aus meinem Mund vertreiben.

In der Lobby sehe ich die Jungs und Josh in einer Sofaecke Kaffee trinken. Josh bestellt mich immer eine halbe Stunde zu früh. Eine Präventivmaßnahme, um meiner traditionellen Verspätung zuvorzukommen. Ich gehe zur Rezeption und krame in der Hosentasche meiner zu engen Röhrenjeans nach der goldenen Kreditkarte.

«Sie wollen auschecken?», fragt mich der schwule Hotelier in seinem dunkelgrünen Filzanzug.

Ich nicke. Er weiß, wer ich bin, kennt meinen Namen, den er nun in den Computer eingibt, um meine Zimmernummer herauszufinden. Wie immer zu laut sagt er nach einem Blick auf den Bildschirm:

«Einmal Pay-TV, und kommt noch etwas aus der Minibar hinzu, Monsieur?»

Ich nehme einen Schluck Apfelsaft.

«Alles», sage ich knapp und schiebe ihm die Karte über den Tresen.

Dieser schwule Schleimer ist bestimmt ein Fan von uns, und während er das Plastik durch das Lesegerät zieht, stellt er sich bestimmt vor, wie ich sturzbesoffen auf dem Bett liege und onaniere. Was für ein perverser Pisser.

Ein Shuttle wartet schon vor dem Hotel auf uns.

«Und was hast du letzte Nacht getrieben?», fragt Leo.

Ich steige in den Wagen, ohne ein Wort zu sagen. Josh klärt uns auf, was heute ansteht. Wobei er es eigentlich nur mir sagt. Die Jungs kennen unseren Terminplan immer auswendig.

Schlimmer hätte es heute nicht kommen können. Die European Music Awards. Dieses typische Großveranstaltungs-Prozedere beginnt mit einem Soundcheck um 09:00 Uhr morgens. Um diese Uhrzeit ist noch nichts in mir wirklich wach, geschweige denn meine Stimme. Aber wir performen live, weshalb ich versuchen werde, dem Tonmeister wenigstens irgendein Signal ins Mikrophon zu liefern. Danach darf ich hoffentlich zurück ins Hotel. Fernsehen, kiffen, pennen. Am Abend werden wir dann bestimmt von diesen bescheuerten Limousinen abgeholt und vor den roten Teppich gekarrt. Wir sind in allen möglichen Kategorien nominiert, und die Reporter werden so innovative Fragen stellen wie: «Seid ihr schon aufgeregt?»

«Wie fühlt es sich an, nominiert zu sein?»

Oder: «Ihr werdet ja heute auch performen, habt ihr euch etwas Besonderes einfallen lassen?»

Diese Shows verkommen mehr und mehr zu besseren Zirkusnummern, und wenn man nicht durch brennende Reifen springt, mit einer Boa tanzt oder am Trapez hängt, dann hat man sich halt nichts einfallen lassen. Die sollten es Show Awards statt Music Awards nennen.

Nein, wir sind nicht aufgeregt, haben uns auch nichts einfallen lassen, und ob wir gewinnen oder nicht, ist uns scheißegal, Hauptsache die Party danach ist gut! Wollt ihr das hören? Nein. Dann fragt mich auch nicht!

Noch schlimmer als der Spießrutenlauf vorbei an den Reportern wird der durch den Backstagebereich. Alle werden sie da sein. Die, die man kennt, und die, die man nicht kennt, aber vor allem die, die meinen, dich zu kennen. Du darfst dir anhören, wie geil die Platte ist, wie innovativ das letzte Musikvideo war, wie krass das Konzert, an das ich mich schon nicht mehr erinnern kann. Eigentlich ja ganz nett, wenn das, was sie selbst fabrizieren, nicht so geschmacklos wäre, dass ihr Lob fast schon eine Beleidigung ist. Aber man lächelt höflich, nickt, bedankt sich, schüttelt Hände und hofft, so schnell wie möglich die Garderobentür hinter sich zumachen zu können.

Wir kommen an und gehen durch den Hintereingang in die Halle. Beim Check-in, wo man die Backstage-Pässe und bunten Bändchen für die Aftershowparty bekommt, steht Jolie. Ich habe sie seit dieser Nacht damals nicht wiedergesehen. Sie hat wohl beim Rolling Stone aufgehört, arbeitet an einem neuen Magazin, etwas, das noch nie da war, hat mir irgendjemand erzählt. Sie kommt auf mich zu und küsst mich auf die Wange.

«Hey, Mika.»

«Hey.»

«Groß bist du geworden.»

Bei der Zweideutigkeit dieser Aussage wird mir kurz schlecht, aber ich sage: «Dank dir.»

Sie lächelt. «Ich habe noch kein Hotelzimmer für heute Nacht, die ganze Stadt ist ausgebucht», sagt sie.

Mein Schwanz wird hart bei der Vorstellung, Jolie zu ficken. Es ist mir egal, was damals passiert ist. Sie war nur die Erste von vielen. Nicht mehr. Ob das mit dem Hotelzimmer nur eine ihrer Maschen ist, ob sie im Laufe des Abends vielleicht jeden fragt, mit dem sie mal gefickt hat, um dann mit den eingesammelten Türkarten Skat zu spielen, ist mir herzlich egal. Ich krame die Schlüssel-karte aus meiner engen Jeans und gebe sie ihr.

«Hast du noch eine?», fragt sie.

«Ich lass mir eine neue machen», sage ich.

«Und die Zimmernummer?»

«Steht hinten drauf.» Ich drehe die Karte in ihrer Hand um. Josh lässt mir immer die Nummer draufschreiben, weil ich sie mir grundsätzlich nicht merken kann. Wenn ich dann vor der Tür stehe, greift meine alte Angewohn-heit. Ich multipliziere, dividiere, bilde Quersummen, bis ich eine siebenundzwanzig als Ergebnis habe. Wenn ich nicht vollkommen zugedröhnt bin, klappt es auch jedes Mal, und ich spüre eine wohlige Befriedigung. Alle fra-gen sich immer, wann und wie es so weit sein wird. Was das Wann angeht, bin ich ihnen um einiges voraus.

Jolie gibt mir wieder einen Kuss, dieses Mal auf den Mund.

«Bis später», sagt sie mit einem frivolen Lächeln.

Ich nicke.

Vor uns hat Cherry Soundcheck. Eigentlich kann man es keinen Soundcheck nennen, weil sie nicht selbst singt und alles vom Band kommt. Es ist eher eine Kostüm-probe, obwohl ich mich frage, ob man die paar Fetzen

Stoff, die sie am Körper trägt, überhaupt Kostüm nennen kann. Aber nein, da kommt plötzlich eine Schaukel von der Decke heruntergefahren. Sie setzt sich darauf, und ihre Tänzer schubsen sie an. Cherry bewegt ihre Lippen zum Song, während die schwingende Schaukel über den Zuschauerbereich fährt. So kann es also auch aussehen, wenn man bereit ist, für die Musik zu sterben.

Ich denke an meine Taxifahrt ins Krankenhaus, als ihr Song im Radio lief und die Vorstellung ihrer Muschi mich beruhigt hat, an das Poster im Proberaum und an unseren ersten und bis jetzt einzigen Kuss.

Es war auf einer dieser typischen Aftershowpartys, mitten auf der Tanzfläche. Doch dann kam dieser mir wohlbekannte Spruch: «Ich bin nicht so ein Mädchen.» Wie oft darf ich mir das anhören. Ich bin nicht so ein Mädchen. Es hat einige Zeit gebraucht, bis ich die richtige Taktik gefunden hatte, um die Frauen vom Gegenteil zu überzeugen. Am Anfang versuchte ich es mit reden. Mit Ehrlichkeit. Mit einfühlsamen Worten. Dann hieß es: «Ich will ja, aber ich kann nicht.» Logik, die nur Frauen verstehen. Wenn ich will, dann kann ich auch, außer ich bin zu zugedröhnt. Irgendwann hatte ich es dann raus, und des Rätsels Lösung ist einfacher als einfach. Ich darf einfach nicht aufhören. Zärtlich, aber bestimmt weitermachen. Ihre Erklärungsversuche unter Küssen ersticken, sie aufs Hotelzimmer oder an einen anderen ruhigen Ort bringen, sie leidenschaftlich ausziehen und alles bedienen, was man so an erogenen Zonen finden kann. Wenn das nicht reicht, wende ich einfach den Trick an, den mir eine Maskenbildnerin einmal verraten hat. «Eigentlich mag jede Frau gerne geleckt werden», hat sie gesagt. «Aber du musst dir Zeit nehmen und da unten nicht rumschlabbern wie ein Hund. Schiebt sie das Becken nach vorne, ist es gut. Zieht sie zurück … na ja, du weißt schon.»

Doch mit Fiona, wie Cherrys bürgerlicher Name lautet, ist es etwas anderes. Sie ist ein Star. Sie lebt selber diesen eigenartigen Kreislauf. Sie weiß, dass sie begehrenswert ist, dass sie jeden haben kann. Nach unserem Kuss auf der Tanzfläche haben wir oft telefoniert. Stundenlang haben wir uns über unsere Leben ausgetauscht, doch heute sehen wir uns das erste Mal wieder. Verschwitzt kommt sie von der Bühne und sagt schlicht und ergreifend: «Wir sehen uns auf der Aftershowparty.» Und mir ist klar, was das bedeutet.

Nachdem wir unseren Soundcheck beendet haben, folgt die Kameraprobe. Auf einmal bricht die Aufnahmeleiterin ab. Eine Zeitlang passiert nichts, dann kommt plötzlich ein kleiner, älterer Typ auf mich zu und baut sich vor mir auf.

«Entschuldige, aber so kann ich nicht arbeiten», sagt er. «Die 1 ist deine Kamera, die da vorne mit dem roten Licht.» Er zeigt in den Zuschauerraum. «Da sitzen die Fernsehzuschauer, und die wollen deine Augen sehen, also bitte guck da rein.»

«Wer ist der Typ?», frage ich die Aufnahmeleiterin, die daneben steht.

«Das ist der Regisseur.»

«Und was will er von mir?», frage ich sie, aber der Zwerg plustert sich auf.

«Ich bin der Regisseur der Show, und so kann ich nicht arbeiten. Ihr habt keinerlei Show-Effekte, und dann dreht sich der Sänger auch noch die ganze Zeit von der Kamera weg! So geht das nicht, nein, so geht das wirklich nicht.»

«Sag dem Regisseur dieser Show», sage ich gelassen zu der Aufnahmeleiterin, «dass mein Name Mika ist und dass ich es gewohnt bin, dass man sich zuerst mal vorstellt, bevor man mich mit irgendeiner Scheiße volllabert. Des Weiteren kannst du ihm ausrichten, dass er zusehen kann, wie er seine beschissene Show ohne mich über die Bühne bringt.» Ich drehe mich um und will gehen, da hält Josh mich auf.

«Geh in die Garderobe. Ich klär das», sagt er leise zu mir. Im Weggehen höre ich ihn sagen: «Einen wunderschönen guten Tag, ich bin Josh, der Manager ...»

Leo kommt mir in die Garderobe nach. Er ist wütend. «Was war das denn bitte schon wieder, Mika?»

Dann kommen Josh und die anderen rein.

«Keine Ahnung, was der Zwerg von mir wollte», sage ich.

«Auf jeden Fall war er ziemlich sauer», sagt Victor, doch Josh unterbricht die aufkommende Grundsatzdiskussion über mein Verhalten, die ich mir regelmäßig anzuhören habe.

«Es ist nicht der Rede wert. Ich war im Ü-Wagen, es klingt tierisch, alles ist wunderbar.»

«Kann ich jetzt ins Hotel?», frage ich.

«Ihr habt jetzt ein paar Interviews, dann gibt es Essen, danach geht's in die Maske, und dann werdet ihr schon zum roten Teppich abgeholt.»

Das ist die Scheiße mit diesen Fernsehveranstaltungen. Aus Angst, man könnte nicht pünktlich zur Show wiederauftauchen, schicken sie einen durch einen stundenlangen Interview-Marathon: In kleinen Kabinen haben sich die verschiedenen Kamerateams und Journalisten eingerichtet, die über das Event berichten wollen, man geht von einem zum anderen und erträgt die immer gleichen Fragen.

Die Presse ist der eigenartigen Ansicht, es sei ein Geben und Nehmen. Manche haben sogar die Attitüde, dass man sie brauchen würde, dass sie einen groß gemacht hätten, dass man ihnen etwas schuldig sei. Aber warum wird man denn Journalist, Reporter, Redakteur. Was interessieren sie die Geschichten anderer. Weil sie ganz einfach selber nichts zu erzählen haben. Weil ihr Leben so langweilig und unausgefüllt ist, dass sie jemanden brauchen, der für sie lebt, durch den sie sich ausleben können. Da sind sie alle gleich. Und ich bin es leid. Bis auf das erste Interview mit Jolie habe ich mich nie in einem Artikel oder Bericht wiedererkannt. Ich bin nur die Projektionsfigur, die sie in ihr Format pressen. Vielleicht heißt es deshalb Presse, weil sie dich pressen. Auspressen, erpressen, in etwas reinpressen.

Wir werden also von Interviewbox zu Interviewbox, von Fotoshootings zu Radiointerviews und Fernsehteams geführt, und dann sitzt sie plötzlich da. Clara. Ich habe sie schon oft im Fernsehen gesehen, aber bin ihr erst einmal begegnet. An der Bar bei einer Aftershowparty. Ich sah, dass sie Kaugummi kaut, und fragte, ob sie auch eins für mich hätte. Sie sagte, sie hätte nur das eine und dass ich es haben könnte, wenn ich wollte. Ich küsste sie, und sie gab mir mit ihrer Zunge das Kaugummi. Dann ging ich wieder.

Clara ist Moderatorin und der Host der Show heute Abend. Sie wirkt wie von einem anderen Stern. Knallrote Haare, blau gefärbte Kontaktlinsen, bunte Kleider. Sie sieht aus wie eine europäische Manga-Prinzessin. Ihre Selbstdarstellung, ihre Verkleidung ist so unwirklich, dass ich mich schon oft gefragt habe, wer wohl dahintersteckt. Während sie uns gegenübersitzt und uns ein paar Standardfragen stellt, uns bittet, den Zuschauern frohe Weihnachten zu wünschen, obwohl es Sommer ist, stelle ich mir vor, wie sie wohl nackt aussieht. Wenn ich mir die künstlich strahlende Farbe ihrer Augen wegdenke, glaube ich, Melancholie zu sehen. Sogar eine tiefe Traurigkeit. Wie ist sie wohl, wenn sie nach dem Sex, befriedigt und befreit von ihrem künstlichen Dasein, neben einem liegt. Wer ist diese Frau? Wo kommt sie her? Ist Clara ihr echter Name? Was hört sie für Musik, was für Filme mag sie? Was hat sie für Träume und vor allem, was für Ängste? Ich will sie kennenlernen, doch das wird warten müssen, denn schon werden wir von der Pressebetreuerin in den nächsten Kasten, zum nächsten Interview geführt.

Das Abendessen ist okay, und der Gin Tonic danach macht mich wach. Ich bleibe in der Garderobe, bis es Zeit für den roten Teppich ist. Ich habe die Jungs davon überzeugt, dass es scheiße ist, mit einer Limousine vorzufahren. Hot hat die zündende Idee gehabt und uns kurzerhand vier Mofas besorgen lassen. Ich werfe den Motor an, und wir knattern zwischen den Stretch-Limos vom Backstage-Eingang einmal um die Halle bis zum roten Teppich. Die Fans kreischen, die Fotografen schreien, aber wir fahren einfach an allen vorbei. Mitten über den Teppich und direkt in die Halle. Wir stellen die Maschinen ab und beenden den Lärm. Wir lachen und freuen uns über unseren Coup. Manchmal gibt es diese Momente noch, in denen wir wieder die alten Freunde sind, und das ist einer dieser seltenen Augenblicke.

Wir müssen in die Halle und uns auf die Tribüne für die Nominierten setzen. Ich bin jetzt schon genervt. Zwei bis drei Stunden auf diesen Plastikstühlen sitzen und sich ansehen, was die Musikbranche im letzten Jahr so an Scheiße zu Geld gemacht hat. Nicht rauchen, nicht trinken und pissen gehen nur unter Aufsicht. Doch dann kommt sie auf die Bühne. Clara. Die Musikbeiträge werden erträglicher, weil ich jedes Mal darauf warte, dass Clara wieder in einem anderen atemberaubenden Outfit die nächste Moderation macht.

Dann gewinnen wir in der ersten Kategorie, bester Live Act. Die Jungs freuen sich, und ich tapere ihnen hinterher. Brav bedanken sie sich bei den Fans, die das entschieden haben, während ich Clara ansehe. Sie bemerkt es, aber weicht meinem Blick aus. Wir setzen uns wieder, und die Tortur geht in die nächste Runde. In den folgenden Kategorien bekommen wir zum Glück nichts, doch dann gewinnen wir den anderen Zuschauerpreis für das beste Video. Wieder freuen die Jungs sich, und wir gehen zum Rednerpult. Die drei halten sich zurück, und Victor fordert mich auf, etwas zu sagen. Ich beuge mich zum Mikrophon. Ich weiß nicht, was ich sagen soll. Ich mochte das prämierte Video nie so wirklich, dafür unser neues aber umso mehr, also sage ich: «Ähm, danke ... und so, aber ich find unser neues Video besser.»

Leo zieht mich zur Seite und lacht. «Geiler Witz, Mika», sagt er. Dann bedankt er sich bei dem Regisseur für den Clip, «und natürlich bei unseren Fans». Mir ist das alles scheißegal. Sollen sie doch weiter ihre politisch korrekte Arschkriechertour durchziehen, ich hab nur meine Meinung gesagt.

Wir werden vom Bühnenaufgang abgeholt und direkt zur anderen Bühne geführt, auf der wir in weniger als einer Minute performen sollen. Alle sind in hellster Aufregung und drängeln mich, dass ich schnell machen soll, aber ich bestehe darauf, erst noch einen Schluck Wasser zu trinken. Meine Kehle ist trocken nach über zwei Stunden ohne Flüssigkeit, und ich muss was trinken, um singen zu können. Aber natürlich sind hinter der Bühne keine Getränke erlaubt, und irgendwer muss losrennen, um mir Wasser zu besorgen. Die Jungs stehen schon an ihren Instrumenten, und wir werden anmoderiert, als ich endlich mein Wasser bekomme. Als ich auf die Bühne gehe, sind die Kameras schon auf die Jungs gerichtet. Im Gegenlicht stehen sie da, und die Halle rastet aus. Als ich ans Mikrophon gehe, wird das Geschrei ohrenbetäubend. Ich nehme das Mikro aus seiner Halterung und drehe mich zu Leo um, der jetzt einzählt. Die Bühne wird hell, und die Jungs fangen an zu spielen.

Ich stelle mir den Zwerg von Regisseur in seiner Kommandozentrale vor, wie er mit hochrotem Kopf flucht und irgendwann flehend am Boden liegt, zu Gott betet, dass ich mich doch bitte endlich umdrehe, nur einmal. Aber ich bleibe so stehen. Mit dem Rücken zum Publikum singe ich unseren aktuellen Hit. Auf den großen Leinwänden links und rechts neben der Bühne kann ich sehen, wie die Kameras mein Hinterteil filmen. Ich fange an, mich zu bewegen, mache Andeutungen einer Drehung, ohne sie jedoch auszuführen. Ich weiß nicht, wie ich darauf gekommen bin. Ich hab es mir nicht vorher überlegt. Es war ein spontaner Gedanke und jetzt, wo ich einmal so angefangen habe, will ich es unbedingt durchziehen. Leo sieht mich wütend an. Victor ist erstaunt. Nur Hot lacht. Er verspielt sich sogar einmal, so sehr muss er lachen. Ich habe mal über Jim Morrison gelesen, dass er die gesamten ersten Konzerte der Doors mit dem Rücken zum Publikum gespielt hat, weil er sich nicht traute, das Publikum anzusehen. Ich werde es auch bis zum Ende durchziehen, sage ich mir.

Beim letzten Refrain halte ich das Mikro hoch, und alle singen mit. Victor hört auf zu spielen, Hot legt nur noch Grundtöne, und Leo tritt die Basedrum. Live machen wir das oft, doch für diese Show war es nicht geplant, da wir unter drei Minuten bleiben müssen. Immer wieder strecke ich am Anfang der Zeile das Mikro von mir, und die Leute singen immer lauter. Erst beim letzten Ton drehe ich mich um und sehe direkt in die Kamera 1. Die Jungs ziehen und strecken intuitiv den Schluss. Schaukeln sich hoch, und ich halte den Blick. Da hast du ihn, denke ich mir, deinen verschissenen Blick in die Kamera, Regisseur dieser Show. Jetzt kannst du mir nicht mehr nachsagen, ich hätte nicht gemacht, was du wolltest.

Dann machen die Jungs einen Abschlag, das Licht wird dunkel. Der Applaus ist tierisch laut und wird nicht weniger. Sogar auf der Nominierten-Tribüne sind alle aufgestanden und applaudieren. Clara versucht die nächste Moderation, aber sie kommt nicht gegen den Lärm an. Erst als wir von der Bühne gegangen sind, beruhigen sich die Leute langsam, und die Show kann weitergehen.

Hot fällt mir in die Arme. «Alter, das war genial!»

Auch ich muss jubeln. Die Rache hat gutgetan. Ich gröle: «Wir haben die Scheiß-Show gesprengt!»

Josh kommt und umarmt mich. «Das war wie eine Bombe. Eine Bombe mit einer langen Zündschnur, aber sie ist so was von explodiert.»

Ich lache und sehe zu Leo, der missmutig den Kopf schüttelt. «Jetzt hebst du wohl total ab», sagt er zu mir. «Das hätte genauso gut schiefgehen können.»

«Na und? Ist es aber nicht», sage ich.

«Leo, komm runter, die Leute fanden's geil», sagt Hot.

«Das ist auch der einzige Grund, warum ich Mika jetzt nicht direkt die Fresse poliere.»

Nachdem er das gesagt hat, dreht er sich um und geht. Ich schreie ihm hinterher: «Du willst mir auf die Fresse hauen? Dann trau dich doch! Hör auf rumzutönen und trau dich endlich mal wieder was!»

Josh hält mich zurück. Victor, der die ganze Zeit gar nichts gesagt hat, geht Leo hinterher. Hot steht schockiert daneben.

«Lass dich ins Hotel fahren, Mika», sagt Josh. «Ich kümmer mich darum.»

Ich tue, was Josh sagt, fahre ins Hotel, frage den Portier nach meiner Zimmernummer und lasse mir eine neue Karte anfertigen. Im Hotelzimmer roll ich mir einen Joint und nehme den Whiskey aus der Minibar. Ich schalte den Fernseher ein und sehe noch den Schluss der Show. Clara, wie sie sich bedankt, bei den Zuschauern, beim Publikum. Und plötzlich stimmt sie die ersten Worte unseres Refrains an und hält das Mikro hoch. Sofort reagieren die Leute und singen lauthals mit. Dann läuft der Abspann.

Das gibt mir den Rest. Ich bin endgültig und unwiderruflich verknallt in diese Frau und muss sie kennenlernen.

Es klopft an meiner Zimmertür. Das wird wohl Josh sein, der mich fragen will, wann ich zur Aftershowparty abgeholt werden will. Doch als ich öffne, steht da Fiona.

«Da bin ich aber froh, dass ich dich von vorn sehen darf», scherzt sie. «Das riecht interessant. Darf ich auch mal ziehen?»

«Klar», sage ich und lasse sie ins Zimmer. «Ich wusste gar nicht, dass du kiffst», sage ich, nachdem wir uns aufs Bett gesetzt haben und ich ihr den Joint reiche.

Sie zieht und hustet. «Tu ich eigentlich auch nicht.

Aber ich dachte, mit dir wäre doch das perfekte erste Mal.» Sie lächelt. Cherry. Die ewige Jungfrau. «Ich wollte dich zur Aftershowparty abholen. Du erinnerst dich? Wir waren verabredet.»

«Ja klar», sage ich. «Ich zieh mir nur kurz ein frisches T-Shirt an.»

«Das ist eine gute Idee. Du stinkst nämlich.»

Fiona, oder besser gesagt, Cherry und ich gehen eine Viertelstunde später über den roten Teppich vor dem Eingang zur Aftershowparty. Alle Fotografen und Kameras scheinen hierher umverfrachtet worden zu sein und geraten in helle Aufregung, als sie uns zusammen kommen sehen.

«Hierher!»

«Hier drüben, seht mal hier drüben hin!»

«Cherry, Mika!»

«Seid ihr ein Paar?»

«Wie lange läuft das schon mit euch?»

Irgendwie macht es Spaß, sie zu verarschen, und ich pose gelassen, den Arm um Fionas schmale Taille gelegt. Sie erhofft sich davon wahrscheinlich einen Promotion-Effekt, der ihrem Album namens 'Bitter Sweet' zurzeit ganz guttun würde, aber das ist mir egal. Wir geben sogar einem Kamerateam ein Interview, in dem wir behaupten, das Kind wäre schon unterwegs und wir würden bald heiraten.

Natürlich habe ich meinen Pass und das bunte Bändchen vergessen, und nachdem der Security an der Tür sich einige Sekunden aufgespielt hat, kommt ein Anzugträger, drückt ihn beiseite, gibt mir die Hand und entschuldigt sich. Als Fiona und ich in den Lärm der Party eintauchen, fangen wir an zu lachen. Wie zwei Kinder, die dem Opa im Nachbarhaus einen Streich gespielt haben, freuen wir uns über unseren Auftritt. Wir gehen zur Bar und zum Buffet, dann wieder zur Bar. Die Reporter werden reingelassen, um noch ein paar exklusive Party-Bilder und Statements nach dem Event zu bekommen. Schon stürmt der erste auf uns zu, um Einzelheiten über die anstehende Hochzeit zu erfahren, aber wir rennen weg, suchen irgendwo nach einem ungestörten Ort. Fiona hebt die Tischdecke eines der runden Stehtische und kriecht drunter, ich hinterher. Die Tischdecke reicht bis zum Boden, hier wird uns niemand entdecken, und wir fangen wild an zu knutschen. Ich fahre mit der Hand unter ihr trägerloses Oberteil und berühre ihre Brüste, dann fahre ich unter ihren Rock und schiebe ihr feuchtes Höschen beiseite. Sie öffnet mir die Hose und fängt an meinen Schwanz zu streicheln, doch hier unten ist es zu eng, um wirklich Sex zu haben. Außerdem drückt meine Blase von den Drinks. Ich unterbreche unser Heavypetting und sage: «Ich habe drei Probleme.»

Sie lacht. «Na, dann schieß mal los.»

«Erstens, ich muss dringend aufs Klo. Zweitens, ich will unbedingt mit dir schlafen, und drittens, ich habe heute meine zweite Schlüsselkarte an einen obdachlosen Freund verschenkt, weshalb wir nicht auf mein Zimmer können.» Sie küsst mich und rückt ihren Rock zurecht.

«Gut», sagt sie. «Wenn das deine aktuell schlimmsten drei Probleme sind, dann kann ich dir helfen. Du gehst jetzt Pipi machen. Dann holst du mich hier unten ab, wir fahren auf mein Hotelzimmer und haben Sex.»

Jetzt muss ich lachen. «Das klingt nach der perfekten Lösung all meiner Probleme», sage ich, gebe ihr noch einen Kuss, krieche unter dem Tisch hervor und torkle in Richtung Toilette. Der Weg ist weit, und ich muss zweimal nachfragen. Außerdem muss ich mich vor Reportern verstecken, die auf ihr nächstes Opfer lauern. Ich fühle mich wie ein Soldat im tiefen Dschungel Vietnams, der vom Vietcong ins Dickicht gejagt wurde. Über mir donnern die Hubschrauber, in einiger Entfernung höre ich Gewehrfeuer, während ich mich an exotischen Tieren vorbei zum Fluss kämpfe.

Auf der Toilette spricht mich der Typ, der neben mir am Pissoir steht, von der Seite an.

«Ey, bist du nicht dieser Mika?» Ich reagiere nicht. Etwas, das ich mir schnell angewöhnt habe, als wir berühmt wurden. Wenn du gar nichts machst, geben die meisten Leute auf. Aber dieser besoffene Bauer hat nichts Besseres zu tun, als mir mit seiner vollurinierten Hand auf die Schulter zu klopfen.

«Geile Performance, Mann», sagt er.

Ich schlage seine Hand weg und gehe zum Waschbecken. Lauthals verkündet der Einzeller:

«Ey, Leute, das ist dieser Mika da am Waschbecken.»

«Nee, echt, das ist der? Wie heißt noch seine Band, Fears, oder?»

Als ich die Toilette verlasse, ruft mir tatsächlich einer hinterher: «Ey Mann, Mika von Fears, wovor hast du denn Angst, ey?»

Ich kann es nicht fassen. Dass solche Leute überhaupt auf so eine Party gelassen werden. Aber irgendwie muss ich auch lachen. Neben solchen Versagern fühlt man sich gleich noch größer. Jetzt auf dem schnellsten Wege zu Fiona und dann ... Und dann steht sie plötzlich da. Clara. Sie steht in der Nähe einer der Bars. Ich verstecke mich hinter einer Ecke und beobachte sie.

Sie trägt ein mintfarbenes, schulterfreies Kleid. Am Rücken sind kleine halbdurchsichtige Flügelchen aufgenäht. Ihr leuchtend rotes Haar hat sie zu einem langen

Zopf geflochten. Sie sieht sich um, als hätte sie jemand gerufen oder als würde sie jemanden suchen. Unsere Blicke treffen sich. Ihre knallblauen Kontaktlinsen leuchten mich an, während sie auf mich zukommt. Sie lächelt dieses Lächeln, das ich nie wieder vergessen werde.

«Da bist du ja», flüstert sie in mein Ohr. «Ich habe dich schon überall gesucht.»

Ein Glück hat sie nicht unter die Tische geguckt, denke ich mir.

«Bist du mein Prinz? Rettest du mich?»

Ich weiß gar nicht, wie mir geschieht. Sie scheint mich zu hypnotisieren. Auf meinem Hotelzimmer wartet Jolie wahrscheinlich schon in ihrer aufreizenden Unterwäsche, und unter dem Tisch sitzt Fiona, die sich heute das zweite Mal von mir hat küssen lassen und mir einiges mehr in Aussicht gestellt hat, aber ich sage: «Ja.»

Sofort nimmt Clara meine Hand und zieht mich, ohne sich zu verabschieden, an ihren Gesprächspartnern vorbei und raus auf die Straße. Wir steigen in ein wartendes Taxi, sie sagt eine Adresse, setzt sich auf mich und fängt an, mich zu küssen. Als wäre nur eine Minute vergangen, hält der Fahrer plötzlich. Clara steigt von mir runter und bezahlt. Wir gehen in ein Fabrikgebäude, fahren mit einem Lastenaufzug ins obere Stockwerk, wo sie eine Stahltür aufschließt.

Sie schaltet das Licht ein. Ich gehe hinter ihr her durch den großzügigen Flur, der über und über voll mit Klamotten, Kleidern und Schuhen ist. Dann kommen wir in die eigentliche Wohnung. Ein riesiger Raum, dessen Stirnseite eine einzige Fensterfront ist, durch die man das beleuchtete Paris sehen kann. Der Raum scheint das genaue Abbild von Clara zu sein: Er ist bunt und voller Reize. Alles scheint zusammenhangslos und doch stimmig. Überall hängen Bilder. An jedem freien Platz steht etwas. Für einige Minuten vergesse ich sie fast, während ich mir alles genau ansehe. Dieser Raum scheint sie selbst zu sein, ihr gesamtes Leben widerzuspiegeln. Ich komme zur Empore vor dem Fenster, auf der ihr Bett steht. Sie wartet im Türrahmen, hat mich die ganze Zeit beobachtet. Zugesehen, wie ich mir ihr Leben ansehe. Sie öffnet ihr Kleid am Rücken und lässt es herunterfallen. Bis auf einen Slip und halterlose, pinke Strümpfe ist sie nackt. Sie kommt zu mir und zieht mich langsam und unter leidenschaftlichen Küssen aus. Dann setzt sie sich auf mich und lässt mich in sie eindringen.

Ohne Fragen oder Ängste.

Ich verliere mich in ihr.

Wir lieben uns dreimal in dieser Nacht.

Als wir am nächsten Morgen aufwachen, oder besser gesagt, nachdem wir zugesehen haben, wie die Sonne aufgeht, frage ich sie: «Wann sehen wir uns wieder?»

Ich kann mich nicht erinnern, diese Frage schon einmal nach einer Nacht mit einem Mädchen gestellt zu haben, aber ich meine es vollkommen ernst.

«Heute Abend», antwortet sie. «Komm einfach zu mir, wenn du kannst.»

«Okay», sage ich. Ich sage einfach nur okay. Dann ziehe ich mich an und rufe ein Taxi.

«Ich bring dich noch runter», sagt sie.

Ich stehe schon abfahrbereit in der Tür, und sie ist noch vollkommen nackt.

«Das musst du nicht», sage ich.

«Doch, doch, warte kurz.»

Zielsicher greift sie in eines der zahlreichen Regale und schlüpft blitzschnell in einen knallblauen Overall.

«So, fertig.»

Als wir unten angekommen sind, ist das Taxi noch nicht zu sehen, aber auf einmal macht ein mattschwarzer 7er BMW genau auf der anderen Straßenseite eine Vollbremsung.

Die Tür springt auf, und ein Mann positioniert sein Teleobjektiv in der Lücke zwischen Tür und Windschutzscheibe. Zuerst bin ich schockiert über dieses Scharfschützenmanöver, aber im nächsten Moment renne ich schon auf ihn zu. Er nimmt die Kamera runter und richtet sich vor mir auf. Ein bulliger Zwei-Meter-Typ, der aussieht, als wäre er kurz mal mit seinem BMW aus irgendeinem Kriegsgebiet hier rübergefahren, um statt Leichen eben zwei Verliebte abzulichten.

«Was soll das?», sage ich betont selbstbewusst.

Der Paparazzo sieht mich ungläubig an. «Ich mache nur meine Arbeit.»

Das sagt er so selbstverständlich, dass ich einen Moment brauche, bis ich antworten kann. «Gib mir sofort den Film», sage ich.

«Nein», meint er gelassen.

«Ich habe das Recht, im unmittelbaren Moment der Entstehung des Fotos alle Bilder oder die sofortige Zerstörung derselben zu verlangen», spule ich den Text ab, den mir mein Anwalt eingebläut hat. Doch die Wirklichkeit sieht etwas anders aus als irgendwelche Paragraphen, denn dieser durchtrainierte Rambo antwortet einfach: «Dann hol ihn dir doch.»

Einen Moment wartet er noch meine Fassungslosigkeit ab, bis er ganz entspannt zurück in seinen Wagen steigt und mit durchdrehenden Reifen davonfährt. Als ich mich umdrehe, wartet das Taxi schon.

Clara sagt nichts.

«Bis nachher», sage ich.

Sie lächelt und küsst mich.

Als ich im Hotel ankomme, fällt mir plötzlich Jolie wieder ein. Wenn sie jetzt auf mich wartet … den Champagner kaltgestellt, in einem halbdurchsichtigen Negligé. Eigenartigerweise ist das jetzt das Letzte, was ich möchte. Tatsächlich kann ich mir in diesem Moment nicht vorstellen, jemals wieder Sex mit einer anderen Frau zu haben. Als ich die Karte in das Schloss stecke und das grüne Licht aufleuchten sehe, schlägt mir mein Herz bis zum Hals. Doch mein Zimmer ist leer. Stattdessen liegt ein Brief auf dem ungemachten Bett.

Mika.
Was denkst du eigentlich, wer du bist, dass du so mit den Gefühlen eines Menschen umgehst. Erst meldest du dich jahrelang nicht, was nach unserer unvergesslichen gemeinsamen Nacht das Mindeste gewesen wäre, und dann lässt du mich hier die ganze Zeit auf dich warten. Und, ach ja: Gern geschehen, mein Artikel von damals, der dich groß gemacht hat. Ich fühle mich benutzt.
J.

Ich muss den Brief zweimal lesen, bevor ich in lautes Gelächter ausbreche. Ich habe mich nicht gemeldet, sie fühlt sich benutzt. Unfassbar und irgendwie beeindruckend, wie sie es schafft, alles zu ihren Gunsten umzudrehen. J. Du kannst mich mal. Ich bin verliebt, und dieses Mal in eine Frau, die mich auch liebt.

Der Tag vergeht wie im Zeitraffer. Wir haben einige Radiointerviews, um das ohnehin ausverkaufte Konzert am Abend zu promoten. Ständig werde ich nach meiner Heirat mit Cherry gefragt, die schon durch alle Medien geht, aber das Einzige, was ich im Kopf habe, ist Clara. Ich kann es kaum erwarten, nach dem Gig zu ihr zu fahren. Josh will die genaue Adresse von mir, da er heute Morgen vergeblich versucht hat, mich auf meinem Hotelzimmer zu erreichen. Er meint, er wird mich morgen früh abholen und wir werden mit seiner S-Klasse fahren, damit ich länger bleiben kann. Er scheint zu spüren, was mit mir los ist, und will in guter alter Josh-Manier die gemeinsame Autofahrt dazu nutzen, sich ein Bild von der Lage zu machen.

Nach dem Konzert nehme ich mir nicht mal die Zeit zu duschen oder einen Joint zu rauchen, sondern setze mich gleich ins Taxi und fahre zu Clara.

Als sie die Tür öffnet und meine verschwitzten Haare sieht, drückt sie mir einen Kuss auf und sagt: «Ich lass uns erst mal Badewasser ein.»

Nachdem ich für meine Taschen einen freien Platz in ihrem Ankleidezimmer gefunden habe, gehe ich ins Bad. Ich beobachte Clara, wie sie Kerzen anzündet, sich auszieht, ihren Zopf löst, die Kontaktlinsen rausnimmt und sich in die Badewanne legt. Ich ziehe mich aus, während sie mich lächelnd beobachtet. Dann fragt sie: «Was sind das für Schlagzeilen in den Zeitungen?»

Ich sehe sie verwirrt an.

«Du willst eine andere Frau heiraten.»

Ich lache laut auf, dann erkläre ich ihr, dass das nur ein Scherz war und wir nur befreundet sind.

Sie lächelt wieder ihr unvergessliches Lächeln. Ich steige zu ihr in die Badewanne. «Leg dich auf mich», sagt sie.

Das warme Wasser, das uns umspült, gibt mir das Gefühl, ganz und gar bei ihr zu sein. Nachdem ich in ihr gekommen bin, lege ich mich ans andere Ende und schließe die Augen. Langsam beruhigt sich mein Atem. Ich habe keine Ahnung, wie lange wir so still beieinander liegen. Als ich die Augen wieder öffne, ist das Badewasser rot gefärbt. Clara liegt regungslos, die Augen geschlossen, auf der anderen Seite. Erschrocken beobachte ich ihre Brust, versuche zu erkennen, ob sie sich hebt und senkt, ob sie noch atmet. Auf einmal bekomme ich Panik.

«Clara!», sage ich viel zu laut.

Sie hebt den Kopf. «Was ist?»

«Ich dachte es … Ich dachte, du …», versuche ich zu erklären. «Das Wasser», sage ich schließlich.

Sie muss lachen. «Das sind nur meine Haare.»

Sie fährt mit den Händen an ihrem Zopf entlang. Es sieht aus, als würden ihre Haare bluten. Rote Farbe läuft über ihre Finger und an ihrem Arm herunter. Ich atme erleichtert aus. Dann steige ich aus der Wanne und durchsuche im Flur meine Tasche.

«Was machst du?», ruft sie mir hinterher. «Was hast du vor?»

Ich stehe mit meinem Fotoapparat im Türrahmen, suche nach einem geeigneten Ort, um die Kamera zu positionieren. «Ich will uns unsterblich machen.»

Ich lege den Apparat auf ein Regal gegenüber der Badewanne. Dann stelle ich den Selbstauslöser auf dreißig Sekunden ein.

«Schließ die Augen, leg den Kopf zurück und beweg dich nicht.»

Sie tut, was ich sage, und ich drücke auf den Auslöser. Schnell steige ich zurück ins Wasser und lege mich an meinen alten Platz. Einige Sekunden höre ich noch das Surren des Selbstauslösers, dann klackt es.

Auf dem Bild wird es aussehen, als würden sich zwei Geliebte in einer Badewanne voll Blut gegenüberliegen. Die Köpfe in den Nacken gelegt, die Augen geschlossen. Sie haben sich gemeinsam das Leben genommen, um ihr Gefühl füreinander unsterblich zu machen.

Nachdem die Kamera ausgelöst hat, verbleiben wir noch einige Sekunden in unserer regungslosen Pose. Dann hebt Clara den Kopf und lächelt mich an. Noch nie habe ich so viel Liebe gefühlt wie in diesem Augenblick.

Sie kommt zu mir herüber und legt sich mit dem Kopf auf meine Brust. Wie aus dem Nichts sage ich:

«Wusstest du, dass Jim Morrisson tot in seiner Badewanne gefunden wurde?»

«Wirklich? Von wem?»

«Von seiner Freundin Pam. Sie waren nach Paris gezogen, weil er da mehr Ruhe vor den Fans hatte als in den Staaten. Also nicht, dass man ihn in Paris nicht gekannt hätte, aber die Franzosen sind halt cooler, was das angeht.»

«Ja, Paris ist cool, oder?» Erwartungsvoll sieht sie mich an.

Ich lache und küsse sie.

«Und warum ist er gestorben?», will sie wissen.

«Tja … keine Ahnung. Die offizielle Version lautet, dass Pam ihn nachts geweckt hat, weil er so geröchelt hat. Er ist baden gegangen, dann rief er plötzlich nach ihr. Ihm ging es nicht gut, er erbrach sein Essen, spuckte Blut. Doch sie hat ihm geglaubt, als er meinte, dass es nicht schlimm wäre. Als sie dann so gegen sechs Uhr morgens aufwachte, lag er nicht neben ihr. Sie lief ins Bad, Jim lag regungslos in der Wanne. Pam dachte, er will sie verarschen. Doch er bewegte sich nicht. Sie hat versucht, ihn aus der Wanne zu ziehen, es aber nicht geschafft. Das hat

sie jedenfalls zu Protokoll gegeben, nachdem sie den Notarzt gerufen hat. Aber es gab keine Autopsie. Das Eigenartige ist, dass Pam gesagt hat, das Wasser war eiskalt.»

«Lag er schon so lang da drin?»

«Irgendwie unwahrscheinlich, oder? Ich meine, Wasser
braucht ziemlich lange, um kalt zu werden. Und eiskalt?
Das ist das beste Mittel gegen eine Überdosis.»

«Ach, echt? Einfach in eine Wanne kaltes Wasser?
Dann hat er zu viel genommen, es gemerkt und sich noch
schnell 'ne Wanne eingelassen, anstatt den Krankenwagen zu rufen? Das klingt ja auch schwachsinnig.»

«Es gibt eine Verschwörungstheorie. Manche Leute
wollen ihn in derselben Nacht in seiner Stammbar gesehen haben. Der damalige Barkeeper behauptet, Jim hätte
sich auf Klo was gezogen, von dem er dachte, es wäre
Koks, dabei war es ungestrecktes Heroin. Als er gefunden
wurde, sorgte der Chef des Ladens dafür, dass er nach
Hause gebracht wird, weil er Angst hatte, dass durch so
einen Skandal die Dealer nicht mehr kommen würden
und dann halt auch keine Kunden mehr.»

«Also haben sie ihn nach Hause geschafft, ihn in die
Wanne gepackt und sind abgehauen?»

«Na ja, das bedeutet, er muss noch am Leben gewesen sein, als sie bei ihm ankamen. Dann haben sie ihn in
die Wanne gelegt, in der Hoffnung, er würde klarkom-
men. Und als er dann abgekratzt ist, sind sie schnell abgehauen.»

«Krass … und hätten sie direkt den Krankenwagen gerufen, hätte er es geschafft?»

«Höchstwahrscheinlich.»

«Er war doch noch ziemlich jung, oder?»

«27. Und seine Freundin Pam starb drei Jahre später
an einer Überdosis Heroin. Auch sie 27.»

Diese Nacht ist die schönste meines bisherigen Lebens. Ich kenne diese Momente der Selbstaufgabe, in denen das, was man tut, das Einzige ist, was zählt. Man denkt nichts anderes, ist nur da, um zu tun, was man gerade tut. Vollkommen erfüllt vom Moment. Vollkommen man selbst. Ganz und gar bei sich. Ich kenne diese Momente von der Bühne. Es funktioniert nicht immer. Vor allem die jahrelange Routine von über 150 Konzerten im Jahr hat es mir irgendwann schwerer gemacht, diesen Zustand zu erreichen. Irgendwann habe ich festgestellt, dass es am einfachsten ist, jeden Abend dasselbe zu präsentieren. Das, von dem ich weiß, dass es funktioniert, dass die Fans es feiern. Für sie ist das Konzert ein einzigartiger Moment, doch für mich verkommt das Ganze zu einer Art Aufführung, einem Schauspiel, in dem ich mich in Gefühle hineinversetze, anstatt sie zu erleben.

In dieser Nacht erlebe ich diese Vollkommenheit, diesen Moment der Selbstaufgabe, des absoluten Seins, mehrere Stunden am Stück, während ich meine erste große Liebe im Arm halte.

Am nächsten Tag holt Josh mich wie versprochen ab.

Als ich mich auf den Beifahrersitz setzen will, liegt da eine Zeitung. Auf der Titelseite sieht man Clara und mich. Sie in einem knallblauen Overall und ich in meinem Parker. Wir küssen uns. Darunter ein Bild von Fiona und mir auf dem roten Teppich und die Headline:

MIKA BETRÜGT SEINE SCHWANGERE FRAU

Ich nehme die Zeitung und setze mich.

«Alles gut, Mika, mach dir keine Sorgen», sagt Josh. Er sieht mich eindringlich durch seine dicken Brillengläser an. «Liebst du sie? Clara, meine ich.»

«Ja.»

«Na, das müssen wir doch feiern! Das ist das erste Mal, dass die Presse nur zur Hälfte Schwachsinn über dich geschrieben hat.» Sein schallendes Lachen hebt meine Stimmung. Ich schließe die Tür, und wir rasen über die Autobahn in die nächste Stadt. Irgendeine Stadt. Nicht die, in der Clara wohnt, so viel weiß ich.

Während der Fahrt klingelt Joshs Handy. Er nimmt ab, dann reicht er es mir. Es ist Fiona.

«Hey, wo bist du?», frage ich überrascht.

«Ich sitze immer noch unter dem Tisch und warte, dass du von der Toilette zurückkommst.»

Outch.

«Also, wo bist du?», schmettert sie meine Frage zurück. «Ach, entschuldige, dass ich frage, es weiß ja sowieso die ganze Welt.»

Der Sarkasmus in ihrer Stimme ist unerträglich.

«Sag mal, ist sie zwischen den Beinen eigentlich auch rot gefärbt?»

Ich weiß nicht, was ich sagen soll. «Es tut mir leid», bringe ich schließlich raus.

«Es tut dir leid. Es tut dir also leid.»

Ich sage nichts.

«Liebst du sie denn?» Fast freundschaftlich stellt sie diese Frage, und ich falle darauf rein.

«Ja», antworte ich.

«Du bist echt das letzte Arschloch, weißt du das?! Erst küsst du mich, und dann leckst du ihre Muschi. Du bist so widerlich.»

So vulgär habe ich sie noch nie reden hören.

«Weißt du was, Mika, du kannst gar keinen lieben. Weil das Einzige, was dich wirklich interessiert, nur du selbst bist.»

Sie versucht mir wehzutun, und es funktioniert. Es heißt immer, man soll anderen gegenüber nicht zu viel von sich preisgeben, denn am Ende würde es doch nur gegen einen verwendet. In diesem Moment verstehe ich, was damit gemeint ist.

«Du rennst weg, Mika, merkst du das eigentlich nicht? Alles, was du tust, bringt dich weiter weg. Lern erst mal, dich selbst zu lieben, bevor du behauptest, irgendjemand anderen zu lieben.»

Wie immer legt sie auf, ohne tschüss zu sagen.

Josh fährt schweigend weiter. Ich sage auch nichts.

Muss es immer so sein, dass man etwas verliert, wenn man etwas Neues gewinnt?

Wir stehen lange im Stau, wodurch wir erst kurz vor Showtime an der Halle ankommen. Hier findet heute Abend also das letzte Konzert unserer dritten Europa-Tour statt. Ich ziehe mich schon im Auto um und gehe direkt hinter die Bühne. Den Jungs wurde parallel Bescheid gegeben, dass ich angekommen bin, und sie stehen schon an ihren Instrumenten und spielen das Intro des ersten Songs. Trotz unserer seit Jahren voranschreitenden Entfremdung ist es das erste Mal, dass wir unser Ritual vor dem Konzert, bei dem wir die Köpfe zusammenstecken und uns sagen, dass wir uns lieben, ausfallen lassen.

Als ich auf die Bühne gehe, fühlt sich alles fremd an. Die Jungs, die Musik, das Mikrophon, meine Stimme, aber vor allem meine Texte. Ich kann meine eigenen Zeilen nicht mehr nachvollziehen. Die Ängste, Sorgen, Sehnsüchte scheinen alle so weit weg zu sein, als wären sie nie ein Teil von mir gewesen. Ich komme mir vor, als müsste ich mich selbst nachmachen. Eine Karikatur oder Kopie von mir. Ich hatte eine Figur geschaffen. Ein Idol, ein Ideal meiner selbst, aber auf einmal hat das nichts mehr mit mir zu tun. Alles fühlt sich unwirklich an. Das Scheinwerferlicht, die verschwitzten Haare auf meiner Stirn, der Applaus. Wie aus einem vorherigen Leben, wohlbekannt, aber weit weg.

Es ist ein frustrierendes Gefühl. Nichts will funktionieren, und ich komme schlechtgelaunt von der Bühne. Ich habe es versaut. Es war ein Scheißkonzert, vor allem für mich. Ich hatte immer den Anspruch, ein gutes Konzert abzuliefern. Und jetzt habe ich versagt.

Ich brauche was, und zwar sofort. Ich will mich wieder spüren. Ich hab Lust auf einen Trip.

Ich gehe zu unserem Lichtmann. Er hat immer was dabei.

«Ja, Mann, ich hab was richtig Geiles.» Er holt einen Beutel aus einer seiner Hosentaschen. «Hier Mann, Magic Mushrooms, frisch geerntet.»

«Und die bringen mich weg?», will ich wissen.

«Klar, Mann, weit weg, wo immer du hin willst. Aber Vorsicht, wenn du zu viel nimmst, kommst du vielleicht nicht mehr zurück.»

Ich nehme mir einen dieser braungrünen Stängel aus der Tüte und fange an, drauf rumzukauen. Er schmeckt bitter und nach Erde.

«Das schmeckt ja richtig scheiße», sage ich.

«Die wachsen ja auch auf Scheiße», lacht der Lichtmann, dessen Namen ich nicht einmal weiß.

«Was?», frage ich. Mein Mund ist verklebt von dem bitteren Schleim.

«Ja, Mann, auf Kuhscheiße, da wachsen die Dinger.»

Ich glaube ihm kein Wort, und selbst wenn, wäre es mir gerade auch scheißegal. Ich stecke mir einen zweiten in den Mund.

«Alter, ich würd echt aufpassen. Das dauert, bis die wirken. Lass es langsam angehen.»

«Ja, ja», sage ich und gehe zur Garderobe. Immer wenn einer sagt, das ist der heftigste Scheiß und pass bloß auf, das haut voll rein, ist es meistens ein Riesenreinfall. Aber was soll's, ich hab keinen Bock, jetzt lange rumzusuchen, und langsam gewöhne ich mich an das zähe Naturkaugummi in meinem Mund.

Als ich in die Garderobe komme, sitzen die Jungs und Josh schon da. Sie scheinen schlecht drauf zu sein. Die Zeiten, in denen im Backstage nach einem Konzert Party war, sind zwar schon lange vorbei, aber die Stimmung ist um einiges schlechter als sonst. Sie sehen mich an, als sei jemand gestorben. Kurz erwische ich mich bei dem Gedanken, dass ich es zum Glück nicht sein kann. Noch hab ich ein paar Monate, denke ich mir, und bin erleichtert.

«Wir müssen reden Mika.»

Josh deutet mir an, dass ich mich setzen soll. Ich lass mich auf einen Sessel fallen und schiebe mir ein weiteres magisches Kuhfladengewächs rein.

«Wie geht es dir, Mika?»

Warum fragt er mich das? Mich hat seit Jahren keiner mehr gefragt, wie es mir geht, was interessiert ihn das jetzt? Ich kaue weiter auf dem kleinen Wunderpilz rum und zucke mit den Schultern.

«Also, es geht um Folgendes. Die Jungs und ich …»

«Alter, was war das für 'ne Scheiße heute Abend?», unterbricht Leo Joshs diplomatischen Gesprächseinstieg.

Ich reagiere nicht. Verziehe keine Miene.

«Was Leo damit meint, ist –», versucht Josh zu vermitteln, aber Leo lässt ihn nicht.

«Hat dir die Kleine das Gehirn rausgevögelt oder was?»

«Leo, ich bitte dich, lass uns in Ruhe darüber sprechen.»

«Nein, Josh. Ich hab keinen Bock mehr auf die Scheiße, die Mika abzieht. Ich meine, solange es der Band nicht schadet, soll er ficken und feiern, wie er will, aber jetzt …»

Victor ergreift das Wort. «Es geht um verschiedene Dinge, Mika. Am Anfang war das ja alles ganz lustig mit den Frauen und den Partys, aber mittlerweile haben wir eine Verantwortung. Der Musik gegenüber. Der Band gegenüber. Unseren Fans gegenüber, verstehst du.»

Was redet er da? Verantwortung gegenüber den Fans? Er gibt nie auch nur ein Autogramm oder macht ein Foto mit ihnen, und plötzlich spürt er Verantwortung? Soll er sie doch alle adoptieren.

Josh versucht zu erklären: «In letzter Zeit berichtet die Presse nur noch über deine Exzesse und Affären. Wir befürchten, dass es der Band schadet. Die Musik ist vollkommen aus dem Fokus geraten.»

Ach was. Da sagt er ja was ganz Neues. In den letzten Jahren ist das, worum es am wenigsten geht, was ihn am wenigsten interessiert, die Musik. Stattdessen schickt er uns von einem Interview, von einer Preisverleihung, von einer Fotosession zur anderen.

«Mika, verstehst du, was ich meine?», fragt Josh mich, als wäre ich schwer von Begriff. Als würde er mit irgendeinem zurückgebliebenen Drittklässler reden. Ich greife noch einmal in den Plastikbeutel, hoffe, dass das Zeug bald anfängt zu wirken, damit ich das hier durchstehe, und zucke wieder mit den Schultern.

«Wir, die Jungs und ich, möchten dich bitten, in Zukunft etwas kürzerzutreten. Wir glauben, es ist das Beste für dich und die Band. Gib der Presse die Chance, sich wieder etwas zu beruhigen.»

Leo ist immer noch wütend.

«Und vor allem hör auf mit dieser Drogenscheiße. Du versaust noch alles.»

Victor versucht es auf die analytische Schiene: «Mika, merkst du denn nicht, dass es dich verändert?»

Wenn er wüsste. Leider verändert sich aktuell noch gar nichts, außer dass ich mich an den bitteren Geschmack gewöhnt habe.

«Ich meine, wo ist der alte Mika hin?», legt Victor in einem bemüht besorgten Ton nach.

Also ist doch jemand gestorben, denke ich mir. Der alte Mika, und das ist auch gut so. Langsam werde ich sauer, was wollen die von mir? Sie tun nichts, außer jeden Tag ihre Instrumente in die Hand zu nehmen und die Songs zu spielen. Wenn sie sich verspielen oder mal keinen Bock haben, interessiert das keinen. Sie stehen nicht im Fokus der Öffentlichkeit, sie werden nicht von Paparazzi verfolgt. Sie können noch unbehelligt durch die Fußgängerzonen schlendern. Und nur, weil ich mal einen Gig versaut hab, wird hier eine Gruppentherapiesitzung angesetzt, bei der ich der einzige Patient bin! Aber ich sage:

«Okay.»

«Wie, was okay?», fragt Victor.

«Ja, okay. Ich meine, ich mach's», wiederhole ich.

«Was», will Leo wissen.

«Na kürzertreten und so.»

Und in diesem Moment glaube ich auch wirklich, dass ich es tun werde. Ich will einfach nur zurück zu Clara. Einen Augenblick sind alle still. Sehen mich verwirrt an. Hot hat die ganze Zeit dagesessen, als wäre er vier Jahre alt und müsste einem Streit seiner Eltern beiwohnen. Jetzt sieht man ihm die Erleichterung an.

Dann fährt Josh fort. «Gut, Jungs, dann kommen wir zum nächsten Punkt. Wir müssen eine neue Platte machen. Ab nächster Woche geht's ins Studio. Der Veröffentlichungstermin ist in einem Jahr angesetzt. Das bedeutet, ihr müsst in spätestens sechs Monaten fertig sein. Damit ihr das schafft, bin ich der Meinung, wir sollten dieses Mal einen Produzenten hinzuziehen.»

«Einen Produzenten?», fragt Victor. Bei unseren ersten beiden Platten hatte er im Grunde alles selbst produziert.

«Das geht nicht gegen dich, Victor», erklärt Josh. «Aber ich kann euch nicht wieder so viel Zeit zum Herumexperimentieren geben. Ich brauche Ergebnisse. Die letzte Platte ist jetzt zwei Jahre alt, was schon ein Jahr zu viel ist. Und bis zur Veröffentlichung der nächsten werden es drei sein. Das ist in der Industrie eine Ewigkeit. Wir müssen auf Nummer sicher gehen. Ihr solltet euch aufs Songschreiben konzentrieren. Das ist jetzt am wichtigsten. Wir brauchen neues Material. Mika, hast du in letzter Zeit etwas geschrieben?»

Ich zucke wieder vielsagend mit den Schultern. Ehrlich gesagt weiß ich es nicht. Ich bin mir nicht mehr sicher, ob ich die Sachen nur gedacht oder auch aufgeschrieben habe. Und wenn ich was aufgeschrieben habe, dann oft auf irgendwelche Zettel, Kotztüten, Zeitschriften, Bierdeckel. Und selbst wenn ich sie danach in meinen Koffer geworfen habe, weiß ich nicht, ob ich noch entziffern kann, was draufsteht.

«Sehr gut», fasst Josh zusammen, der in seinem erfolgsorientierten Optimismus sogar ein Nein als Ja gedeutet hätte. «Dann würde ich sagen, setzen Victor und du sich so bald wie möglich zusammen.» Er beendet das Gespräch, indem er aufsteht. «Alles klar, ich muss noch den letzten Flieger erwischen. Für euch geht es morgen erst einmal nach Hause. Erholt euch ein paar Tage, dann geht es ab ins Studio.»

Als ich im Hotelzimmer ankomme, habe ich die Tüte mit dem Wiesengewächs schon fast geleert, aber ich merke immer noch nichts. War ja auch nicht anders zu erwarten. Ich hole Handtücher aus dem Bad, werfe sie über die immer zu hellen Nachttischlampen, nehme mir einen Whiskey aus der Minibar, drehe mir einen Joint, schalte den Pornokanal ein und rufe Clara an. Sie hat schon geschlafen.

«Wo bist du?», fragt sie mich.

«Im Hotelzimmer».

«In welcher Stadt, meine ich.»

«Weiß ich nicht.»

«Wie, du weißt nicht.»

«Ich weiß es nicht. Ich weiß es eigentlich nie.»

«Und was sagst du dann auf der Bühne?», will sie wissen. «Schön, heute in Ich-weiß-nicht-wo zu sein?» Sie kichert. Ich liebe ihre Stimme.

«Nein, auf der Bühne kleben immer vorn am Rand Zettel, auf denen der Name der Stadt steht.»

«Nicht wirklich.»

«Doch. Ich kann es mir einfach nicht merken, und nachdem ich einmal in Madrid ‹Hallo Mailand› gesagt hab, hat Josh dafür gesorgt, dass immer diese Zettel da kleben.»

«Wer ist Josh?», fragt sie.

«Unser Manager.»

«Der dich abgeholt hat?»

«Ja.»

«Und, magst du ihn?»

Mir fällt auf, dass mich das noch nie jemand gefragt hat, dass ich es mich selbst noch nie gefragt habe.

«Ich weiß nicht», sage ich.

«Wie, du weißt nicht, du verbringst doch jeden Tag mit ihm.»

«Ja, schon, aber irgendwie kenn ich ihn gar nicht. Ich meine, ich weiß gar nichts über ihn.» Das wird mir erst in diesem Moment klar. Hat Josh Frau, Kinder, eine Freundin, Geschwister, leben seine Eltern, wo ist er zur Schule gegangen, glaubt er an Gott? Ich weiß es nicht.

«Aber redet ihr denn nicht miteinander?»

«Doch, schon, aber eigentlich immer nur über mich oder die Band.»

«Und magst du die Gespräche?»

«Heute nicht», sage ich.

«Was war heute?»

«Heute war einfach alles scheiße.»

«Das Konzert auch?»

«Das Konzert auch, und danach gab's ein Problemgespräch.»

«Worüber?»

«Über mich.»

Clara sagt nichts. Ich höre sie atmen.

«Ab nächste Woche nehmen wir unser neues Album auf», wechsle ich das Thema.

«Und was machst du bis dahin?», fragt sie.

Als mir klar wird, was ich gleich antworten werde, wird mir kurz schwindelig. Wie lange konnte ich das schon nicht mehr sagen …

«Ich hab frei», sage ich.

«Wollen wir zusammen wegfahren?», fragt Clara.

«Das wäre schön. Und wohin?»

«Meine Familie hat ein Haus in Schweden. Ein kleines weißes Holzhaus am See. Es ist wunderschön. Es hat mir mal das Leben gerettet.»

«Wie kann ein Haus einem das Leben retten?»

«Ich bin da einmal, als ich sechzehn war, ein paar Monate alleine gewesen, weil meine Eltern keinen Ausweg mehr wussten.»

«Was ist passiert?»

Sie macht eine kurze Pause.

«In meiner Kindheit hatte ich einen Freund. Wir waren zusammen im Kindergarten, danach in der Schule. Irgendwann haben wir gemerkt, dass das zwischen uns wohl das ist, was alle Liebe nennen. Wir haben bei dem anderen übernachtet, weil unsere Eltern es albern fanden, uns das plötzlich zu verbieten. Wir waren überzeugt, dass wir für immer zusammen bleiben. Eines Abends wollte er nur kurz nach Hause, um seine Schulsachen zu holen. Ich hab ihn nie wiedergesehen.»

«Was ist passiert?», frage ich noch einmal.

«Ein Lastwagen hat ihn tot gefahren. Ich habe danach ein halbes Jahr kein Wort mehr gesprochen, und irgendwann haben mich meine Eltern in das Haus gebracht.»

Ich weiß nicht, was ich sagen soll. Mein Mund ist trocken. Ich nehme einen Schluck Whiskey und merke, dass ich mich betrunken fühle, obwohl ich noch fast gar nichts getrunken habe.

«Aber was ich nicht verstehe», frage ich sie, «wie kann es, nachdem einem so etwas passiert ist, wenn man so einen Verlust erfahren hat, wie kann es da helfen, alleine in einem Haus in Schweden zu sein?»

«Weil Einsamkeit heilsam ist», sagt sie.

Ich verstehe nicht, was sie meint, und schweige, darum erzählt sie weiter.

«Zu Hause hat mich alles daran erinnert. Alle sind anders mit mir umgegangen, haben versucht mich zu verschonen, was es nur noch schlimmer gemacht hat. Alleine zu sein, in dieser Einsamkeit, das hat mir die Chance gegeben, meinen Frieden damit zu machen.»

Ich atme schwer. Trotz der Handtücher über den Lampen ist der Raum hell erleuchtet. Claras Stimme scheint nicht aus dem Hörer zu kommen, sondern in meinem Kopf zu sein, als sie fragt: «Und wollen wir zusammen weg?»

Weg, weg, weg, hallt es in meinem Kopf nach.

«Mika?», fragt sie.

«Ja.» Ich muss lachen. Ein unfassbares Glück steigt in mir auf.

«Warum lachst du?»

«Ich weiß nicht», sage ich. «Ich bin glücklich.»

«Ich auch», flüstert Clara.

«Ja, wir gehen weg», sage ich. Ich sehe Clara in einem weißen Kleid. Mit wehenden roten Haaren steht sie vor dem weißen Haus und blickt aufs Wasser. Sie dreht sich um und lächelt mich an.

«Dann komm morgen früh zurück nach Paris. Ich kümmer mich um den Rest.»

«Ich liebe dich», sage ich.

«Ich liebe dich», sagt sie.

«Bis morgen», sage ich.

«Bis morgen», sagt sie.

Ich stehe auf, um zur Toilette zu gehen. Der Teppichboden fühlt sich an wie tiefes, weiches Moos. Es riecht nach Wald, ich höre Vögel singen. Als ich die Spülung drücke, klingt das wie ein riesiger Wasserfall. Begeistert sehe ich in die Toilette.

«Wasser», sage ich. «Wasser.»

Ich mache den Wasserhahn an und halte meine Hände darunter, forme sie zu einer Schale. Die Schale wird zu einem See, über dessen Ufer das Wasser fließt.

«Wasser», wiederhole ich.

Ich werfe meine Hände in die Luft, und es regnet auf mich nieder.

«Regen!», rufe ich.

«Regen!!», schreie ich. «Ich mache Regen!»

Ich gehe zur Dusche und stelle sie an.

«Ich kann Regen machen, seht ihr?! Ich kann Regen machen!»

Ich stelle mich mit Klamotten unter den warmen Sommerregen.

«Clara, ich liebe dich!», rufe ich, schreie ich, singe ich.

Der Regen, der Wald, alles bin ich. All das existiert, weil ich es sehe. Das Leben will leben, deshalb lebe ich.

«Ich lebe!», schreie ich in den menschenleeren Wald.

Ich steige aus der Dusche und tanze durch den Morgennebel, das weiche Moos unter meinen Füßen.

Irgendwann hört die Musik auf. Ich ziehe die nassen Sachen aus und lasse mich aufs Bett fallen. Tief sinke ich in die weichen Wolken.

In diesem Moment macht das ganze Leben zum ersten Mal Sinn. Ich spüre die ganze Welt in mir. Sie ist ein Teil von mir. Ich bin ein Teil von ihr. Alles macht Sinn. Alles ist Leben. Alles ist Liebe.

Plötzlich klopft es an der Tür. Als ich Stunden später aufmache, schiebt mich ein blondes Mädchen zur Seite und setzt sich auf mein Bett. «Du bist ja nackt», sagt sie.

Ich sehe an mir herunter. «Ja, ich bin nackt», stelle ich erstaunt fest. «So wie Gott mich schuf.»

Dann entdecke ich meinen Penis. Wie ein fremdes Etwas hängt er da aus mir heraus. Ich fasse ihn an, spiele an ihm rum und muss lachen.

«Na, dann zieh ich mich auch mal aus, oder?», sagt das Mädchen.

«Ja!», rufe ich begeistert. «Komm, wir rennen nackt durch den Wald!»

«Nein, ich will jetzt nicht raus. Komm lieber her zu mir.»

Sie liegt nackt in meinem Bett, doch ich bin schon wieder mit diesem baumelnden Etwas beschäftigt. «Weißt du, was das ist?», frage ich sie.

«Keine Ahnung. Dafür müsste ich es mir mal von nahem ansehen.»

«Klar», sage ich und stelle mich neben das Bett. Sie berührt meinen Schwanz, nimmt ihn in den Mund. Dann klopft es wieder an der Tür.

«Das ist meine Freundin», sagt sie, springt auf und öffnet die Tür.

Eine dunkelhaarige Fee schwebt in den Raum. Sie stellen sich zu mir und fangen an, mich zu streicheln. Ihre

Hände scheinen überall zu sein. Erst küssen sie sich, dann küssen sie mich, dann küssen wir uns zu dritt. Die Blonde zieht ihre Freundin aus, dann knien sie sich vor mich hin und fangen beide an, meinen Schwanz zu lutschen. Sie kichern. Ich lache. Laut hallt meine Stimme durch den Wald. Sie stoßen mich aufs Bett, und die Blonde steigt auf mich. Ich weiß nicht, wie mir geschieht, bin begeistert wie ein kleiner Junge zu Weihnachten. Doch als die Blonde anfängt, mich zu reiten, falle ich plötzlich. Ich falle in eine bodenlose Tiefe, die nicht zu enden scheint. Ich falle und falle wie am Anfang eines Traums, doch ich wache nicht auf, sondern falle immer weiter. Ich packe sie, versuche mich an ihr festzuhalten. Ich will hierbleiben, will nicht in dieses Nichts stürzen. Ich schreie vor Panik, schlage um mich, fange an zu weinen.

Plötzlich schlägt ihre Freundin auf mich ein. «Lass sie los!», ruft sie. «Verdammt, lass sie los!»

Ich schreie auf, packe sie an den Haaren und halte ihr den Mund zu. Jetzt prügelt die Blonde auf mich ein. Schlägt mir ins Gesicht. Ich schlage zurück. Immer wieder schlage ich auf sie ein. Ich sehe ihre Gesichter nicht. Alles, was ich fühle, ist eine Bedrohung für mein Leben, und ich handle aus Urinstinkten. Versuche zu überleben.

«Hilfe!», schreit die Dunkelhaarige. «Hilfe!»

Ich greife nach der Nachttischlampe neben mir. Die Glühbirne explodiert, als ich mit ihr die Dunkelhaarige im Gesicht treffe. Die Blonde krabbelt von mir runter und zieht ihre Freundin weg.

«Du bist doch nicht ganz dicht!», kreischt sie. «Du bist ja vollkommen irre!»

Ich sehe sie an. Sie bluten. Panik in den Augen. Sie raffen sich auf, suchen ihre Sachen zusammen und verlassen das Zimmer. Der Horror in mir wächst weiter. Ich kralle mich an der Matratze fest. Vor meinen Augen explodiert das Universum.

Dann drifte ich weg.

Am nächsten Morgen fahre ich mit dem Taxi zum Bahnhof und kaufe mir ein Ticket nach Paris. Ich setze mich auf eine Bank am Bahnsteig und warte auf den Zug, der mich zurück zu ihr bringen wird. Zurück zu Clara. Ich kann mich kaum noch an letzte Nacht erinnern. Nur noch an das Gespräch mit Clara, und irgendwo in mir ist dieses Gefühl, diese Gewissheit, dass alles einmal Sinn gemacht hat.

Aber das ist jetzt vorbei. Die Leute um mich herum hetzen von einem Ort zum anderen, irgendeinem Ziel entgegen, dass ihr letztes sein könnte. Irgendwo endet unsere Reise. Ich weiß jedenfalls, wann.

Ich beobachte ein paar Arbeiter, wie sie auf die Schienen steigen, um an die großen Werbeflächen zwischen den Gleisen zu kommen. Sie stellen Leitern auf und fangen an, die neue Werbung anzubringen.

Ich gehe in eine Telefonzelle, um Clara anzurufen, krame den Zettel mit ihrer Telefonnummer und Kleingeld aus meiner Hosentasche.

«Wo bist du?», fragt sie.

«Am Bahnhof.»

«Wann kommst du an?»

«In dreieinhalb Stunden.»

«Gut, ich hol dich ab.»

«Gut.»

«Ich freue mich.»

«Ich mich auch», sage ich, aber in Wirklichkeit bin ich gerade zu keinem Gefühl in der Lage, ganz zu schweigen von Freude. Ich fühle mich leer und erschöpft. Die Realität hat mich zurück. Ich wünschte, ich hätte die restlichen Pilze mitgenommen. Vielleicht würde es dann wieder Sinn machen. Aber ich habe sie im Hotelzimmer liegenlassen, ebenso wie wahrscheinlich die Hälfte meiner Habseligkeiten. Ich will gar nicht wissen, wie viele Socken, Unterhosen, Hemden, Hosen, Zahnbürsten, Ausweise, Kreditkarten und Drogen ich in den letzten Jahren in irgendeinem Hotelzimmer liegengelassen habe. Jedes Mal gehe ich noch einmal durch den Raum, sehe oft sogar unter das Bett, übersehe aber immer etwas.

Als ich aus der Telefonzelle komme und mich zurück auf die Bank setze, starren mich plötzlich ein paar Geschäftsmänner auf dem gegenüberliegenden Gleis an, und sie beobachten mich, reden über mich. Sie wirken wie Angestellte des Todes in ihren lebensverneinenden Uniformen. Ihr seid zu früh, denke ich triumphierend, aber auf einmal kreischt ein Mädchen ein paar Meter neben mir auf. Sie ruft meinen Namen. Alle drehen sich zu mir, sehen mich an, als würden sie mich kennen. Wie kann das sein? Normalerweise erkennt mich keiner, wenn ich es nicht will. Der Trick ist, ihnen nicht zu lange in die Augen zu sehen, genau aus dem Grund tragen ja so viele Stars Sonnenbrillen, was sie aber oft noch schneller verrät. Aber wenn sie deine Augen nicht sehen, wenn du sie nicht ansiehst, zweifeln sie so lange, bis du schon an ihnen vorbei bist. Das ist eine weitere wichtige Regel. Immer in Bewegung bleiben. Nicht zu lange an einer Stelle stehen. Ihnen nicht die Zeit geben, ihre Zweifel zu besiegen. Aber das kann es nicht sein. Ich stehe auf und sehe mich um, und dann wird mir klar, was hier los ist. Überall auf allen Werbeflächen sehe ich mich selbst an. Irgendeine Zeitschrift hat mich auf dem Titel und mit dieser Ausgabe den ganzen Bahnhof plakatiert.

Das Mädchen kommt auf mich zugestürmt. «Mika», ruft sie. «Mika!»

Spätestens jetzt ist sich jeder sicher, dass ich es bin, und es kommen noch mehr auf mich zu. Sie umringen mich. Fans, Schaulustige, sie kesseln mich ein, zerren an meinen Sachen, wollen Autogramme, Fotos, ein Kind von mir, fangen an, Lieder zu singen. Endlich fährt mein Zug ein, und ich rette mich in mein Abteil in der ersten Klasse. Genau vor meinem Fenster hängt eines der Plakate.

MIKA SO PERSÖNLICH WIE NIE

steht darunter,

Der Popstar
über Sex, Drogen und Angst

Ich sehe mich selbst an. Der Typ da kommt mir vor wie ein Monster. Ein Fluch, den ich selbst erschaffen habe. Er verfolgt mich, lässt mich nicht los, will, dass ich so bin wie er. Aber wie viel von ihm bin ich? Was sehen die Leute in diesem Mika? Eines ist klar, sie sehen nicht mich. Sie sehen sich selbst, wer sie gerne wären, wer sie auf keinen Fall sein wollen. Aber mich? Wie sollten sie mich sehen? Ich weiß nicht einmal selbst, wer ich bin. Ich hatte mal eine Idee von mir, eine gute Idee, aber auch nur eine Idee. Ich kann mich noch daran erinnern, aber der Typ da hat nichts mehr damit zu tun. Wo ist der alte Mika hin? Wer war der alte Mika? Eins ist sicher: Ich fühle mich alt. Ich sehe mich auf dem Sterbebett meines Onkels liegen. Träume im Kopf, Musik im Ohr, einen Stift in der Hand. Ich fühle mich alt. Gelebt. Verlebt. Ich fühle mich vergangen. Gewesen. Gestorben.

Ich will nach Hause. Immer wieder habe ich diesen

Satz im Kopf. Ich will nach Hause. Manchmal spreche ich ihn sogar unvermittelt laut aus. Ich will nach Hause, wo auch immer das ist. Ich bin müde. Ich will nach Hause. Jeder will nach Hause, wenn er müde ist. Doch die Nacht ist noch lang.

Das Haus in Schweden ist noch schöner, als ich es mir erträumt habe, Clara noch schöner als in meiner Erinnerung. Die Zeit vergeht wie im Rausch. Bei ihr fühle ich mich. Mich selbst. Unaufhörlich, ununterbrochen, unendlich. Ich vergesse, dass mir die Zeit davonrennt. Ich vergesse den Fluch, der mich so viele Jahre lang begleitet hat. Es gibt nur noch das Jetzt, hier, mit ihr.

Wir wachen auf, trinken Kaffee, schlafen miteinander, gehen im See schwimmen, kochen, lachen, reden, schlafen miteinander, träumen, wachen auf, fahren in die Stadt, kaufen Bücher, die wir nicht lesen, machen eine Tour mit den Fahrrädern um den See, gehen schwimmen, lieben uns im Wasser, sonnen uns, sammeln Blumen auf der Wiese, lachen, streiten, vertragen uns, schlafen, wachen auf, sind zusammen, sind glücklich, singen Kinderlieder, gehen Erdbeeren klauen, fallen im Feld übereinander her, gehen essen, sehen uns an, sehen weg, sehen uns an, lieben uns, sie weint, ich weine, wir lieben uns.

Wir liegen nebeneinander im Bett, und langsam beruhigt sich mein Atem wieder. Clara ist leicht verschwitzt, und es riecht nach Liebe.

«Was ist deine größte Angst?», frage ich sie. Ich habe ihr schon alles von mir erzählt, vor allem von meinen Ängsten. Aber ich weiß immer noch so wenig über sie, ihre Vergangenheit, wie sie wurde, wen ich liebe.

«Ich weiß es nicht», sagt sie schnell. Ich habe das Gefühl, dass sie mir ausweicht.

«Jeder hat Ängste», sage ich.

«Ja, ich weiß», gibt sie zu.

Ich lasse nicht locker. «Also, was ist deine?»

Sie legt sich auf meine Brust, um mich nicht ansehen zu müssen. «Dich zu verlieren», sagt sie.

Ich erstarre. Weiß nicht, wie ich reagieren soll. Etwas Eigenartiges geschieht hier: Unsere Ängste ergänzen sich. Ich habe die Angst, bald zu sterben, und sie hat Angst, mich zu verlieren. Ist das der Inhalt von Liebe? Ist es das, was zwei Menschen zusammengehören lässt? Ihre Ängste?

Unser Traum endet, als ein Bauer vom nächstgelegenen Dorf mit einer Nachricht von Josh kommt. Wie er herausgefunden hat, wo ich bin, weiß ich nicht, aber er macht in dem Brief unmissverständlich deutlich, dass ich wegen der Aufnahmen unseres neuen Albums sofort im Studio zu erscheinen habe. In demselben Studio, in dem wir vor mehr als sieben Jahren unser erstes Album aufgenommen haben. Ich soll also wieder nach Hause fahren.

Nach Hause.

Josh hat einen Fahrer organisiert, der bereits auf dem Weg ist und mich die gesamte Reise nicht aus den Augen lässt. Wie ein Verbrecher werde ich von dem schweigsamen Security in das Studio geführt. Im Grunde fehlen nur Handschellen, ein Übergabeprotokoll, die Auflistung und Einlagerung meiner persönlichen Sachen, ein gestreifter Schlafanzug und ein schwuler Zellengenosse, um mein Glück perfekt zu machen. Doch auch ohne das alles fühlt sich das Studio wie ein Gefängnis an. Hier soll ich also meine nächsten sechs Monate absitzen.

Der neue Gefängnisdirektor, alias Franz, der Hitproduzent, macht es auch nicht besser. Er führt ein strenges Regime nach einem genauen Zeitplan. Er soll uns wieder integrieren in die Welt da draußen, uns resozialisieren und zu vollwertigen Mitgliedern der Musikindustrie machen, und zwar mit großen Hits, und seine bisherige Erfolgsquote lässt keine Misserfolge zu. Franz ist ein kleiner, leicht untersetzter älterer Mann. Er riecht gut und lächelt freundlich.

«Hallo, Mika», begrüßt er mich. «Am besten gehst du direkt in die Gesangskabine. Wir müssen die Tonart für den Song festlegen.»

Keine Höflichkeiten, kein ‹Freut mich, dich kennenzulernen›, keine Durchsicht meiner Akten, kein Gespräch über meine Vergangenheit und wie ich zu dem geworden bin, weshalb ich jetzt hier einsitze. Gleich ab in die Zelle.

«Was für ein Song?», frage ich.

«Ach, das weißt du noch gar nicht? Josh war der Meinung, wir brauchen schnell eine Single, um die Zeit bis zur neuen Platte zu überbrücken. Es ist ein Cover, du kennst den Song. Sing ihn nur kurz an, damit wir die Tonart wissen, und danach kannst du dich entspannen.»

Ich gehe rüber in den Aufnahmeraum. Die anderen Insassen strafen mich mit stummen Blicken. Ebenfalls keine Begrüßung, kein ‹Wie war dein Urlaub?›, nichts. Wahrscheinlich sind sie sauer, weil ich einige Tage weniger als sie einsitzen muss.

In der Gesangskabine liegt der Text. Es ist der Song 'Dirt' von The Stooges, erschienen auf ihrem zweiten Album 'Fun House' von 1970.

Ich kenne den Song tatsächlich. 'Fun House' ist das letzte Album, auf dem Dave Alexander Bass gespielt hat, und ausgerechnet an 'Dirt' hat er maßgeblich mitgeschrieben. Zander, wie man ihn nannte, wurde im selben Jahr aus der Band geworfen, weil er vollkommen betrunken zu einem Gig erschien. 1975 starb er dann an seiner Alkoholleidenschaft. Er war 27.

Franz meldet sich übers Talkback. «Okay, dann spielt Mika mal die Version vor.»

Die Jungs gehorchen. Leo zählt ein. Sie haben aus dem Song eine Uptempo-Nummer gemacht. Das hookige Bassriff wird durch heftige Gitarrenligs umspielt. Der Text ist ganz offensichtlich eine Anspielung auf die Presseberichte über meine Eskapaden: Es fängt an mit

I've been dirt, and don't care.

Dann

Cause I'm burning inside
I'm just dreaming this life
And do you feel it, say,
do you feel it,
when you touch me.

Dann

I've been hurt, but I don't care
It was just a dreaming
It was just a dreaming.

Der Text gefällt mir. Die Version ist tanzbar, aber rockig und hat die düstere Stimmung des Originals nicht verloren. Tatsächlich ist es zu tief für mich, um es mit Power zu singen. Franz unterbricht, und danach spielen die Jungs es noch einmal drei Halbtöne höher, wodurch ich richtig schreien muss, was sehr befreiend ist und schließlich auch den Herrn Gefängnisdirektor zufriedenstellt, sodass er mir Hofgang genehmigt.

Ich schenke mir einen Whiskey ein. Ich brauche was zur Beruhigung. Das soll im Knast ja nicht anders sein. Unser Roadie Spike saß mal ein paar Monate wegen Betrugs, bis wir ihn auf Kaution rausholten, weil wir ihn nicht ersetzen wollten. Er erzählte, dass man nirgendwo leichter an Rauschmittel jeglicher Art herankommt als im Gefängnis. Er hatte also offensichtlich eine gute Zeit gehabt. Und wenn man schon nicht raus aus dem Laden kommt, dann ist es doch auch nur fair, dass man wenigstens raus aus seinem Kopf darf. Genau das ist mein Ziel.

Mit Clara habe ich nichts gebraucht. Ich habe nichts geraucht, nichts geschnupft, nichts geschluckt. Clara war meine Droge.

Leo kommt in den Aufenthaltsraum und nimmt einen Schluck aus der Whiskeyflasche. Dann sieht er mich eindringlich an, ohne etwas zu sagen. Die anderen kommen dazu und setzen sich zu mir in die Sitzecke. Keiner sagt etwas. Sie wollen mich eindeutig bestrafen, weil ich zu spät zu den Aufnahmen erschienen bin. Oder geht es etwa immer noch um das misslungene Konzert? Ich habe in den letzten Tagen genau das gemacht, was sie wollten: Ich habe mich zurückgehalten. Sogar zurückgezogen und dabei die Zeit vergessen. Ich rechne mit dem Ritual der Zurechtweisung, das sie in letzter Zeit nur zu gern an mir vollziehen, doch niemand sagt etwas.

Ihre Niedergeschlagenheit und ihr Schweigen geben mir ein ungutes Gefühl. Als wüssten sie etwas, dass ich noch nicht weiß. Ist jetzt der Moment gekommen, in dem sie mir mitteilen, dass sie ohne mich weitermachen? Dass ich untragbar geworden bin? Eine Gefahr für die

Gruppe, wie es so vielen vor mir erging, die dann wie ich bald darauf starben? Vielleicht wäre es besser so. In diesem Moment glaube ich wirklich, dass es das Beste für uns alle wäre. Unsere Freundschaft ist zerbrochen, wenn sie überhaupt jemals wirklich existiert hat. Mir kommt der Gedanke, dass unser Zusammensein eher einer Zwangsheirat ähnelt, bei der man sich irgendwann vormacht, man würde sich lieben, damit das vereinte Königreich nicht zerbricht und der Frieden im Land bestehen bleibt. Vielleicht wäre es besser, die Felder und Städte niederzubrennen, sich in unheilvolle Qualen zu stürzen, um nach einer Revolution die wahre Freiheit einkehren zu lassen und einer wahrhaftigeren Liebe Platz zu machen. Ich will zu Clara. Ich will meine letzten Monate in ihren Armen verbringen. Soll diese Scheißband doch vor die Hunde gehen.

Ich warte gespannt, wer es wohl aussprechen wird. Dann kommt Josh rein und mit ihm ein hagerer, großgewachsener Mann im maßgeschneiderten Nadelstreifenanzug, blasser Haut und tiefen Ringen unter den Augen. Joshs Miene ist finster, und zum ersten Mal, seit ich ihn kenne, spart er sich die Höflichkeitsfloskeln.

«Das ist Dr. Toby Martin, der beste Rechtsanwalt des Landes.»

Sie setzen sich, und der Doktor lässt die Verschlüsse seines Aktenkoffers aufschnappen. Ich hatte also recht. Was für Feiglinge. Lassen die Drecksarbeit einen dahergelaufenen Anwalt machen. Doch innerlich bin ich ganz ruhig. Ich kann keine Gefühlsregung ausmachen. Sollen sie doch. Mir ist es egal, ich will sowieso nur so schnell wie möglich zurück zu Clara.

Dann fängt der Doktor an zu sprechen. Sachlich, aber mit freundlichem Ton. «Mika, ich wurde engagiert, Ihre

Verteidigung zu übernehmen. Ich möchte Ihnen daher anbieten, diese Angelegenheit unter vier Augen zu besprechen.»

Ich sehe in die Runde. Ich verstehe kein Wort.

Leo muss lachen. «Seht euch das an. Er hat keine Ahnung.»

Ich bin verwirrt. Was wissen sie, was ich nicht weiß?

«Jungs, lasst uns doch bitte alleine», sagt Josh. Die Jungs stehen langsam auf und verlassen widerwillig den Raum. Josh nickt dem Doktor zu, und dieser scheint sofort zu verstehen. Er holt eine Zeitung aus seinem Aktenkoffer und legt sie vor mich auf den Tisch.

Auf der Titelseite prangt ein Bild von mir. Darüber steht in roten Lettern:

ER HAT UNS FAST UMGEBRACHT.

Unter meinem Bild sind mehrere Fotos von zwei Mädchen abgebildet. Sehr detailliert zeigen sie Prellungen, Platzwunden und eine Menge Blut. Mein Herz bleibt fast stehen, als ich die Mädchen auf einem Privatfoto, das als Vergleich abgedruckt ist, wiedererkenne. Die eine ist blond und die andere dunkelhaarig. Ich hatte gehofft, ich hätte Halluzinationen gehabt. Dass ich mir die beiden nur eingebildet habe. Dass die kaputte Nachttischlampe und das Blut auf dem Bettlaken nur die Resultate einer Wahnvorstellung gewesen waren.

Doch es ist wirklich passiert. Der Horror ist echt.

«Wir haben bereits eine Pressesperre verhängt», klärt mich der Doktor auf. «Es wird also keine weiteren Berichte geben, bis es zum Prozess kommt. Die Anklage lautet auf versuchte Tötung in zwei Fällen, ich werde sie aber auf schwere Körperverletzung abschwächen können, außer es gibt die Möglichkeit, auf Notwehr oder

Unzurechnungsfähigkeit zu plädieren. Daher wäre es von unumgänglicher Wichtigkeit, dass Sie mir genau schildern, was in dieser Nacht vorgefallen ist.»

Meine Gedanken drehen sich nur um eins. Clara. In dem Bericht steht, wann und wo es vorgefallen ist. Es war die Nacht, bevor wir nach Schweden gefahren sind.

Tonlos erzähle ich dem Doktor, woran ich mich noch erinnern kann, den Trip, das Hochgefühl, der Albtraum, der nun Realität geworden ist.

Als ich zu Ende erzählt habe, wirkt seine Miene weitaus zuversichtlicher.

«Das ist sehr gut», sagt er. «Durch Ihren Drogenrausch werden wir auf Unzurechnungsfähigkeit plädieren können. Allerdings müssen wir ihn beweisen. Sie müssen noch heute einen Bluttest machen, und wir müssen den Lichtmann, der Ihnen die Droge gegeben hat, dazu bringen auszusagen, obwohl er sich damit selbst belastet.»

«Das bekomme ich hin», sagt Josh.

«Muss ich ins Gefängnis?», frage ich. Auf einmal kommt mir das Studio wie der schönste Ort auf Erden vor. Wie der Inbegriff von Freiheit.

«Höchstwahrscheinlich nicht. Sie werden einen Drogenentzug und eine Therapie machen müssen, um eine Wiederholungsgefahr auszuschließen, aber ich denke, dass Sie diese auf Bewährung durchführen können, wenn Sie die Kaution bezahlen.»

«Kein Problem», stellt Josh fest.

«Gut, ich werde mich nun auf den Weg machen, um alle Einzelheiten mit der Staatsanwaltschaft zu klären und eine Verhaftung und Auslieferung vorerst abzuwehren, allerdings dürfen Sie das Land nicht verlassen und müssen erreichbar bleiben.»

«Sie können Mika jederzeit über mich erreichen», sagt

Josh und verabschiedet den Doktor. Der schüttelt meine schweißnasse Hand und sagt noch: «Überlassen Sie alles Weitere mir.»

Doch da ist eine Sache, die ich nicht ohne weiteres ihm oder Josh überlassen kann. Clara.

Ich gehe in das Büro des Studios und versuche sie anzurufen, doch sie geht nicht ans Telefon. Am liebsten würde ich sofort zu ihr fliegen und ihr alles erklären. Ich versuche es noch einmal, doch jetzt ist das Telefon ausgeschaltet. Einige Zeit sitze ich noch da, hoffe, dass sie gleich zurückruft, aber es passiert nichts. Ich gehe durch das Studio, durch diese mir so gut bekannten Gänge und suche nach den Jungs, doch sie sind nicht mehr da. Josh sitzt alleine im Aufenthaltsraum und bietet mir an, mich zu fahren. Auf der Fahrt sprechen wir kein Wort, und ich bin überrascht, als er in meine Straße einbiegt. Ich bin davon ausgegangen, dass er mich in ein Hotel fährt, so wie in den letzten sieben Jahren, doch auf einmal halten wir vor meinem Zuhause.

Zu Hause, da ist es also. Auf jeden Fall war es das einmal. Mein Zuhause. Ich denke an meine Mum. Ich habe in den letzten Jahren oft an sie gedacht. Vielleicht sogar jeden Tag. Aber irgendwie fehlte mir meistens der Impuls, den Gedanken an sie in die Tat umzusetzen und sie anzurufen. Viel zu selten haben wir miteinander gesprochen. Ich merke, dass ich sie vermisst habe, seit ich damals der Meinung war, bald wieder zu Hause zu sein. Wie relativ Zeit ist. Man braucht kein Einstein zu sein, um das zu verstehen.

Ich hole meine Tasche aus dem Kofferraum. Josh steigt aus und gibt mir den Haustürschlüssel, den er all die Jahre für mich aufgehoben hat, und sagt:

«Ich glaube, es tut allen gut, mal eine Pause zu machen. Ein bisschen Abstand gewinnen … aber alles wird gut. Ich kümmere mich.»

Ich nicke und gehe den kleinen Weg durch den Vorgarten auf die hellblaue Haustür zu. Mir ist klar, dass das Joshs Art ist, mit den Dingen umzugehen. Sein unbeirrbarer, erfolgsorientierter Optimismus greift sogar noch, wenn alles zu spät ist. Denn das ist es. Es ist nicht nur zu spät. Es ist vorbei.

Ich schließe die Tür auf, ohne mich noch einmal umzusehen, und betrete das Haus. Es scheint zu schlafen.

«Mum!», rufe ich. «Mum, bist du zu Hause?» Doch niemand antwortet. Das Haus schweigt mich an.

Ich gehe direkt in das Zimmer unterm Dach. Es ist alles genau so, wie ich es verlassen habe. Eine Schallplatte liegt, von einer Staubschicht bedeckt, auf dem Plattenteller. Ich wische sie vorsichtig mit meinem T-Shirt ab, schalte den Verstärker ein und lasse die Nadel auf die Rillen hinunter. Janis Joplin. Sie hat auf mich gewartet und singt denselben Song, den ich damals gehört habe. Alles hat sich verändert, doch Janis singt dieselben Worte, dieselbe Melodie wie vor sieben Jahren.

Ich lasse mich aufs Bett fallen und starre an dieselbe Decke, die ich so viele Stunden meines Lebens angestarrt habe. Sie hat sich nicht verändert. Der Song hat sich nicht verändert. Was hat sich überhaupt verändert?

Ich, denke ich. Ich habe mich verändert. Ich sehe den achtzehnjährigen Jungen vor mir, der nicht weiß, was er mit seinem Leben anfangen soll. Der vor der Welt da draußen flieht. Der Musik aus längst vergangenen Zeiten hört und sich auf dem Friedhof herumtreibt. Ich sehe ihn, wie er die Biographien toter Musiker liest. Wie er die Angst entwickelt, mit 27 zu sterben – und auf einmal wird mir klar, dass ich dieser Junge bin.

Es ist kalt geworden, doch ich bekomme kaum etwas davon mit. Ich stehe auf, wenn es dunkel wird, und gehe ins Bett, wenn die Sonne aufgeht. Ich weiß nicht, was ich mit mir anfangen soll. Ich futter Cornflakes, höre Musik, onaniere fünfmal am Tag. Was man halt so macht, wenn man nichts macht. Ich denke viel an die vergangene Zeit. Die Jungs, die Konzerte, die Partys, aber vor allem denke ich an Clara. Jeden Tag versuche ich sie anzurufen. Nie geht jemand ran, und mittlerweile höre ich nur noch eine französische Computerstimme, die mir wiederholt erklärt, dass es keinen Anschluss unter dieser Nummer gibt.

Heute ist mein Geburtstag.

Ich stehe auf und gehe runter in die Küche. Ich nehme eine Schale aus dem Hängeschrank und einen Löffel aus der Besteckschublade. Mit einem wohlbekannten Geräusch fallen die Cornflakes in die Schale und knistern, als ich die Milch darübergieße. Unweigerlich erinnere ich mich an jenen Tag vor fast zehn Jahren, als an genau diesem Küchentisch in derselben Situation mein Schicksal eine ungeahnte Wendung nahm. Ich nehme den Löffel in die Hand, zögere. Ich fühle meinen Puls. Er ist leicht erhöht, aber gleichmäßig. Ich betrachte die goldgelben Frühstücksflocken, wie sie in der weißen Flüssigkeit schwimmen. Dann drehe ich die Cornflakespackung um und lese mir die Inhaltsstoffe durch. Ich habe keine Ahnung, was die meisten dieser Bezeichnungen bedeuten sollen. Auf einmal strahlt das friedliche, appetitliche Stillleben in der Schale vor mir etwas Bedrohliches aus. Der Gedanke, dass genau dieses industriell gefertigte Frühstück damals mein Herz zum Stillstand gebracht hat, lässt mich nicht mehr los, und ich fühle mich nicht wohl dabei, etwas zu essen, von dem ich nicht weiß, was es eigentlich ist.

Ich schiebe die Frühstücksschale ein Stück von mir weg. Ich habe meine Seele verkauft, und irgendwann in den nächsten 364 Tagen wird der Fluch wahr werden und mein Leben sein Ende nehmen. Das Wann ist damit schon einmal geklärt, aber das Wie ist und bleibt die große Frage. Eine Lebensmittelvergiftung? Das wäre nun wirklich kein legendärer Abgang.

Auf einmal klingelt das Telefon. Langsam stehe ich auf und nehme den Hörer ab.

«Happy Birthday to you, happy Birthday to you …»

Ich bin verwirrt. Als meine Mum das Lied beendet hat, sage ich erst mal nichts.

«Mika?», fragt sie. «Mika, mein Sohn, bist du noch dran?»

«Ja», sage ich.

«Alles Gute zu deinem 27. Geburtstag!»

«Woher wusstest du, dass ich zu Hause bin?», frage ich.

«Ich wusste es nicht, aber ich dachte, ich versuch's einfach mal, ich habe ja keine andere Telefonnummer. Und da bist du.»

«Ja, da bin ich», sage ich. Die Verbindung ist schlecht, und es scheint windig bei ihr zu sein. «Wo bist du?», frage ich.

«Wir sind ständig woanders. Ich mache bei so einem Projekt mit. Wir versorgen Patienten in Katastrophengebieten. Aber es ist nicht gefährlich.»

Nicht gefährlich. Sie flickt die Körperteile von Erdbebenopfern zusammen, behandelt lavaverbrannte Körper, pumpt das Wasser eines Tsunamis aus leblosen Körpern und findet das nicht gefährlich?

«Steht das Haus noch?», fragt sie.

Ich sehe mich um.

«Ja, es ist alles wie immer. Warum hast du es nicht verkauft?»

«Weil ich dachte, dass du irgendwann zurückkommst – und jetzt bist du da.»

«Ja, jetzt bin ich da», wiederhole ich.

«Kann ich dir helfen?», fragt sie.

Einen Moment lang frage ich mich, ob sie mir tatsächlich helfen kann. Ob mir irgendjemand in dieser Situation helfen kann. Doch dann sage ich: «Nein, ich glaube nicht.»

«Hast du genug Geld?» Dann lacht sie laut auf. «Entschuldige, mein Junge, ich vergaß. Du bist ja ein Rockstar.»

Ein Rockstar. Das ist es wohl, was ich bin. Oder zumindest war ich einer. Ein Rockstar. Und seit heute 27.

«Ich bin so stolz auf dich», sagt sie plötzlich.

«Wirklich?», frage ich.

«Aber natürlich, mein Kind.»

Mein Kind. Ihr Kind.

Auch das Kind meiner Vorstellung. Und ein Kind der Vorstellung anderer. Ein Kind der Phantasie. Aber vor allem ein Kind der Angst. Das ist es, was ich bin. Ein Kind der Angst. Ein Kind meiner Angst.

«Wir sind demnächst für ein paar Tage zurück in Europa», sagt sie. «Vielleicht kommst du mich besuchen, mein Schatz.»

Ich weiß nicht, was ich sagen soll. Ich würde sie gerne noch ein letztes Mal sehen, aber bei der Vorstellung, verreisen zu müssen, wird mir schlecht. Wie oft habe ich in den letzten Jahren dem Tod die Möglichkeit gegeben, mich einzusammeln. Tausende Kilometer auf irgendwelchen Autobahnen in irgendwelchen Mietwagen oder im Tourbus. Tausende von Meilen in irgendwelchen Flugzeugen. Auf Hunderten von Bühnen vor Tausenden von Menschen, die mir nicht alle unbedingt nur Gutes wollten, ganz zu schweigen von dem vielen Alkohol und den Drogen. Obwohl es gerade mal zwei Wochen her ist, kann ich mir in diesem Augenblick nicht mehr erklären, wie ich dieses lebensmüde Leben leben konnte. Aber damals war ich auch noch nicht 27.

Mit einem Mal wird mir klar, dass es jetzt jeden Moment so weit sein kann. Alles um mich herum kann meinen Tod bedeuten. Alles ist so möglich, wie es unmöglich ist.

«Ich muss dann auch wieder, mein Schatz. Mach dir einen wunderschönen Tag», unterbricht meine Mum meine Gedanken.

«Ich hab dich lieb», sage ich.

«Ich dich auch, mein Sohn.»

Ich lege auf und blicke auf mein Leben zurück. Es scheint, als hätte ich alles dafür getan, um meine Angst wahr zu machen. Um den Fluch zu erfüllen. Einen Fluch, den ich mir selbst auferlegt habe und der nun mein Ende bedeuten soll.

Meine Gedanken erstarren, als der Briefschlitz in der Haustür mit einem lauten Klappern aufgeht. Auf dem Boden vor der Tür liegt eine Tageszeitung. Es ist ein Leseexemplar, um neue Abonnenten zu gewinnen, wie ich der Kennzeichnung auf der Titelseite entnehmen kann. Ich hebe die Zeitung auf und setze mich aufs Sofa. Dann blättere ich die nach Druckerschwärze riechenden Seiten durch. Die Welt ist schlecht, scheint jeder Artikel laut herauszuschreien. In dem mir so bekannten, bemüht objektiven Ton wird einem hier das Elend unserer Gesellschaft vor Augen geführt, und ich verstehe den Sinn des Ganzen nicht. Dann kommen die Seiten mit den Kleinanzeigen. Menschen, die etwas loswerden wollen, Menschen, die etwas suchen, und noch mehr Menschen, die jemanden suchen. Auf der nächsten Seite dann die Todesanzeigen. Menschen, die jemanden verloren haben, machen hier ihrer Trauer Luft und ihre Liebe öffentlich. Ich lese mir eine Anzeige nach der anderen durch. Die kurzen Texte geben teilweise Aufschluss über die Art des Todes. ‹Sanft entschlafen› steht da, oder ‹nach langer Krankheit›, oder ‹unerwartet entrissen›. Alte, Junge und sogar Babys werden hier betrauert.

Irgendein Journalist hat mir mal erzählt, dass die Todesanzeigen neben dem Sportteil die beliebtesten Seiten bei den Lesern sind. Und ich kann nachvollziehen, warum. Ein wohlig warmes Gefühl macht sich in meinem Bauch breit. Es ist dasselbe Gefühl, das ich damals hatte, wenn ich der Beerdigung irgendeines Fremden beiwohnte. Ein zufriedenes Gefühl. Ein befriedigendes Gefühl. Ein triumphierendes Gefühl. Ich habe sie überlebt. So weit habe ich es schon einmal geschafft. Sie sind weg, aber ich bin noch da. Natürlich sind die meisten zum Zeitpunkt ihres Todes mehr als doppelt so alt wie ich. Aber jetzt sind sie nicht mehr auf dieser Welt, und ich schon.

Auf einmal glaube ich meinen Augen nicht zu trauen. Als ich die Anzeige noch einmal lese, muss ich laut auflachen. Da steht:

Gott dem Herrn hat es gefallen, unsere Mutter
Lise von Hinten
zu sich zu nehmen

Als ich mich wieder beruhigt habe, hole ich mein Gedächtnis aus meinem Rucksack und eine Bastelschere und Kleber aus meinem alten Kinderzimmer. Ich schneide die Anzeige aus und klebe sie in mein Buch. Dann schreibe ich das Datum darunter. Ich nehme die Zeitung wieder in die Hand und studiere noch einmal die restlichen Todesanzeigen. Wie ein Forscher suche ich nach weiteren Skurrilitäten, und tatsächlich entdecke ich eine weitere Anzeige, die mir vor Lachen die Tränen in die Augen treibt.

Mein Schwiegervater
Hardy Kollet
die Personifizierung geistigen
Hochmuts und menschlichen
Versagens ist tot

Ich schneide auch diesen hasserfüllten Nachruf aus und klebe ihn auf die nächste Seite in meinem Buch. Das Fieber hat mich gepackt. Ich gehe zum Telefon und bestelle ein Abonnement.

Es ist schon Nachmittag, und mein Hunger wird unerträglich. Die ehemals knusprigen Cornflakes sind mittlerweile eine eklig schleimige Verbindung mit der Milch eingegangen. Der Anblick erinnert mich an den Futterbrei, von dem sich die Kuh, aus dessen Euter die Milch ursprünglich stammt, wahrscheinlich ernährt hat. Oder besser gesagt die Hunderte von Milchkühen, aus deren Muttersaft schließlich das zusammengemischt wurde, was ich gestern abgefüllt in einem Tetrapack gekauft habe. Ich stelle mir vor, wie Frauen in Ställen gehalten werden. Zu Hunderten sehe ich sie in kleinen Boxen stehen, Saugnäpfe werden auf ihren entzündeten Brustwarzen befestigt, durch Schläuche läuft der weiße Saft in einen riesigen Tank, aus dem am Fließband Nuckelflaschen abgefüllt werden. Ein Lastwagen fährt die Flaschen in den Supermarkt, und im Reagenzglas gezeugte Menschen mit einem perfekt manipulierten Gencode kaufen den haltbar gemachten Lebenssaft, um ihn an ihre Laborkinder zu verfüttern.

Das wird ein echtes Problem, denke ich mir. Was kann ich noch mit gutem Gewissen essen? Wie kann ich sicher sein, dass das, was ich mir zuführe, nicht über kurz oder lang zu meinem Tod führt? Ich denke lange nach und spiele alle Möglichkeiten durch: Obst und Gemüse aus biologischem Anbau. Aber wie kann ich wissen, ob es auch wirklich stimmt, was der Händler behauptet? Außerdem kann ich nicht kochen, und immer nur Rohkost ... Nein, das will ich auch nicht. Ich denke an einen Lieferservice für alte Menschen, die auf nahrhafte Kost angewiesen sind. Aber schon sehe ich schwitzende Köche mit Nikotinfingern Kartoffeln schälen und schließlich das berüchtigte Haar in der Suppe. Konserven, denke ich. Ja, Konserven sind standardisiert und industriell gefertigt. Sie müssen immer gleich schmecken, und jede Produktion wird überprüft.

Ich gehe zum Küchenschrank und hole eine übriggebliebene Dose heraus. Hühnersuppe. Ich lese mir die Bestandteile durch. Wieder verstehe ich nur die Hälfte und bin schockiert, als ich entdecke, dass in 300 Gramm Suppe nur 3 Gramm Hühnerfleisch enthalten sind. Wie kann es dann sein, dass diese Suppe nach Huhn schmeckt? Dass sie überhaupt den Namen Hühnersuppe verdient? Ich sehe Männer in weißen Kitteln in einem Labor, wie sie Reagenzgläser mit einer farblosen Flüssigkeit füllen und ein Etikett mit der Aufschrift ‹Hühnersuppe› daraufkleben.

Das fällt also auch weg.

Endlich komme ich auf die Lösung: Babynahrung. Babynahrung unterliegt mit Sicherheit extremen Kontrollen. Niemals würden die Mütter dieser Welt es zulassen, dass ihr Kind etwas isst, von dem sie nicht wissen, was darin ist.

Ich ziehe mich an, um zum Supermarkt zu gehen, doch als ich die Haustür öffne, bleibe ich im Türrahmen stehen. Es regnet nicht, und es ist nicht besonders kalt. Die Straße ist ruhig. Viele parkende Autos, kein Mensch in Sicht. Im Großen und Ganzen ein friedliches Bild, eine heile Welt, aber ich traue dem Frieden nicht. Die Ruhe wirkt bedrohlich. Irgendwo da draußen könnte mein Tod lauern. Ein Autounfall, ein Amokläufer, ein Terroranschlag, ein Flugzeugabsturz. Ich drehe mich um und sehe ins Haus.

Erst jetzt wird mir bewusst, wie viele Gefahren auch hier drinnen auf mich lauern. Ein Kurzschluss, und das ganze Haus brennt ab, während ich schlafe. Ein Einbrecher, der überzeugt ist, dass das Haus leer steht, und mich als Kollateralschaden in Kauf nimmt. Ich muss das Haus absichern. Und ich muss mir einen Essensvorrat anlegen. So leicht werde ich es dir nicht machen, so leicht nicht.

Im Telefonbuch finde ich die Nummer einer Firma für Alarmanlagen und Sicherheitssysteme, und noch am selben Tag kommt ein Mitarbeiter zur Inspektion. Als er merkt, dass es mir egal ist, wie viel es kostet, dreht er mir das Komplettpaket an. Die gesamten Fenster werden ausgetauscht. Alle Schlösser werden durch Sicherheitsschlösser ersetzt. Die Tür zum Zimmer meines Onkels unterm Dach, in dem ich die meiste Zeit verbringen und schlafen werde, wird durch eine gepanzerte Stahltür ausgetauscht, die man von außen nur mit einem Zahlencode öffnen kann. Überall im Haus werden Bewegungsmelder angebracht. Sie werden direkt mit der Sicherheitsfirma und der Polizei verbunden und stellen sich scharf, wenn ich die Tür zum Dachzimmer von innen schließe oder das Haus verlasse, obwohl ich Letzteres ohnehin nicht vorhabe. Außerdem wird eine Gegensprechanlage mit Kamera installiert, sodass ich von meinem Dachzimmer aus sehen kann, wer vor der Haustür steht. Zusätzlich werden überall Rauchmelder mit integrierten Löschdüsen angebracht, die ein mögliches Feuer mit einem speziellen Schaum löschen sollen.

Das mit den Lebensmittelvorräten gestaltet sich dagegen etwas schwieriger. Ich rechne mir aus, dass ich mindestens fünf 250-Gramm-Gläser Babynahrung und zwei Liter Wasser am Tag brauche. Für ein Jahr komme ich also auf insgesamt 1820 Gläser Babynahrung und 728 Flaschen Wasser. Die Händler, die ich im Telefonbuch finde, können mir nicht weiterhelfen. Sie sind fassungslos über die Mengenangaben und meinen, dass ich ein solches Volumen direkt beim Hersteller beziehen müsste. Ich rufe also beim Vertrieb an. Die nette Dame am Telefon erklärt mir, dass nur Großhändler solche Mengen bestellen können, weil sie ein spezielles Kundenkonto hätten. Ich erkläre, dass ich kein Kundenkonto brauche, sondern nur die Lieferung, und dass ich sie auch gleich bezahlen würde. Sie fragt mich nach meinem Namen, und auf einmal ist alles ganz einfach. Ihr Ton verändert sich, sie hält kurz Rücksprache mit ihrem Chef, und wir kommen ins Geschäft. Als zwei Tage später der Lastwagen vorfährt, habe ich seit drei Tagen nichts gegessen, und mein Kreislauf macht mir ernsthafte Probleme.

Schließlich steht das gesamte Erdgeschoss voll mit Kisten und Kartons. Ich bin positiv überrascht, wie viele verschiedene Sorten meine Lieferung umfasst. Es gibt Würziges, wie Spinat mit Kartoffeln, Huhn und Rind, Gemüse mit Reis, Nudeln mit Tomaten und Karotten, sogar Spaghetti Bolognese und Süßes wie Pfirsich mit Apfel, Erdbeere mit Himbeere, Birne mit Getreide und vieles mehr. An Abwechslung wird es mir also nicht mangeln.

In den nächsten Monaten genieße ich die Tage. Die meiste Zeit verbringe ich unterm Dach und höre Musik, wie in alten Zeiten. Die Sammlung meines Onkels ist so riesig, dass ich immer wieder etwas Neues entdecke. Wenn ich Hunger habe, esse ich, wenn ich müde bin, schlafe ich. Zweimal am Tag gehe ich ins Erdgeschoss, um mir eine Mahlzeit aufzuwärmen und die Zeitung zu holen. Ich habe vergessen, mir einen Vorrat an Klopapier zu besorgen, und wenn nichts Brauchbares in der aktuellen Ausgabe zu finden ist, wandert sie direkt ins Badezimmer. Aber es ist jedes Mal der Höhepunkt des Tages, wenn ich einen neuen Nachruf finde, der es wert ist, in mein Gedächtnis geklebt zu werden.

Ich lebe noch!
Trotz der makaberen Todesanzeige am gestrigen Tag.
Dr. med. Albert
Arzt für Allgemeinmedizin
Sprechstunden wie gewohnt!

Mein Buch füllt sich immer weiter, und ich empfinde jedes Mal ein Hochgefühl, wenn ich es durchblättere.

Gott der Herr hat heute, wenige Wochen
nach dem Ableben seiner treusorgenden Frau,
meinen lieben Vater, Opa, Onkel und Großonkel
Gregor S.
im 95. Lebensjahr zu sich in die Ewigkeit gerufen.

Aber mein absolutes Prachtexemplar ist ebenso verstörend wie schön.

Ich bin umgezogen.
Carl Franzen
Meine neue Adresse ist:
Carl Franzen
Urnen-Reihengrab 5175
Städtischer Friedhof
Über Besuch freue ich mich

Ich bin gerade dabei, mir wieder die verschiedenen Situationen auszumalen, die jemanden dazu bringen können, eine solche Anzeige aufzugeben, als es an der Haustür klingelt.

Der Monitor neben meiner Zimmertür leuchtet auf.

Draußen in der Kälte steht Josh.

Was will er von mir? Seit Monaten hat er sich nicht blicken lassen oder angerufen. Nicht mal zu meinem Geburtstag hat er sich gemeldet, geschweige denn einer der
Jungs. Es kann nur eins sein: Er will mich zum Prozess
abholen. Ich werde vor Gericht kommen und schließlich
ins Gefängnis wandern.

Aber das mache ich auf keinen Fall. Ich werde dieses
Haus nicht verlassen.

Er klingelt noch einmal. Ich stehe vor dem Monitor
und reagiere nicht. Ich bin nicht da. Ich bin nicht da. Ich
bin nicht da. Er klingelt ein drittes Mal. Nein, ich bin

nicht da. Du kannst da so lange stehen und klingeln, wie du willst.

Dann endlich dreht er um und geht. Die Anspannung weicht aus meinen Gliedern. Ich lasse mich aufs Bett fallen und warte, bis sich mein Puls wieder beruhigt hat.

Ich bleibe hier oben in diesem Zimmer. Sie werden mich nicht kriegen. Durch diese Tür werde ich niemanden lassen. Wenn sie mich holen wollen, müssen sie schon die Wände einreißen.

Es ist bereits dunkel, als ich nach unten in die Küche gehe, um mir mein Abendessen warm zu machen. Ich entscheide mich für Kartoffelpüree mit Früh-Karotten und zartem Biorind, als es plötzlich wieder an der Tür klingelt.

Scheiße, überall im Haus brennt Licht. Es ist offensichtlich, dass ich zu Hause bin.

Auf Zehenspitzen schleiche ich hoch in mein Zimmer und sehe auf den Monitor. Es ist Josh. Schon wieder.

Er klingelt noch einmal. Dieses Mal mehrmals hintereinander. Er weiß, dass ich da bin. Was soll ich tun? Energisch hält Josh den Knopf der Klingel gedrückt. Das anhaltende Geräusch macht mich vollkommen verrückt, und ich nehme schließlich den Hörer der Gegensprechanlage ab.

«Wer ist da?», frage ich mit der Gewissheit, dass Josh nicht weiß, dass ich ihn sehen kann.

«Mika, hier ist Josh.»

Ich antworte nicht.

Nach ein paar Sekunden fragt er: «Mika?»

«Ja», sage ich.

«Und? Machst du mir jetzt die Tür auf?»

«Was ist denn?», frage ich.

«Ich muss mit dir reden.»

Reden, na klar. Reden. Ich glaube ihm kein Wort. «Wir können doch auch so reden», sage ich.

«Mika, es ist schweinekalt, nun mach schon auf.»

Warum will er unbedingt hier rein? Er hätte doch auch anrufen können. Auf einmal bekomme ich Panik.

Jimi Hendrix starb mit siebenundzwanzig Jahren am Morgen des 18. Septembers 1970. Er war nach einer Party mit seiner Freundin Monika Dannemann in ihr Londoner Hotel gefahren. Dort hat Hendrix laut Dannemann neun ihrer Schlaftabletten namens Vesperax eingenommen, obwohl die normale Dosierung eine halbe Tablette beträgt. Dannemann behauptet, sie habe Hendrix regungslos aufgefunden, und er sei noch am Leben gewesen, als sie ihn ins Krankenhaus begleitete. Die Rettungssanitäter sagten jedoch aus, dass der Sänger schon tot war, als sie ihn alleine in der Wohnung auffanden. Als Todesursache wurde angegeben, dass Hendrix an seinem eigenen Erbrochenen, das hauptsächlich aus Rotwein bestand, erstickt war. John Bannister, der diensthabende Arzt, der damals eine halbe Stunde lang vergeblich versuchte, Hendrix zurück ins Leben zu holen, sagte 39 Jahre später, aus seiner Sicht wäre ein Mord eine plausible Erklärung. Der ungewöhnlich große Patient war laut Bannister vollkommen durchnässt von Rotwein. Nicht nur seine Haare und sein Hemd, auch sein Magen und seine Lungen waren voll mit Wein. Jimi Hendrix sei in einer unfassbaren Menge Rotwein ertrunken. Ein Roadie namens James ‹Tappy› Wright schrieb in seinem Buch, Jimi Hendrix' Manager Mike Jeffery habe ihm gegenüber zugegeben, dass er Hendrix töten ließ, weil dieser den Management-Vertrag auflösen wollte. Außerdem war

Hendrix durch seinen zunehmenden Drogenkonsum unzuverlässig geworden, und weil Jeffrey angeblich eine Lebensversicherung über 2 Millionen auf den Gitarristen abgeschlossen hatte, war er dem Manager tot mehr wert als lebendig.

Das ist es also, was Josh vorhat. Vielleicht hat er auch eine Lebensversicherung auf mich abgeschlossen. Oder er will einfach nur sichergehen, dass ich dem Klub beitrete. Mit einem toten Rockstar, der zum Klub 27 gehört, wird er eine Menge Geld verdienen.

«Mika, bist du noch da?», fragt Josh.

«Ich kann dich nicht reinlassen», flüstere ich.

«Warum nicht? Es ist mir egal, ob du aufgeräumt hast.»

Ich sage nichts. Er will mich umbringen, eindeutig. Ich ziehe die Tür zum Dachzimmer zu und höre, wie sich die Verriegelung schließt. Die Lampe der Alarmanlage schaltet von Grün auf Rot.

«Also gut», sagt Josh. «Es geht um Folgendes. Hörst du mir zu, Mika?»

«Ja.» Ich bin gespannt, was er sich wohl für Lügen einfallen lässt, welchen Vorwand er benutzt, um mich aus dem Haus zu locken.

«Wir haben die Single im Ausland veröffentlicht. Weißt du, das Stooges-Cover.»

Ich verstehe kein Wort. Wie soll das gehen, ich habe es doch noch nicht einmal richtig eingesungen. Sie müssen meinen Guide-Gesang benutzt haben, den ich zum Tonlage-Checken gemacht habe.

«Es ist ein Hit!», sagt Josh begeistert. «Wir haben ein Video aus verschiedenem Tourmaterial zusammengeschnitten, und der Song ist in mehreren Ländern sofort in die Top Drei eingestiegen.»

Ich bin verwirrt. Warum kaufen die Leute Musik von einem Sänger, der beinahe zwei unschuldige Mädchen umgebracht hat.

«Mika, komm schon, lass mich rein.»

Er gibt nicht auf. Glaubt, mich mit Ruhm und Ehre locken zu können, aber da ist er an den Falschen geraten.

Weil es mich wirklich interessiert, frage ich. «Was ist aus der Sache mit den Mädchen geworden?»

«Darum habe ich mich gekümmert.»

Gekümmert? Mein Gott. Was hat er getan? Ich sehe Josh, wie er die toten Mädchenkörper in eine Badewanne hievt und sie mit einer ätzenden Säure übergießt. Nachdem sie zu Brei geworden sind, zieht er einfach den Stöpsel und sieht zu, wie sie in der Kanalisation verschwinden. Ich sehe ihn mit einer Säge, wie er die Einzelteile in Päckchen verpackt, um sie an verschiedene Orte auf der ganzen Welt zu verschicken. Wahrscheinlich an Geschäftspartner, mit denen er noch eine offene Rechnung zu begleichen hat. Und dann sehe ich ihn mit einer Serviette um den Hals, wie er genüsslich ein Drei-Gänge-Menü verspeist. Zuerst eine Pastete vom Hirn, dann ein kurzgebratenes Stück Menschenfleisch und schließlich einen kandierten Augapfel.

«Was hast du gemacht?», keuche ich.

«Ich habe ihnen einen Plattenvertrag angeboten», sagt er mit unüberhörbarem Stolz in seiner Stimme. Ich bin sprachlos.

«Es stellte sich raus, dass sie ganz talentiert sind», erklärt er weiter. «Also, natürlich nicht gesanglich, aber sie ziehen eine heftige Lesbenshow auf der Bühne ab, die sie überall in die Schlagzeilen gebracht hat. Weil sie plötzlich die Anzeige zurückgezogen haben, interpretiert die

Presse die Geschichte mit dir als Versuch der beiden Mädchen, auf sich aufmerksam zu machen. Als sich der Sturm dann gelegt hat, haben wir eure Single veröffentlicht. Der Text passt erschreckend gut auf die Gesamtsituation – und siehe da, es ist ein Hit!»

Josh ist unverkennbar von sich selbst begeistert. Er hat die Situation geklärt und dabei sogar noch Geld gemacht.

«Mika, die Jungs wollen sich bei dir entschuldigen. Sie wünschen sich, dass du zurückkommst und dass alles wieder wird, wie es war.»

«Entschuldigen», wiederhole ich.

«Ja, es tut ihnen leid, wie sie dich behandelt haben.»

Was soll man davon halten. Seit dem Tag im Studio hat sich keiner der Jungs bei mir gemeldet. Es scheint allen herzlich egal zu sein, wie es mir geht oder ob ich überhaupt noch lebe. An meinem siebenundzwanzigsten Geburtstag ist keiner gekommen, um mich in eine Gummizelle zu stecken oder mir sonst wie zu helfen, dem Fluch zu entkommen, und nun schicken sie Josh, damit er mir sagt, dass sie sich entschuldigen wollen.

«Mika, es gibt unfassbar viele Anfragen, und die Booker liegen mir in den Ohren, dass ihr sofort auf Tour gehen müsst. Es ist alles bereit, alle stehen in den Startlöchern.»

Das ist es. Der eine Hit reicht natürlich nicht. Sie wollen die Maschine bedienen, aber dafür brauchen sie mich. Ohne mich gibt es diese Band nicht. Ohne mich können sie nicht weitermachen. Die Fabrik liegt lahm. Die Fließbänder bleiben leer, die Expansion steht still.

«Mika, komm, mach die Tür auf.»

Ich zögere kurz. Er will mich also nicht umbringen, und ich muss auch nicht ins Gefängnis. Aber ich kann das nicht, was er von mir verlangt. Also sage ich: «Ich kann nicht.»

«Wie, du kannst nicht? Was hast du denn vor?» Der Pragmatismus, mit dem Joshs Hirn funktioniert, fasziniert mich, aber ich wiederhole:

«Ich kann das nicht.»

«Mika, was meinst du damit? Lass mich rein, dann können wir über alles in Ruhe reden.»

«Nein», sage ich.

«Mika …»

«Ich leg jetzt auf.»

«Mika!»

Ich lege den Hörer auf. Eine Zeitlang steht Josh noch vor der Tür. Dann geht er, macht aber plötzlich kehrt und stellt sich wieder vor die Tür. So steht er noch eine ganze Weile da, bis er schließlich geht.

Ich lege mich ins Bett. Ich habe alles gesagt, was gesagt werden muss. Ich kann nicht mehr, und ich will nicht mehr. Ich stelle mir vor, wie ich reagiert hätte, wenn Victor an Joshs Stelle vor der Tür gestanden hätte. Wenn er mich um Verzeihung gebeten hätte. Gesagt hätte, dass ihm unsere Freundschaft fehlt. Dass er sich auch nicht mehr erklären kann, was in ihn gefahren ist. Warum er mich in einem so falschen Licht gesehen hat. Wenn er mir gesagt hätte, was für ein großartiger Sänger ich bin, und sich dafür entschuldigt hätte, dass er mir das während der gesamten gemeinsamen Zeit kein einziges Mal gesagt hat. Dass er mich versteht. Dass er mich liebt.

Aber er ist nicht gekommen. Er hat diese Dinge nicht gesagt. Und auf einmal muss ich weinen. Ich weine und kann nicht mehr aufhören. Immer wieder überkommt es mich. Ich schreie und krümme mich. Ich weine, weil es vorbei ist. Ich weine, weil es nie wieder sein wird, wie es einmal war. Ich weine, weil ich nie wieder sein werde, wer ich einmal war. Ich war gewesen, doch es ist vorbei. Absolut und unwiderruflich vorbei.

Ich stehe vor einem kleinen einstöckigen Bau mit Flachdach. Seine Form erinnert stark an einen übergroßen Schuhkarton. Über dem Eingang flackert eine Neonschrift. THE 27 CLUB steht da in roten Lettern. Ich ziehe an der Tür, dann drücke ich, doch sie ist verschlossen. Schließlich sehe ich das Schild:

Nur für Mitglieder.
Bitte klingeln.

Ich drücke auf den Klingelknopf rechts von der Tür. Nachdem ich durch den Spion inspiziert wurde, öffnet mir ein schwarz gekleideter Mann und heißt mich förmlich willkommen. Der Laden ist klein und brechend voll. Es ist stickig und heiß. Ich gehe zur Bar und bestelle einen Jack Daniels auf Eis. Doch als ich in meine Hosentasche greife, fällt mir auf, dass ich gar kein Geld bei mir habe. «Tut mir leid, aber ich hab gar keine Kohle!», rufe ich über den Tresen.

Doch der übergewichtige Barkeeper grinst nur und sagt: «Für Neuanwärter ist alles umsonst.»

«Ah, danke!», sage ich.

Ich habe nur das Wort ‹umsonst› verstanden, und wenn das so ist, werde ich mich heute mal wieder so richtig betrinken.

Plötzlich eine Rückkopplung. Alle fangen an zu pöbeln: «Ey, du Arschloch!»

«Ich brauch meine Ohren noch, du Wichser.»

«Ja, ja, alles klar, beruhigt euch, okay?», murmelt der Typ auf der Bühne ins Mikrophon. «Ich bin noch ein bisschen durch den Wind, wisst ihr.» Er scheint schon ordentlich was konsumiert zu haben. «Weil ich gerade, wisst ihr … weil ich gerade meine Mutter gefickt habe!»

Alle jubeln und grölen.

«Und mein Vater … mein Vater, dieser Schwanzlutscher, der musste zusehen.»

Ich kämpfe mich durch die grölenden Leute, um die kleine Bühne besser sehen zu können. Der Typ fängt an, ins Mikro zu stöhnen. Reibt seine enge Lederhose am Mikrophonständer.

«Und wisst ihr, wer mein Vater ist!?», fragt er. «Wollt ihr wissen, von welchem Schlappschwanz ich rede?!»

Irgendwoher kenne ich den Typen. Sein Bauch quillt über die Hose. Während er einen Schluck aus einer Rotweinflasche nimmt, fließt ihm die Hälfte an seinem Vollbart herunter. Die langen lockigen Haare hängen nass über seine Schultern. Er sieht aus wie ein besoffener, übergewichtiger Jesus, als er die Arme spreizt und laut ins Mikro schreit: «Gott!»

Wieder Gegröle.

Mit der monotonen Stimme eines Predigers fährt er fort: «Vater, kannst du mich hören? Ich rede mit dir. Dein Sohn! Vater, kannst du mich hören?!»

Plötzlich ein lautes Donnern, als jemand mit voller Kraft auf das Schlagzeug eindrischt. Dann heult eine Gitarre auf. Der Gitarrist tritt ins Licht, während er ein rhythmisches Bluesriff spielt. Er ist groß und schwarz. Sein Afro lässt ihn riesig erscheinen. Als er den Kopf hebt, muss er sich plötzlich übergeben. Die Kotze läuft an seiner Brust auf die Gitarre herunter. Er rutscht mit den Fingern über die schleimigen Saiten seiner Stratocaster, während er sich in immer wiederkehrenden Schüben vollkotzt. Plötzlich erkenne ich ihn: Es ist Jimi Hendrix, der da in seiner eigenen Kotze spielt. Der Sänger schreit vollkommen unvermittelt ins Mikrophon.

«Yeahhh, I wanna fuck you, mother, and yes, I wanna kill you, father!»

Dann hebt er den Kopf theatralisch in den Nacken, und jetzt erkenne ich auch ihn. Es ist Jim Morisson. Aber es ist nicht der wunderschöne androgyne Gott, sondern ein aufgequollener, bärtiger Prophet, der da auf der Bühne steht. So muss Jim Morisson zum Zeitpunkt seines Todes ausgesehen haben. Ich sehe mich um. In einer Ecke steht ein schwarzes, knutschendes Pärchen. Sie sind voller Blut, das ihnen aus den frischen Wunden fließt. Auf der Bühne setzt nun eine schlanke, dunkelhaarige Bassistin ein. Ihr linker Oberarm wird von einem Gürtel zugeschnürt und in ihrer Vene steckt eine mit hellem Blut gefüllte Spritze. Alle in diesem Raum sehen aus wie Leichen. Sie haben Wunden oder sind komplett deformiert, andere sind wie im Delirium. Die Bassistin auf der Bühne kommt mir bekannt vor. Und plötzlich erkenne ich in ihr Kristin Pfaff, die Affäre von Kurt Cobain, die Bassistin von The Hole, die vielleicht der Grund dafür war, dass Cortney ihren Mann in den Tod trieb. Ich betrachte das knutschende Pärchen etwas genauer. Sie lecken sich gegenseitig ihre Wunden, und auf einmal wird mir klar, dass der Typ in dem schlank geschnittenen Anzug Jesse Belvin sein muss und die Frau seine Frau Jo Ann, mit der er bei einem Frontalzusammenstoß mit einem entgegenkommenden Auto umgekommen ist.

Dann kommt ein zweiter Gitarrist auf die Bühne. Er ist nackt und triefend nass. Die ganze Zeit rinnt Wasser aus seinen blonden Haaren und fließt über seinen Körper. Er hustet immer wieder heftig, wobei er kleine Wassermengen ausspuckt. Unaufhörlich fließt literweise Wasser über seinen Körper, während er ein Solo spielt. Es sieht aus, als würde er unter einer Dusche stehen, aber das Wasser scheint aus dem Nichts zu kommen. Es ist Brian Jones, der damals in seinem Pool ertrank.

So langsam wird mir klar, dass ich nur von Toten umgeben bin. Das Atmen fällt mir schwer. Ein Zeichen für eine bevorstehende Panikattacke. Das viele Blut und der enge Raum. Ich dränge mich durch die Leute Richtung Toilette. Aus dem stinkenden Männerklo kommt mir ein junger blonder Mann entgegen. Als er mich anlächelt, rinnt aus seinen Mundwinkeln dunkles Blut. In seiner rechten Hand hält er eine abgesägte Schrotflinte. Im Vorübergehen drehe ich mich nach ihm um und sehe, dass ihm der gesamte Hinterkopf fehlt. Der zerfetzte Schädel gibt freie Sicht auf das, was von seinem Gehirn noch übrig ist.

Am Waschbecken lasse ich mir kaltes Wasser über die Hände laufen, um meinen Kreislauf wieder in den Griff zu kriegen. Kurt Cobain. Das war Kurt Cobain, und das hier ist der Klub 27. Bin ich denn schon tot? Gehöre ich wirklich schon dazu? Ich wasche mir das Gesicht. Als ich mich aufrichte, sehe ich in den Spiegel über dem Waschbecken. Doch ich sehe nicht mich. Alles, was ich sehe, ist der Zigarettenautomat hinter mir an der Wand. Wenn ich mein Spiegelbild nicht sehe, denke ich mir, dann bin ich auch nicht hier.

Schweißgebadet wache ich auf.

In der Dunkelheit gehe ich ins Badezimmer, das unter dem Dach für meinen Onkel installiert wurde. Ich schalte das Licht über dem Spiegel ein. Es war nur ein Traum, sage ich mir. Es war nur ein Traum. Ich bin da. Noch bin ich da. Noch bin ich hier. Da drüben im Land der Helden, im Klub der Großen war ich nur ein Gast.

Was ist bloß los mit mir? Alles, was ich wollte, war jemand zu sein. Ich wollte unvergessen sein. In die Ewigkeit eingehen. Warum renne ich dann davor weg? Warum verschanze ich mich hier, fresse Babybrei und fliehe vor dem Unausweichlichen? Warum gebe ich nicht einfach auf. Meine Zukunft steht geschrieben. Mein Platz in dieser Welt ist klar, warum zögere ich es also künstlich hinaus.

Ich habe Angst. Angst vor dem Tod. Aber er wird kommen. So oder so. Und zwar bald. Will ich vergessen sterben, in dem Bett meines Onkels? Will ich jemand sein, der nur eine gewisse Zeit gelebt hat? Nein, ich will unsterblich sein, und der Eintritt in den Klub wird mich unsterblich machen. Für alle Zeit werde ich dazu gehören. Ich werde mit Jimi Hendrix und Jim Morrison auf der Bühne stehen. Das Scheinwerferlicht wird meine Wunden liebkosen. Ich werde Teil der Unendlichkeit. Teil des Universums. Ich werde Teil der Geschichtsbücher kommender Generationen. Ich werde gewesen sein, und, ja, ich will gewesen sein.

Mein Entschluss steht fest.

Schluss mit Angst.

Schluss mit Träumen.

Ich werde es wahr machen.

Aber wie? Ich denke nach. Wie soll ich es machen? Ich will einen friedlichen Tod und einen sicheren. Ich will mich nicht aus dem Fenster stürzen und für den Rest meines Lebens querschnittsgelähmt an einen Rollstuhl gefesselt sein. Ich will mich nicht vor einen Zug stürzen und andere Menschen gefährden. Vor allem will ich nicht entstellt im Sarg liegen. Die Welt soll mich so in Erinnerung behalten dürfen, wie sie mich kannte.

Ich gehe in das Schlafzimmer meiner Mutter. In ihrem Badezimmer öffne ich den Medizinschrank. Meine Mutter ist Ärztin, und sie hatte einen brutalen Alltag, den sie nur mit Hilfe diverser Pillen überstehen konnte. Ich entdecke mehrere harte Medikamente. Antidepressiva, Schmerzmittel, Blutverdünner, alles, was der kranke Kopf begehrt. Ich stecke die Pillendöschen ein.

Aber was, wenn selbst die gesamte Dosis nicht ausreicht? Was, wenn ich mich übergeben muss und stark vergiftet überlebe? Schusswaffen haben wir keine im Haus, das weiß ich. Außerdem ist ein garantierter Tod nur mit einem Schuss in den Kopf möglich, und diesen Anblick will ich meiner Mum nicht zumuten.

Wie werden sie mich überhaupt finden? Vielleicht bin ich schon verwest, bis jemand auf die Idee kommt, die Tür aufzubrechen. Der Gestank wäre unerträglich. Die Leiche alles andere als ansehnlich.

Ich muss die Nachwelt wissen lassen, dass etwas mit mir passiert ist.

Es ist schon hell geworden, als ich in die Küche gehe. Ich nehme die Tageszeitung vom Tisch, blättere sie auf und wähle die Nummer, die unten auf der Seite steht. Eine Bandansage meldet sich:

«Guten Tag. Sie sind mit der Anzeigenhotline verbunden. Bitte geben Sie nun an, in welcher Kategorie Sie Ihre Anzeige schalten möchten. Drücken Sie die 1, wenn Sie eine Firma sind und eine Werbung schalten möchten, die 2, wenn Sie als Privatperson etwas zu veräußern haben, die 3, wenn Sie einen Partner finden möchten, die 4, wenn Sie eine Todesanzeige aufgeben möchten, und die 5 für Sonstiges.»

Ich drücke die 4 auf dem Telefon.

«Sie werden in Kürze mit dem nächsten freien Mitarbeiter verbunden.»

Eine melodiöse Orgelmusik ertönt. Wahrscheinlich wollen sie nur, dass man eine Kategorie wählt, damit dementsprechend die richtige Warteschleifenmusik gespielt wird. Wenn man einen Partner sucht, spielen sie wahrscheinlich 'All you need is love', und es wäre ja ziemlich makaber, diesen Song zu hören, wenn man gerade einen geliebten Menschen verloren hat.

Dann meldet sich eine Frau am anderen Ende.

«Guten ...», sie hustet, «Morgen.» Wieder hustet sie heftig. Dreißig Jahre Marlboro scheinen in ihrer Lunge ein Fest zu feiern. Sie erstickt den Hustenanfall mit einem kräftigen Schluck. Wahrscheinlich schwarzer Filterkaffee, um gegen die Ermüdungserscheinungen des Nikotins anzukommen.

«Entschuldigen Sie», räuspert sie sich. «Mein Name ist Rosa.»

Rosa. Sofort sehe ich das Innere ihrer Lunge, in dem nur an wenigen Stellen das ursprüngliche Rosa durch die mit Teer tapezierten Wände scheint.

«Sie möchten einen Nachruf aufgeben. Würden Sie mir bitte den Namen des Verstorbenen nennen.»

Ich schlucke. Eigentlich ist er ja noch gar nicht tot, denke ich, aber dann erinnere ich mich an die Anzeige von Carl Franzen und muss lächeln. «Mika», sage ich.

«Mika, also M, I, K, A, richtig?»

«Richtig.»

«Und der Nachname?»

«Der soll nicht genannt werden.»

«Gut. Welches Datum hat der Todestag?»

«Heute», sage ich.

Wieder hustet sie laut, aber dieses Mal beruhigt sie sich schnell wieder.

«Sie haben nun 150 Zeichen oder 30 Worte Platz für Ihren Anzeigentext, aber keine Angst, ich übernehme für Sie das Zählen.»

Sie klingt routiniert, aber dennoch freundlich. Sie hat es auf jeden Fall drauf. Sie hat das Grundprinzip von Ansagen verstanden. Auch wenn du sie jeden Tag machst, müssen sie für dein Gegenüber so klingen, als würdest du sie zum ersten Mal machen.

«Also, wie lautet der Text, ich schreibe mit», sagt Rosa.

Ich bin angespannt. Ich habe mir noch gar keine Gedanken darüber gemacht, was ich eigentlich sagen will. Zu kryptisch darf es nicht sein, aber auch nicht zu eindeutig, außerdem will ich nicht, dass ich zu denjenigen gehöre, die aus unfreiwilliger Komik in meinem eigenen Buch gelandet wären. Es muss ein verständliches Rätsel sein. Und wieder erinnere ich mich an das Prachtstück meiner Sammlung, die Anzeige von Carl Franzen.

«Schreiben Sie», sage ich. «Seine Stimme wird nie verhallen, auch wenn der Vorhang viel zu früh gefallen ist. Wir wissen, wo wir dich finden, wenn wir dich suchen: im Klub 27.»

«Gut», sagt Rosa, nachdem sie fertig getippt hat, «das sind genau 27 Wörter und 146 Zeichen. Ich lese noch einmal vor: ‹Seine Stimme …›»

Während Rosa liest, denke ich: 27 Wörter und 146 Zeichen, das passt ja. 1 + 6 sind 7, und die Hälfte von 4 ist 2. Also zwei mal 27.

«‹… im Klub 27›, ist das korrekt?»

«Nein, warten Sie», sage ich. «Schreiben Sie einfach: ‹Mika, du hast es geschafft, du gehörst dazu.›»

«Soll ich ‹Mika› noch einmal schreiben, oder reicht es, dass der Name als Überschrift steht?»

«Ja, das reicht», korrigiere ich mich.

«Also, das sind dann nur 7 Wörter und 38 Zeichen», sagt Rosa.

Ich denke, 7 ist gut, und 38, also 3 und 8, sind jeweils nur eine Zahl höher als 2 und 7, also 27.

«Ja, das ist gut», sage ich zufrieden.

«Möchten Sie eine Graphik eingefügt haben?»

«Nein.»

«Möchten Sie eine bestimmte Schriftart?»

«Einfach den Klassiker, was am wenigsten auffällt.»

«Gut, ich lese dann noch einmal vor: ‹Mika, du hast es geschafft, du gehörst dazu.›»

Als sie die Worte laut ausspricht, läuft es mir eiskalt den Rücken herunter. Ich habe es geschafft. Ich gehöre dazu.

«Ja», sage ich.

«Gut», hustet Rosa. «Wie möchten Sie bezahlen? Sind Sie Abonnent?»

«Ja, das bin ich.»

«Würden Sie mir Ihre Kundennummer nennen?»

Ich nehme die Zeitung und lese die Nummer auf dem Aufkleber vor.

«Vielen Dank, Ihre Anzeige wird in der morgigen Ausgabe erscheinen und mein herzlichstes Beileid», sagt Rosa überzeugend mitfühlend.

«Danke», sage ich und lege auf.

Das hätten wir also schon einmal geschafft. Nun habe ich also noch knapp 24 Stunden Zeit, um dem Klub beizutreten, bevor es in der Zeitung steht.

Im Grunde war mein Plan die ganze Zeit klar. Ich hatte nur zu viel Angst davor, ihn ernsthaft in Betracht zu ziehen.

Ich gehe wieder in das Zimmer unterm Dach, öffne einen Schrank nach dem anderen und ziehe gezielt Schallplatten heraus. Dann staple ich sie neben dem Plattenspieler, nehme die erste aus der Hülle und setzte die Nadel auf ihre Rillen.

Jim Morisson soll das erste und das letzte Lied für mich singen.

Ich lege mich aufs Bett, aber als der Basslauf von 'Light my fire' den Raum dröhnen lässt, kann ich nicht anders: Ich stehe auf und tanze. Ich wirble und springe. Als der Song zu Ende ist, lasse ich mich vollkommen außer Atem vor dem Plattenspieler auf den Boden fallen. Ich nehme die nächste Platte und spiele Robert Johnsons 'Crossroads'. Ich wiege mich hin und her und singe mit.

I went down to the crossroad,
fell down on my knees,
asked the lord above «Have mercy now,
save poor Bob if you please»

und am Ende:

I went to the crossroad, baby,
I looked east and west
Lord, I didn't have no sweet woman
ooh-well babe, in my distress

«Was für eine Wahrheit!», schreie ich.

Ich habe es mir angesehen. Das Leben. Links und rechts, sogar vor und hinter mir habe ich mir alles an-

gesehen, und ich habe mich entschieden. Ich habe entschieden, welchen Weg ich gehen will.

Danach spiele ich 'You can't always get what you
want' von den Rolling Stones, und wieder zwingt es
mich auf die Beine. Ich wirble umher wie ein Flugzeug.
Breite meine Arme aus und fliege durch den Song. Als
der Groove einsetzt, tanze ich. Ich muss lachen. Ich bin
glücklich.

> You can't always get what you want
> You can't always get what you want
> but if you try sometimes

Ich schreie: «You get what you need!»

Als Nächstes liegen Nirvana auf dem Stapel.

Ich lege keinen ihrer Hits auf, sondern die Cover-Ver-
sion von 'Seasons in the Sun'. Kurt Cobain hat den Text
leicht verändert. Er singt:

> Goodbye my friend, it's hard to die
> When all the birds are singing in the sky
> And all the flowers are everywhere
> Pretty girls are everywhere
> Think of me and I'll be there.

Aber den Refrain singt er in dieser dilettantisch gespiel-
ten Version genau wie im Original:

> We had joy, we had fun,
> We had seasons in the sun
> But the hills that we climbed
> Were just seasons out of time

Unweigerlich denke ich an die große Zeit, die ich mit den Jungs erleben durfte. An die Zufriedenheit. Den Spaß.

Nach einigen anderen Songs der Mitglieder des Klub 27 komme ich schließlich zu Jesse Belvins 'Goodnight my love'. Ich muss an Clara denken, als er in der zweiten Hälfte der Strophe singt:

> Before you go,
> There's just one thing I'd like to know.
> If your love is still warm for me,
> Or has it grown cold?

Ich liebe sie immer noch.

Es gab keinen Tag, keine Stunde, in der ich nicht an sie gedacht hätte. Aber wie könnte sie jemanden wie mich lieben? Am liebsten würde ich ihr sagen, was Jesse im Refrain sagt:

> If you should awake in the still of night,
> Please have no fears.
> For I'll be there, you know I care,
> Please give your love to me, dear, only.

Ich werde immer für sie da sein, auch wenn ich bald aus dieser Welt gehe.

Doch auch dieser Song ist bald zu Ende, und ich lege die nächste Platte auf. Janis Joplin singt:

> Cry baby, cry baby, cry baby,

Sie singt mir aus der Seele. Ich lehne mich an ihre Schulter und weine, weine, weine.

> You can go all around the world
> Trying to find something to do with your life,
>   baby,
> When you only gotta do one thing well,
> You only gotta do one thing well to
>   make it in this world, babe.
> You got a woman waiting for you there,
> All you ever gotta do is be a good man
>   one time to one woman
> And that'll be the end of the road, babe

Vielleicht hat sie ja recht. Vielleicht bin ich auf der Suche nach dem Falschen gewesen. Ich war so fixiert auf mich und mein Leben. Wollte größer sein, als ich bin. Aber vielleicht war alles, was ich sollte auf dieser Welt, dieses Mädchen zu lieben. Und das tue ich. Auch wenn ich alleine damit bin und es das Ende dieser Straße ist.

Janis schreit den Schmerz für mich heraus. Ich schreie mit und kann kaum noch atmen vor Tränen, aber dies ist eindeutig das Ende der Straße. Ich war nicht einmal in der Lage, dieses Eine richtig zu machen.

> All you ever gotta do is be a good man
>   one time to one woman
> And that'll be the end of the road, babe

Ich sehe durch das kleine Fenster über dem Sterbebett meines Onkels, dass die Sonne schon wieder aufgeht.

Es ist so weit. Es führt kein Weg daran vorbei.

Ich krame in dem Plattenhaufen nach dem Album, das ich für diesen Moment herausgesucht hatte. Das erste Album der Doors, das sie nach sich selbst benannt haben. Es war die erste Platte, die ich mir vor fast zehn Jahren, an diesem Tag, an dem das Ende meines Lebens begann, aufgelegt hatte. Jims Stimme hat in mir jemanden geweckt, den ich vorher nicht kannte, und nun soll er auch als Letzter für mich singen. Und zwar 'The End'. Ursprünglich schrieb Jim den Song über das Zerbrechen seiner Highschool-Liebe, aber nachdem der Song sich über zahlreiche Live Performances zu dem entwickelt hatte, was man nun in einer Zwölf-Minuten-Version auf dem Album finden kann, bedeutete der Song schließlich für ihn das Ende einer Art Kindheit. Und etwas Ähnliches soll der Song für mich sein. Das Ende meines jungen Lebens.

Ich gehe ins Badezimmer und lasse Wasser in die Wanne ein. Ich will nicht, dass ich die Kälte des entweichenden Blutes zu schnell spüre. Ich nehme jeweils zwei Pillen aus den verschiedenen Packungen, die ich im Badezimmer meiner Mutter eingesteckt habe, und würge sie runter. Hoffentlich werden sie mir helfen. Es mir ein wenig leichter machen.

Dann rasiere ich mich. Als ich fertig bin, gehe ich wieder zum Plattenspieler und lege die zweite Seite der Platte in voller Lautstärke auf. Die Seite beginnt mit 'Backdoor Man'. Das ganze Haus erschüttert unter dem schleppenden Groove, während ich zurück ins Bad gehe. Ich sehe mich im Spiegel an, während ich mich ausziehe. Ich habe viel abgenommen. Wenn ich meine Größe vergesse und die tiefschwarzen Ringe unter meinen Augen ignoriere, sehe ich aus wie ein kleiner Junge. Der kleine Junge von damals.

Der nächste Song beginnt. Jim singt:

> I looked at you
> You looked at me
> I smiled at you

You smiled at me
And we're on our way
No, we can't turn back, babe
Yeah, we're on our way
And we can't turn back

'Cause it's too late
Too late, too late
Too late, too late

Ja, es ist zu spät, es gibt keinen Weg zurück.

Ich gehe zur Badewanne und drehe den Hahn zu. Zuerst tauche ich meinen rechten Fuß in das Wasser. Die Hitze zieht durch ihn wie ein Feuer. Dann lege ich mich in die Wanne, und das Feuer brennt in meinem ganzen Körper. Ich weiß nicht, wie lange ich mich nicht mehr gewaschen habe, also shampooniere ich mir die Haare und seife meinen Körper ein, während ich dem nächsten Song auf der Platte lausche.

Take the highway to the
    end of the night
End of the night
End of the night
Take a journey to the
    bright midnight
End of the night
End of the night

Ich nehme das Rasiermesser meines Onkels, das ich vorher auf den Badewannenrand gelegt habe, und klappe es auf, fahre mit dem Finger über die Klinge. Sie ist immer noch scharf. Das Wasser hat durch die Seife und das

Shampoo eine milchig weiße Farbe angenommen. Ich lasse mich runterrutschen und tauche meinen Kopf unter Wasser. Ich höre nur noch die tiefen Frequenzen des nächsten Songs, was auch gut so ist. Denn kurz vor dem Ende der Platte will Jim mir mit 'Take it as it comes' noch einmal ein positives Gefühl mit auf den Weg geben:

Takes it easy, baby
Take it as it comes
Don't move too fast
And you want your love to last
Oh, you've been movin' much too fast

Das will ich jetzt gerade und wahrscheinlich auch in keiner anderen Situation hören, also bleibe ich mit den Ohren unter Wasser, bis der Song zu Ende ist. Als endlich 'The End' beginnt, zögere ich nicht lange. Schon während des Intros setze ich das Rasiermesser auf meinem linken Handgelenk an. Es kostet mich Überwindung, aber nachdem Jim die ersten Zeilen gesungen hat,

This is the end
Beautiful friend

nehme ich allen Mut zusammen, lasse die Klinge in die Haut eindringen und ziehe sie zehn Zentimeter meinen Unterarm entlang. Längs natürlich, ich habe keine Lust, als Idiot in die Geschichtsbücher einzugehen.

Das Blut platzt aus meinem Inneren, als wäre es froh, endlich, nach siebenundzwanzig Jahren an die frische Luft zu kommen. Ich scheine einen Volltreffer gelandet zu haben. Der rote Lebenssaft spritzt in kleinen Fontänen aus meinem Arm. Mein Herz pumpt tapfer das Blut mit Macht aus der Öffnung. Ich will es nicht mit ansehen, halte den Arm unter Wasser und beobachte, wie mein Blut das milchige Wasser rot färbt. Es sieht schön aus, wie diese roten Wolken sich in dem weißen Meer ausbreiten.

Ich denke an Clara und unser Foto in der Badewanne. Ich wünsche mir, dass sie mir jetzt gegenüberliegen würde, aber ich bin alleine, und das Leben weicht langsam, aber sicher aus meinem Körper.

Ich reiße mich zusammen und nehme die Klinge in die andere Hand. Ich muss es jetzt tun, bevor ich zu schwach werde. Aber meine Hand zittert. Sie gehorcht meinem Willen nicht. Ich versuche die Klinge an meinem unverletzten Arm anzusetzen, aber meine Hand macht unkontrollierbare Bewegungen. Mika, reiß dich zusammen. Du musst das jetzt zu Ende bringen.

Auf einmal höre ich eine Stimme: «Mika», sagt sie.

«Mika.»

«Was … wer ist da? Lennart, bist du das?»

«Ja Mika, ich bin es.» Er klingt wie aus einer weit entfernten Welt.

«Lennart.» Ich fange wieder an zu weinen. «Wo warst du, Lennart?»

«Ich war immer da, Mika, wie ich es versprochen hatte, ich war immer an deiner Seite.»

«Lennart», schluchze ich, «schön, dass ich dir auf Wiedersehen sagen kann.»

«Mika, du stehst vor einer Tür, und du blickst durch sie hindurch, aber was du dahinter siehst, ist nicht deine Welt.»

«Es ist zu spät», sage ich.

«Es ist nicht zu spät, es hat gerade erst angefangen.»

«Lennart, ich habe Angst!»

«Ich weiß, Mika. Du hast Angst. Du hast immer Angst gehabt. Aber diese Angst hat dich am Leben gehalten. Sie hat dich lebendig gemacht. Deine Angst vor dem Tod hat dich unsterblich gemacht. Und jetzt, Mika, sieh nur, was du tust.»

Ich sehe an mir herunter. Das zuvor weiße Wasser ist hellrot gefärbt. Meine Haut wird kalt.

«Mika, du brauchst keine Angst zu haben. Du bist nicht schuld. Mika, du bist nicht schuld. Es ist nicht deine Schuld.»

«Es ist nicht meine Schuld, es ist nicht meine Schuld, es ist nicht meine Schuld, es ist nicht meine Schuld, es ist nicht, es ist nicht, ist nicht meine, nicht meine Schuld.»

«Richtig so, mein Freund, du hast es verstanden.»

Alles in mir bricht auf. Ich habe es verstanden, aber jetzt ist es zu spät.

«Mika, geh nicht durch diese Tür. Geh nicht durch diese Tür. Geh nicht …»

Lennarts Stimme verschwindet in der Musik.

«Lennart!», rufe ich. «Lennart?» Ich sehe mich um. «Lennart, bist du noch da?»

Keine Antwort.

Ich merke, dass mir schwindelig wird. Die Musik rückt in weite Ferne. Und dann ist sie plötzlich vorbei. Der Song hat aufgehört, und die Stille lässt mich mein Herz hören. Es schlägt hart. Versucht so viel Blut wie möglich durch meine Adern fließen zu lassen. Das Wasser scheint eiskalt geworden zu sein. Ich friere.

Ich halte das nicht mehr aus. Ich muss raus. Raus aus der Wanne, raus aus dem Wasser. Ich versuche aufzustehen, aber ich bin zu schwach. Als ich mich am Badewannenrand abstütze, fließt das Blut aus meiner Wunde auf die Kacheln am Boden. Ich ertrage es nicht. Das Leben verschwindet. Ich verschwinde aus diesem Leben. Ich werde Clara nie wiedersehen …

Ich nehme all meine Kraft zusammen und steige aus der Wanne. Ich rutsche aus und falle zu Boden. Dumpf schlägt mein Kopf auf die Kacheln. Ich hebe meine Arme und umschließe mit meiner rechten Hand die Wunde, presse sie zusammen. Das Blut hört auf zu fließen. Nur langsam rinnen einige Tropfen durch meine Finger. Ich spüre meinen Puls. Er wird immer langsamer. Ich werde nicht mehr viel Zeit haben. Ich muss etwas tun, und zwar jetzt. Ich bin nicht schuld. Ich will nicht durch diese Tür gehen.

Ich liege im Badezimmer meines Onkels, und in der Ecke steht immer noch ein kleiner Medizinschrank. Ich kann ihn mit einer Armlänge erreichen, aber wenn ich meinen Arm loslasse, werde ich noch mehr Blut verlieren. Doch ich habe keine andere Wahl. Ich reiße die Schranktür auf. Während ich meinen verletzten Arm hochhalte, hole ich ein Verbandspaket raus und reiße es mit den Zähnen auf. Ich nehme ein Tuch, lege es über die Wunde und fange an, so fest ich kann einen Verband um meinen Unterarm bis zum Handgelenk zu wickeln. Nachdem ich fertig bin, beobachte ich meinen Arm, wie er weiß eingewickelt über mir in Richtung Decke ragt. Ich bin mir nicht sicher, was ich gerade getan habe. Ob ich überleben werde. Ich erinnere mich an die Pillen, die ich geschluckt habe. Denke an das viele Blut, das ich verloren habe. Dann merke ich, wie mein Kreislauf langsam kippt, und werde ohnmächtig.

Aufgewacht.

Wo bin ich?

In irgendeinem Hotelzimmer.

Ich muss auf dem Boden im Bad eingeschlafen sein.

Alles tut mir weh.

Kacheln sind nicht unbedingt der richtige Ort für die Nachtruhe. Was hab ich bloß wieder gemacht, was hab ich eingeworfen, um direkt vor der Badewanne einzuschlafen. Ich richte mich auf. Da musst du dir ja ganz schön was eingefahren haben, denke ich mir. Nicht einmal sitzen kannst du ordentlich. Alles um mich herum dreht sich. Ich sehe nur unscharf und suche nach dem Schild mit der ‹Wir schonen die Umwelt›-Aufschrift, aber ich finde keins. Dann fällt mein Blick auf die Badewanne neben mir. Sie ist gefüllt, aber das Wasser ist hellrot. Erst jetzt entdecke ich meinen verbundenen Unterarm, und plötzlich kommen alle Erinnerungen wieder zurück. Ich habe versucht mich umzubringen. Bin fast verblutet.

Der Verband hat sich an einigen Stellen rot gefärbt. Das Verbandszeug liegt noch neben mir. Ich entschließe mich, eine weitere Lage Mull und Verband darüberzuwickeln. Ich fühle mich wie nach einer heftigen Drogennacht. Als würden sich Koks und Alkohol in meinem Blutkreislauf ein Duell liefern, aber dieses Mal wird kein hübsches Mädchen im Bett auf mich warten.

Ich weiß nicht, wie lange ich brauche, um aus dem Badezimmer zu kriechen. An Aufstehen ist gar nicht zu denken, und schon nach wenigen Metern muss ich längere Zeit Pause machen und schlafe vor Erschöpfung ein.

Als ich aufwache, beschließe ich, dass ich es ins Bett schaffen muss. Der Plattenspieler, der auf voller Lautstärke immer wieder die Nadel vom Ende der Platte zurückwirft, zählt für mich die Sekunden, Minuten, Stunden, die ich brauche, um den Weg zurückzulegen. Zum Glück steht der Plattenspieler in Reichweite des Bettes, wodurch es am Ende meiner Reise nur einen Handgriff bedeutet, den Power-Knopf zu betätigen und den Raum in endgültiges Schweigen zu tauchen.

Ich verliere jegliches Zeitgefühl. Liege im Delirium. In meinem Kopf kreisen unaufhaltsam zwei Gedanken umeinander: Clara und: Ich will nicht sterben. Clara. Ich will nicht sterben. Clara. Ich will nicht sterben …

In den ersten Tagen bin ich nicht in der Lage, etwas zu essen oder zu trinken. Auch als ich wieder wenigstens einige Stunden am Stück wach bin, bin ich so schwach, dass es mir unmöglich erscheint, die Treppen runterzugehen, um mir aus den im Erdgeschoss lagernden Vorräten Nachschub zu beschaffen. Ich bin sogar zu schwach, um auf Toilette zu gehen, weshalb ich die leeren Wasserflaschen, die sich um mein Bett angesammelt haben, nutzte, um mich zu erleichtern. Mein Darm hat seine Aufgabe zum Glück freiwillig aufgegeben, hat er in den letzten Monaten ohnehin nur Püriertes zu verarbeiten bekommen.

Es fällt mir schwer zu atmen.

Allein die Augen aufzumachen, bedeutet eine ungeheure Kraftanstrengung. Die wenigen Momente, in denen ich wach bin, frage ich mich, wo ich bin. Traum und Realität werden zu einem einzigen Ganzen.

Ein nicht enden wollendes Gewitter kratzt an meinem Bewusstsein. Es scheint sich direkt über mir zu befinden. Der Donner klingt, als würde er die Wände einreißen wollen. Dann plötzliche Stille.

Ich höre ihre Stimme, sie sagt meinen Namen.

«Mika.»

Es ist ihre Stimme.

Ich kann sie kaum verstehen. Aber es ist ihre Stimme.

«Mika», sagt Clara leise. «Mika, du hast es geschafft.»

Ich höre, dass sie lächelt, aber ihre Stimme zittert.

«Mika, dein Geburtstag. Du hast es geschafft.»

Sie scheint zu weinen.

«Jetzt gibt es nichts mehr, wovor du Angst haben musst. Du gehörst nicht dazu.»

Wolfgang Herrndorf
Tschick

ISBN 978-3-87134-710-8

Lassen Sie sich von «Tschick» rühren, erheitern, glücklich machen

Mutter in der Entzugsklinik, Vater mit Assistentin auf Geschäftsreise: Maik Klingenberg wird die großen Ferien allein am Pool der elterlichen Villa verbringen. Doch dann kreuzt Tschick auf. Mit seinem geklauten Wagen beginnt eine Reise ohne Karte und Kompass durch die sommerglühende deutsche Provinz, unvergesslich wie die Flussfahrt von Tom Sawyer und Huck Finn.

«Eine Geschichte, die man gar nicht oft genug erzählen kann, lesen will ... existentiell, tröstlich, groß.»
Tobias Rüther, Frankfurter Allgemeine Sonntagszeitung

S 108/1

Das für dieses Buch verwendete FSC®-zertifizierte Papier
Lux Cream liefert Stora Enso, Finnland.